安徽省哲学社会科学规划办公室资助项目
民国以来旧体诗在新文学中的地位研究——以安徽为中心的考察
（批准号：AHSK09—10D128）

国家社科基金项目
"日记书信中现代文人私人叙事研究（1917—1949）"
（批准号：15BZW163）阶段性成果

民国时期新旧文学
关系散论

尹奇岭 ◎ 著

中国社会科学出版社

图书在版编目(CIP)数据

民国时期新旧文学关系散论/尹奇岭著. —北京：中国社会科学出版社，2017.3
ISBN 978-7-5161-9631-1

Ⅰ.①民… Ⅱ.①尹… Ⅲ.①中国文学—现代文学—文学研究 Ⅳ.①I206.6

中国版本图书馆 CIP 数据核字(2017)第 045710 号

出 版 人	赵剑英
责任编辑	武兴芳
责任校对	郝阳洋
责任印制	戴 宽
出 版	中国社会科学出版社
社 址	北京鼓楼西大街甲 158 号
邮 编	100720
网 址	http://www.csspw.cn
发 行 部	010-84083685
门 市 部	010-84029450
经 销	新华书店及其他书店
印 刷	北京君升印刷有限公司
装 订	廊坊市广阳区广增装订厂
版 次	2017 年 3 月第 1 版
印 次	2017 年 3 月第 1 次印刷
开 本	710×1000 1/16
印 张	15.75
插 页	2
字 数	219 千字
定 价	58.00 元

凡购买中国社会科学出版社图书，如有质量问题请与本社营销中心联系调换
电话：010-84083683
版权所有　侵权必究

目　录

绪论 …………………………………………………………（1）
第一章　晚清五四以来的启蒙思潮 ………………………（14）
第二章　五四新文化运动的破旧立新 ……………………（35）
第三章　启蒙与传统 ………………………………………（57）
第四章　对新文化的检讨：以"科学"话语为例 …………（69）
第五章　晚清民国以来传统文化的破坏 …………………（84）
第六章　民国时期新旧文学经济状况的考察 ……………（91）
第七章　民国时期旧体诗词的刊印传播 …………………（108）
第八章　民国时期旧体文学的创作及理论成就 …………（125）
第九章　文言与白话的同根共生 …………………………（151）
第十章　民国时期旧体诗词的流风遗韵 …………………（162）
第十一章　民国时期安徽概况与旧体诗词活动 …………（176）
结语　中国现代文学研究的接地性 ………………………（195）
附录一　晚清民国渐进思潮初探 …………………………（207）
附录二　40年代汪伪统治时期古体诗词的复兴 …………（220）
参考文献 ……………………………………………………（234）

绪　　论

纵观一百多年来中国思想文化历程，因应时势变迁、国力强弱，新旧之辨、新旧之争既有思想文化论争的学术意图，更是现实政治参与下的意识形态斗争。就思想文化论争层面而言，注重学理层面阐发，探幽发微，以真知为皈依，是那些坚守学术伦理的知识精英内在追求，他们心怀与"价值无涉"的伦理标准，并不在意外在的价值判断。就意识形态斗争层面而言，着眼于现实实践，以排除异己力量为己任，以战胜为皈依，以鲜明的价值观为判断标准，这个标准往往以"进步"和"落后"为标签，激起价值观的冲突和对抗，贴合时代潮流的被认定为"进步"，和时代潮流有抵触的往往被贴上"顽固"或"倒退"的标签。顺应时代潮流，迎合公众心理，也成为意识形态斗争中常见策略。①

一　时代转型中的传统

回顾一百多年来的思想文化变迁史，我们发现过于强大的外在压力，使内生的民族文化心理处于焦灼中，理性与非理性缠夹不清，知识精英的个人话语往往被党派意识形态所煽动的大众意志吞没。就传统与现代关系而言，首先，何谓传统，何谓现代，从学理层面说清楚就不容易。其次，现实的社会进程不可能等待知识精英们将传统和现代厘清之

---

① 尹奇岭：《学术伦理和社会伦理的抵牾——试析陈寅恪"对对子"事件》，《学术探索》2009年第2期。

后才行动。因此，种种思想文化问题时常会转化为信念问题、价值观问题。从现实话语层面上观察，文言和白话问题，就是一个对应传统与现代的问题。一般而言，文言对应于传统，白话对应于现代。新锐的文学革命者认定白话为活的，文言为死的，其实学理的根据是不足的，但现实的选择却是不容等待的，只能以信念来确定之。我们知道，胡适在论证白话合法性时是从传统里找根据的，将白话的源头上溯到诗经时代，就是说在"中国的文艺复兴之父"胡适看来，白话并不是现代的产物，而是传统中早已有之的，只是没有得到足够重视罢了。

就国人对于传统的态度而言，总是与中华民族的强大与否关系重大。从大势上看，当国家民族贫弱之时，抨击传统、要求变革传统的呼声高涨；当国家民族强盛之时，则继承和学习传统的声浪鼎沸。

晚清民国时期，国家积贫积弱，如何改变现状，使之从贫弱中崛起，实现中华民族的腾飞，从而自立于世界民族之林，成为大国强国，成为几代中国知识精英的集体追求。在思想文化领域，晚清变局中最为强盛的思想潮流是"中学为体，西学为用"。1843年魏源在《海国图志》中提出"师夷长技以制夷"的思想。19世纪60年代，奕䜣、曾国藩、李鸿章、左宗棠、张之洞诸公发起洋务运动，提出"自强""求富"口号。在"自强"思想指导下，兴办了军事工业，并围绕军事工业开办了其他企业，如江南制造局、福州船政局、安庆内军械所等近代军事工业，派遣留学生学习西方技术，建立配备新式武器的陆海军。在"求富"思想指导下，以官办、官督商办、官商合办等方式，开办了轮船招商局、开平矿务局、天津电报局、唐山胥各庄铁路、上海机器织布局、兰州织呢局等民用企业，构建起中国民族官僚企业的雏形。这场运动持续了三十多年，开启了学习西方技术的先河。随着甲午战争的失败、戊戌变法的流产，"中学为体，西学为用"思潮大有式微之势。随后，激进的"全盘西化"之风越刮越强劲，知识精英对固有政治制度、伦理观念、文化传统的不信任感加剧。到"五四"前后，对传统思想文化的批判涌起一波高潮，吴稚晖、吴虞、陈独秀、胡适、鲁迅、周作人、钱玄同、刘半农、傅斯年等人从不同方面对传统文化发起了攻击。吴稚晖、钱玄同、鲁迅，是其中最为激愤者。吴稚晖要把国故扔到茅坑里去，鲁迅、钱玄同都主张废除汉字，鲁迅还对国粹京剧、中医嗤之以鼻，称梅兰芳氏的京剧为"梅毒"，谈及中医时也充满抵触和奚落。另一个大肆提倡西化的时代，是在20世纪80年代，以李泽厚、庞朴、王元化、包遵信、刘晓波、甘阳、金观涛等为代表。李泽厚提出著名的"西体中用"说，最为激进者为刘晓波，1988年香港《解放月报》主编金钟采访他，问他什么条件下中国才能实现真正的历史变革，他的回答是"三百年殖民地。香港一百年殖民地变成今天这样，中国那么大，当然需要三百年殖民地，才会变成今天香港这样，三百年够不够，我还有怀疑。"[①]

上述时间段大致对应综合国力较弱时期，现实问题的复杂、胶着，前进道路的重重困难，往往都会归咎到传统文化上，并以反思和批判传统为契机，重新整合思路，找出解决现实问题的方案。近年来，经过近三十多年的改革开放，中国综合国力明显提升，一条适合国情的"以经济建设为中心"的发展道路总体明晰。在此情境下，如何看待传统，如何评估传统文化，就有了更为平和的心态和宽广的视野，对传统和传统文化的反思不再预设批判立场，人们从自身和身边体察到更多美好的民族传统中传承的东西。新时期以来，中国现代文学史研究有深入发展，对于民国时期旧体诗词的研讨就是成果之一。近年来，越来越多的学者意识到无视旧体诗词创作的现代文学史是不完整和不严肃的，如沈卫威、陈友康、曹辛华、王泽龙、李遇春等学者就一再强调旧体诗词在民国文学中的比重与地位。

传统和传统文化的存在与延续一直很强劲，无论承认与否，这是不以意志为转移的。庞朴说："文化传统是一个民族在他们长期的生活过程中慢慢流传下来的一些风俗习惯和思维模式。""对于传统，我们既

[①] 《刘晓波其人其事》，中国网，http://news.xinhuanet.com/world/2010-10/26/c_12703288_3.htm，2010年10月26日。

不能割断，也不能肢解。唯一可能实现的方法，是让我们几千年形成的传统慢慢地转化。"① 在激进反传统的时代氛围里，传统及其文化往往被污名化，成为现实苦难与困境的责任者，传统及其文化中优美和值得继承的东西也经常被忽视。只有当国家强大、民族自信心提升的历史时段，传统及其文化美好的一面才会被发现、被放大。近年来，随着大陆经济力量的高速发展，综合国力骤然提升，文化自信心和自豪感被激发，90年代以来的"文化热""国学热"无不是文化自信心提升的表现。在此氛围下，中国现代文学研究界开拓了对民国时期旧体诗词研究的深度和广度。

二 作为传统组成部分的旧体诗词

长期以来，传统中国有"诗歌王国"之称，诗歌传统源远流长，名篇佳作脍炙人口，历代诗人灿若星辰。自先秦，经秦汉魏晋南北朝，到唐宋元明及清中叶，旧体诗词都备受推崇。唯有到了晚清，传统中国遭遇了"几千年未有之变局"，传统的一切无不处在动摇和改造中，旧体诗词也是在这一历史特定时期遭遇到前所未有的批判，新文学也是在批判旧文学的斗争中披荆斩棘开辟新路的。

传统是在一定区域内由综合因素长期化合而成的，不是可以随意改变的，即便传统文化在物质形态上有消损，精神层面上也会留存久远。维特根斯坦说："先前的文化将变成一堆废墟，最后变成一堆灰烬，但精神将在灰烬的上空萦绕盘旋。"② 如何处理与传统的关系，既是理论课题，更是现实问题，庞朴说："过去我们对待文化传统有几种做法。一种叫做彻底与一切旧的文化传统决裂。五四运动采取的就是这个办法。""第二种办法，叫做'取其精华，弃其糟粕'，一面吸收，一面批判。这个听起来是很好，但是也做不好。"紧接着，庞朴说："对于传

---

① 庞朴：《文化的界说》，《新华文摘》2009年第19期。
② [英]路德维希·维特根斯坦：《维特根斯坦笔记》，许志强译，复旦大学出版社2008年版，第7页。

统，我们该怎么办呢？我想，既不能用割断的办法，也不能用肢解的办法。或许，只能有第三种办法，叫做慢慢地转化……让我们几千年形成的传统慢慢地转化。这个过程所需的时间会很长，可能很痛苦，也需要更大的自觉"。①

事实正是如此，所有用粗暴手段以为解决了的问题，往往又重新回到问题域，需要重新定位和阐释。具体到中国现代文学研究领域，旧体诗词在民国文坛的地位和作用就是近年来一再被讨论的话题。众所周知，胡适、陈独秀揭橥的白话文学革命吹响了对文言传统文体进攻的号角，旧体文学一时间成为激烈论争对象。借助有偏向的传播，在意识形态话语参与塑造的情形下，今天留在普通读者心目中的"旧派"早已被污名化，不会外语却翻译了大量译著的林琴南，留着小辫、穿着长袍马褂、满嘴"茶壶茶杯"理论的辜鸿铭，鼓吹国粹却又离婚别娶的梅光迪们，成为耳熟能详的坊间谈资。大量非历史的、道听途说之说四处传播，把这段历史剪裁、增补、扭曲得面目全非。本来没有这么激烈的，被描述得血雨腥风；本来只是意见分歧，被夸张为不共戴天；本来只是文化事件，被描述、整合为政治事件；本来应有的学理性分辩，被人为嫁接了价值判断、主义之争。

旧体诗词作为旧文学的样式，在民国时期受到重大冲击，被贴上"死文学"的标签。通用中国现代文学史教材上至少列举了新旧文学的三场斗争，即与林琴南的斗争，与学衡派的斗争，与甲寅派的斗争。这些文学史几乎无一例外地将林琴南、梅光迪、吴宓、章士钊等领军人物塑造为新文学甚至新文化的对立面，有意无意中将语言工具的论争上升到价值判断和主义之争上去。其实，虽然章士钊曾一度担任教育总长，试图借助权力挽文言于既倒，扶植旧派势力，但终因其地位不稳，政令不能发挥应有效力而显得屡弱。其实何止章士钊无力，章士钊所服务的北洋政府也因政争和军阀拥兵自重而自顾不暇，是典型的弱政府。

---

① 庞朴：《文化的界说》，《解放日报》2009年8月2日第8版。

作为传统组成部分的旧体诗词，在民国时期出现身份和表现上的"暧昧"现象。先来说说身份上的暧昧现象。胡适、陈独秀、钱玄同、鲁迅、刘半农、郭沫若等人是"五四"文学革命的提倡者，对旧体文学猛力攻击，称之为"死文学"，要将其送入博物馆，但在他们的日常生活中又在大量使用旧体文学，如他们都写了大量旧体诗词，写半文半白甚至全文言的信件，作的挽联无一例外用对仗平仄工整的传统旧体形式。旧体诗词等传统文学形式既被新文学家们诅咒、恶骂，同时又被他们不厌其烦、浑然不觉地在日常生活中大量应用，这就是笔者所言的身份"暧昧现象"。若细致考察新文学家们的日常交际使用的文字情况，对旧体文学形式的使用实在颇为惊人。接下来聊聊旧体诗词在表现上的"暧昧"。王国维说一代有一代之文学，旧体诗词等传统文学形式进入民国时期，对照晚清以前的旧体文学，发生了种种新变。同样是旧体，但传达的内容却与传统大相径庭，甚至截然相反。以严复为例，他翻译的西方经典政治理论著述《群己权界说》《天演论》等，用的是文言，但表达的观念是解构君主专制传统的，鼓吹的"物竞天择，适者生存"，动摇了"君权神授"的根基。黄遵宪、梁启超们在晚清开始在旧体诗词里面嵌入大量新词汇，民国时期这种现象更是有增无减。凡有野心的旧体诗词作者都竭力表现旧体诗词融汇新词汇、新观念的能力，吴宓以旧体诗词形式翻译西方诗人的现代诗，他的朋友吴芳吉也将大量的新名词融入旧体形式中。在表达方面，民国时期旧体诗词风格总体上有从古奥文雅向浅白通俗的演变趋势，胡适作的一些旧体形式的诗词，可以说就是"白话文体+旧体形式"，像陈寅恪那样坚持作古奥文雅的旧体诗词的人其实是不多的。

"五四"新文学昂然踏入文坛主流，旧体文学日渐式微，在新兴媒体上所占比例越来越少，这是不争的事实。值得一探究竟的是旧体文学是完全消隐在历史的忘川之中，还是幻化千身，融入新文学，如前人所言"千山有水千山月，万里无云万里天"呢？这无疑是值得深究的问题。

三 民国时期旧体诗词的研究现状

新时期以来，尤其是最近十多年来，对民国时期旧体诗词的研究日渐形成规模，研究力量主要集中在高校和研究院所。从踏入该领域学者的学科归属看，主要有两拨人，一拨是中国现代文学的研究者，在资料阅读过程中有感于大量旧体文学存在的事实，开始质疑传统文学史对旧体诗词等视而不见的做法；另一拨是中国古代文学研究者，尤其是近代文学研究者，研究视角自然延伸到宣称白话文学革命的民国时期，他们发现大量民国时期旧体文学创作，从而将其笼括到古典文学的研究范围里。随着研究的深入，学者们发掘出民国时期越来越多的旧体文学创作，也引发了许多值得继续追寻的问题，从而形成了新的学术增长点。

下面就民国时期旧体诗词的研究现状分述如下：

首先就国内来说，新中国成立后的很长一段时期，旧文学的形式被人为地设定为新文学的对立面，被贴上了"落后""腐朽"的标签，有意无意地处于受压抑、被忽略的地位。在新文学研究的观念上，长期存在一种一元化的直线史观，认为中国旧体文学发展到晚清，已是日落西山，理应走入历史，由新文学斩断前缘，另立传统，古典与现代，亦应于此截然划分。这样，民国时期旧体文学研究长期以来就处于尘封状态，经历了一个长长的冬眠期。新时期以来，学者们逐渐认识到过去研究中存在的偏颇。以专著形式比较全面描述民国时期古体诗词的是胡迎建的《民国旧体诗史稿》，这是拓荒性的著作，资料收集颇丰，这也为后继的研究者提供了驰骋的空间。单篇论文方面，如陈友康《二十世纪中国旧体诗词的合法性和现代性》（《中国社会科学》2005年第6期），沈卫威《"学衡派"文化理念的坚守与转变》（《文艺研究》2015年第9期），曹辛华《晚清民国旧体诗词结社文献的类型、特点及其价值》[《复旦学报》（社会科学版）2015年第1期]，王泽龙《关于现代旧体诗词的入史问题》（《文学评论》2007年第5期），李遇春、戴勇

《民国以降旧体诗词媒介传播与旧体诗词文体的命运》（《文艺争鸣》2015年第4期），等等。不同学者从不同方面，探讨了不同问题。如陈廷湘的《政局动荡时期中国学人的生存样态——从李思纯〈金陵日记〉〈吴宓日记〉〈胡适日记〉中窥见》，暗示了很多有待进一步思考的话题，秦弓的《五四新文学对中国传统文学的发掘与继承》列举了大量史实，证明了新文学与传统文学的血脉关系。就民国时期旧体诗词研究而言，具体到地域方面，京、津、沪、苏、锡、常等地的研究较为充分，在其他地域民国时期的旧体诗词活动的研究方面还非常薄弱。

其次，就海外的研究状况来看，由于很少受到国内刚性意识形态的限制，海外学人在研究方法和思路方面有诸多创建。王德威对晚清小说的研究，就有力打破了僵化的直线史观的研究模式，以"被压抑的现代性"检视了晚清文学被新文学传统过滤、窄化的过程。这对于民国时期旧体文学的研究有很大启发。海外学人的成果传入国内后，大大解放了国内研究者的思想，拓展了研究者的视界。不少学者开始注意到利用传统旧形式传达现代理想的命题，并着力揭示新旧之间的必然重叠的关系。

四　研究框架

拙著拟从晚清民国初期的启蒙思潮谈起，盖因文白之争萌蘖于启蒙思潮中启迪民智的原初理想，启蒙思潮的最初开启者并不是要全面用白话代替文言，而是在启蒙的功用层面提倡浅白易懂白话的文体。紧接着在新文化运动中揭幕的白话文学革命，实质上是要以白话全面代替文言，使之成为社会生活中的交际主体，不仅是在启蒙底层意义上，也要在中上知识阶层全面用白话接管文言的存在空间，通过一个简短的"尝试"过程，来一个面貌全然一新的替换。就是说白话由原初部分的、功能性的设计，一变为整体的、结构性的实践。这个变化是相当巨大的，在其建构过程中伴生着种种问题，对于白话来说是一边破坏，一边建设。具体过程之复杂，绝不是文学革命倡导者所言的那样顺畅、简单,即便到今天这一过程是否终止也是一个问题,可以说,文白之间的内在紧张与和解,一直持续着。

概略来说,拙著努力探寻两方面的问题。一是宏观方面的——旧体诗词在新文学中的地位。这就涉及诸多问题——比如传统文化与新文化的关系,传统文学与新文学的关系,等等。一种文化传统是经过历史长时段的延续所形成的,并内化为文化潜意识,不是某个激烈的短时运动所能中断的。文学传统也不例外,思想情感的模式、审美观念的内容都源自传统文化的母体,而思想情感模式、审美内容的表达方式也有传统惯性在一直起作用。民国以来旧体诗词的繁盛,正是其表现之一。二是微观层面。以安徽为例,就近代以来的文学事件来看,具有某种典型性。晚清以来,安徽就是人文繁盛之地,以女诗人为例,胡文楷的《历代妇女著作考·附编》中收入了近代诗人168人,安徽就有15人,占10.3%的比例,仅次于江浙两省,排名第三。中国现代文学的开端与两个安徽人陈独秀、胡适有绝大关系,他们是新文学的领袖人物。就文化/文学观念的激进来说,这两人无疑是代表人物,而在其日常书写中,却大量使用旧体文学形式。考察陈、胡等新文学中人的旧体诗词创作与新文学的关系,是一直被忽略和漠视的课题,而这一考察对认识新旧文化、新旧文学之间复杂而深刻关系无疑是有重大作用的。可以作为个案来加以研讨的安徽学人,还有皖北颖上县的常任侠,他对新旧文学都有涉足,与黄侃、吴梅等人关系密切,曾参加了不少旧体诗词的雅集与结社活动。1949年以来,是当代文学时段,这一时期旧体诗词依然有大量创作,尤其在新时期,各地旧体诗词的刊物和结社如雨后春笋,创作人员遍及社会各阶层,这种现象也还没有得到学理层面的重视和充分研究。

结语 关于文学史研究应有的观念及其他

中国近一百多年的历史进程,从全球范围看,伴随着全球一体化的进程。全球一体化是西方资本主义凭借军事技术力量在全球范围内推进的，这一进程使长期处于停滞状态的中华帝国在毫无准备的情况下被卷入其中，被动挨打、国破家亡，经历了种种落后国家的破败之痛，被迫开启了现代化进程。现代化进程是一个全新的历史趋势，如何使国家民族快速褪去窒碍灵便行动的老朽躯壳，则是其后种种社会思潮及其观念的内在动因。这一进程在近现代中国呈现出异常复杂的状貌，观念之间的冲撞，政治军事集团之间的对垒，社会的分化及分裂，内在统一的需要与实际分裂的现实，外敌入侵与和平建设的矛盾，一再阻止着国家的现代化进程，使一代代中国精英分子在历史必然性与现实偶然性之间挣扎、斗争，个人命运也表现出各不相同的面貌。

就现代文学研究来看，很多学者秉承一种断裂的观点看待现代文学史历程，将这段丰富复杂的历史简约化，抽绎出几条纲要性的条目，从而将传统与现代、文明与野蛮、理性与非理性、白话与古文、审美与功利等关系密切、互联互生的范畴对立起来，这就将历史虚拟化、本质化了。

关于文学史的现代建构确实是很值得细心思索的，传统的东西怎么就在那么短短的几十年里转型了呢？1904年林传甲和黄人的文学史与后来胡适的文学史为什么变化如此之大呢？是墙倒众人推吗？这样一个转型，很明显的后果是方便了西学的传入，从分类的标准，从术语的通用性，从思想的共同性，等于是给西学修了一条便捷的信息通道。戴燕在《文学史的权力》一书里描述了中国20世纪初叶二三十年间的文学史写作状况，给我们很多启示。其实，传统是在强大的西方话语的压迫下一度转入低语状态，但并没有落荒而逃，而是在积极改换行头，重新出头，尤其是借助西方的话语，再度与主流话语争夺话语权。她指出："必须抛开'成则为王，败则为寇'的偏见，警惕种种后设的理论、原则、标准，对不入流的另类'文学史'的存在及其影响，尤其要给予充分的重视。"[①]

值得讨论的另一个问题是，以断裂的方式谈论历史。詹姆斯·辛普

---

① 戴燕：《文学史的权力·前言》，北京大学出版社2002年版，第12页。

森指出:"历史上的断裂既是必要的,又是欺骗性的。它们对于历史编纂学而言是必不可少的,因为历史学家需要分期。在西方世界,我们所有的标准历史分期都生成于历史动荡或者革命。因此,古典时代末期从异教信仰向基督教皈依的革命、1517年路德发起的宗教改革、1649年的英国革命、1789年的法国革命等等,其中每一场宗教的、军事的或政治的动荡,都被归入我们所理解的历史之中。""断裂又是欺骗性的。断裂宣称历史又一次开始。它们宣称已经破坏了过去,已经接种了过去的病毒;它们宣称从零纪年开始。这种宣称,在我看来,往往是欺骗性的。深层的历史往往以这样或那样的方式再度浮出水面。历史学家不仅必须看到断裂,看到新事物,而且还得看到那些断裂时刻的宣言背后的东西,看到历史如何再度浮出水面。所以,历史学家的工作是双重的:一方面,他们无从选择,只能接受被分割开来的历史;另一方面,真正的历史学家又需要看到革命时刻的宣言背后的东西。革命时刻会让我们相信历史可以被喊'停',会让我们忽略先前的、被断绝开来的历史;而真正的历史学家则需要把断裂时刻本身作为一个被过去所塑造的、以强有力的方式重复过去的历史现象来处理。"① 很久以来,我们秉承的文学史分期都是政治分期的方式,而政治是有强烈断裂感的,经常以斩断前缘的方式来开启新航向。文学史分期与政治意识形态上对社会历史的分期同构,暗示着文学史书写对政治权力的皈依(或者至少是政治对文学影响的巨大)。

近年来,学者不断要求"重写文学史",在文学史分期方面,黄子平、陈平原、钱理群提出"二十世纪文学史"概念,严家炎前几年编写的文学史,则将现代文学史推延到19世纪晚期,这些其实都内在包含了文学研究摆脱政治干扰的内在诉求。陈思和、王晓明倡导的"重写文学史",也刺激了一系列问题的出现和讨论,其中就包含文学史分期问题。

对于中国现代文学史书写的内在线索的认知和探索方面。1988年,

---

① 张颖:《把历史熔为一体——詹姆斯·辛普森教授访谈录》,《文艺研究》2015年第6期。

刘再复在科罗拉多大学召开的"金庸小说与20世纪中国文学"研讨会上有个发言，大意是"中国现代小说史及整个中国现代文学史，是'双线双向'的文学史。第一条线是外国文学刺激下的文学史，这是由欧美留学生与日本留学生创造的，即由鲁迅、周作人、郭沫若、郁达夫和胡适、冰心、巴金、老舍等创造的历史；第二条线则是由本国自身的文学语言传统自然演化的历史，这是由刘鹗、苏曼殊、鸳鸯蝴蝶派、张爱玲、张恨水、金庸等构成的历史。前者可称为'外烁新文学史'，后者可称为'本土新文学史'。如果没有西方文化介入，没有五四新文化运动，本土传统一脉的文学，也会自成系统，自己汇成江河。但是，中国现代文学之所以成其为现代文学，恰恰是由于外国文学的刺激而获得全新的视角、全新的方法和全新的语言。"① 范伯群则提出了中国现代文学的"双翼论"，即精英文学和通俗文学"双翼"，以此凸显通俗文学在现代文学史中的地位和分量。

　　文白问题也是值得进一步探讨和深究的。该问题虽然一再被言说，但总感觉有未尽之意。从"白话文学革命之父"胡适自己的观点看，他在1928年出版的《白话文学史》一书的《引子》中开篇即说："我要大家知道白话文学不是这三四年来几个人凭空捏造出来的；我要大家知道白话文学是有历史的，是有很长又很光荣的历史的。我要人人都知道国语文学乃是一千几百年历史进化的产儿。"② 既然"白话文学革命"的始作俑者都不认为白话是现代的产物，如何能将白话文与古文的对立绝对化？贸然将白话文学看成是新的、革命的、活的，将古文看成旧的、陈腐的、死的，看成旧体文学的对立面，不得不让人怀疑。胡适将白话文描述成与古文同时并存的文体样式，他说："我们要知道，一千八百年前的时候，就有人用白话做书了；一千年前，就有许多诗人用白话做诗做词了；八九百年前，就有人用白话讲学了；七八百年前，就有人用白话做小说了；六百年前，就有白话的戏曲

---

① 李泽厚：《李泽厚对话集・与刘再复对谈》，中华书局2014年版，第242—243页。
② 胡适：《白话文学史》，团结出版社2006年版，第1页。

了;《水浒》《三国演义》《西游记》《金瓶梅》是三四百年前的作品。"① 一方面宣称白话文学古已有之,另一方面又宣布同样古已有之的文言文是死文学,前者强调历史的延续性,后者则隐含一种历史断裂观念。

---

① 胡适:《白话文学史》,团结出版社2006年版,第1页。

第一章　晚清五四以来的启蒙思潮

谈到启蒙，往往不得不追述康德的观点。他说："启蒙就是人类脱离自我招致的不成熟。不成熟就是不经别人的引导就不能运用自己的理智。如果不成熟的原因不在于缺乏理智，而在于不经别人引导就缺乏运用自己理智的决心和勇气，那么这种不成熟就是自我招致的。Sapereaude（敢于知道）！要有勇气运用你自己的理智！这就是启蒙的座右铭。"[①] 在康德看来，启蒙的关键是获得自我意识，获得自主思考的能力，要有真正的"思想方式的变革"，长期以来，我们在这一点上注意不够。康德是把启蒙限定在思想领域里谈的，核心观念是"理性"，要求运用理性来批判一切不合理的已有文明，来反思正在进行中的一切。康德强调理性的"个人"，"有勇气运用你自己的理智"，可见在康德那里启蒙主要是体现在个人意义上的。在中国语境中，"启蒙"被工具化，突破了思想领域的界限，用启蒙思想造成社会运动，动员和组织社会力量，用以完成民族国家的重建以抵御外侮。这个过程中，启蒙在康德意义上的"运用你自己的理智"被置换了，新的信仰被时代制造出来并要求人们服从，而压抑了个人怀疑的理性精神。康德深刻地指出：

---

① ［德］康德：《对这个问题的一个回答：什么是启蒙？》，见［美］詹姆斯·施密特编《启蒙运动与现代性——18世纪与20世纪的对话》，徐向东、卢华萍译，上海人民出版社2005年版，第61页。

"一场革命也许会导致一个专制的衰落,导致一个贪婪的或专横的压制的衰落,但是它决不能导致思想方式的真正变革。而新的成见就像老的成见一样将会成为驾驭缺乏思想的民众的缰绳。"① 作为一种社会运动,启蒙的核心是向专制和愚昧宣战,"启蒙运动素来是一场针对一切独裁权力、传统力量、根深蒂固的偏见和掩饰社会苦难的行为的抵抗运动。"② 作为一种话语,启蒙具有天然的清晰性,董健先生说:"广义的'启蒙',则是指一切唯客观真理是求的理性活动,是指人类思想史上与当前现实中一切反封闭、反黑暗、反僵化、反蒙蔽、反愚昧,总之一句话就是反精神奴役的思想运动与文化精神。"③ 但在真实的生活领域,何为真理并不总是清晰的,这样启蒙问题就变得复杂了。张光芒指出:"在中国现代思想史上,启蒙主义是一个复杂而特殊的现象学存在,也是大多治史学者无法回避的课题。它内基于哲学建构,外连于社会变革;既深及文化心理与思维方式的现代转型,又直接与政治革命与内忧外患的时代要求息息相关。无论作为一种研究对象的历史客体,还是作为一种反观历史进程的思想视角,它都是哲学、自然科学、心理学、逻辑学、美学、文学以及政治学等诸多领域的交叉互渗,难以为它划出明确的学科边界。"④

在讨论启蒙问题的时候,有种偏向是把启蒙问题简约化,粗线条地描述它,惯常用一个逻辑性很强的解释框架来建构一个辉煌的话语体系。这些体系的建立往往通过强调某些时间点,夸大某些事件,拔高某些人物来完成的。而在具体历史场域里,这些时间点、人物、事件必须和其他的时间点、人物、事件结合在一块才能成就自身的意义。历史从

---

① [德]康德:《对这个问题的一个回答:什么是启蒙?》,见[美]詹姆斯·施密特编《启蒙运动与现代性——18世纪与20世纪的对话》,徐向东、卢华萍译,上海人民出版社2005年版,第62页。
② [美]斯蒂芬·埃里克·布隆纳:《重申启蒙——论一种积极参与的政治》,殷杲译,江苏人民出版社2006年版,第7页。
③ 董健:《序:"打开窗户,让更多的光进来!"》,见张光芒《中国当代启蒙文学思潮论》,上海三联书店2006年版,第1页。
④ 张光芒:《中国当代启蒙文学思潮论》,上海三联书店2006年版,第16—17页。

来都是具体的，不可能有一秒钟的中断，不可能想象有一种飞跃会突然发生。但人们描述历史的时候只有通过突出一个时段、一个时间点，把它描述成为特别重要的时刻，历史叙述才能实现。这也许是一个永远无法能够解决的悖论。真实的历史进程复杂万状，任何时段、任何时间点发生的事件都是由此前一系列的事件的种种关联和铺垫才得以呈现，没有事物是突然产生的。强调偶然性与碎片化的历史观念，在突破本质主义的历史观念上有其重要的价值，但偶然性和碎片化并不必然反对事件发生的前后铺垫关系，反而更加强调历史细节的重要性。众所周知，启蒙的高潮是在五四前后。其实在此之前，历史已经有了种种预演，做了充分的铺垫，投入了几代人的才智和艰苦努力。

一 晚清的危局及思潮变化

从晚清开始，中国历史发生重大变化，外敌的入侵完全不同于历史上的所谓蛮夷入主中原的概念，中华文明的优越性在这个时期受到了致命挑战，对中国人的观念冲击如此巨大，上至皇帝下至有识之士都受到震动，从而引发改良思潮。从开初的"师夷长技以制夷"的器物层面的图强到戊戌变法的制度层面的改革，一直到"五四"新文化运动力图从思想文化层面来变革，经历了一个逐渐深化的过程。晚清时期，主要指19世纪的后半叶，中国面临三千年未有的变局。西方列强的坚船利炮打进来，大清帝国落后的军事和疲弱的国力根本无力抵挡。鸦片战争，中国失去了香港，开放了十三个通商口岸，放弃了关税自主权，赔款三千万银元，丧失了尊严，外国人在中国获得传教自由、居住自由的权利。鸦片战后，国门洞开，太平天国运动在中国最富庶的长江流域造成的空前动荡，进一步耗尽了晚清帝国的实力。英法联军入侵，陷落京师，作为大清帝国象征的美轮美奂的圆明园，在烛天火光中化为灰烬，以前的藩邦琉球、越南、缅甸、朝鲜也先后丧失。这是中华帝国封建文化在近代与西方列强资本主义文化的一次严峻对话，强势的西方文明向僵化、落后的中国传统农业文明发起了强有力冲击，逼迫着一个有数千年传统的古老文明必须完成脱胎换骨的转变——中国必须走向世界，接受人类创造的新的文明来融合传统文化中的精华。晚清的变革是在内忧外患的情势下进行的，种种合理的制度和措施往往还没有得到充分展开和深入，新的危机就席卷走了此前的努力。在这祸乱四伏的情势下，上至皇帝下至臣民无不忧心如焚，根本不可能规划全盘的改革计划。另外，闭关锁国的时间太久了，统治层对整个世界大势缺乏根本了解，对自身弊端也没有根本认识，于是，各种矛盾日益尖锐地搅和在一块，最终导致清政府的覆亡。

（一）士大夫阶层的危机感

晚清的内忧外患，空前剧烈，给士大夫阶层以强烈刺激。今天检视他们的言论，还能鲜活地感受到他们的焦急和痛切：

>　　人无弃材不如夷，地无遗利不如夷，军民不隔不如夷，名实必符不如夷。①
>　　今则东南海疆万余里，各国通商传教，来往自如，麇集京师及各省腹地，阳托和好之名，阴怀吞噬之计，一国生事，诸国构煽，实为数千年来未有之变局。轮船电报之速，瞬息千里，军器机事之精，工力百倍，炮弹所到，无坚不摧，水路关隘，不足限制，又为数千年来未有之强敌。外患之乘，变幻如此，而我犹欲以成法制之，譬如医者疗疾，不问何症，概投之以古方，诚未见其效也。②
>　　西人之入中国，实开千古未创之局，其器械精奇，不惟目见其利，而且身受其害。当事者奈何尚斤斤为一身之利害毁誉计，不速通上下之情，而变因循之习乎！③

---

① （清）冯桂芬：《制洋器议》，见张勇、蔡乐苏主编《中国思想史参考资料集·晚清至民国卷》（上），清华大学出版社2005年版，第16页。
② （清）李鸿章：《奏陈方今天下大势》，见张勇、蔡乐苏主编《中国思想史参考资料集·晚清至民国卷》（上），清华大学出版社2005年版，第21页。
③ （清）丁日昌：《奏陈自强之道》，见张勇、蔡乐苏主编《中国思想史参考资料集·晚清至民国卷》（上），清华大学出版社2005年版，第20页。

宜博选聪颖子弟，赴泰西各国书院，及军政船政等院，分门学习，优给资斧，宽假岁时，为三年蓄艾之计。①

(二) 变革图强中的思潮变化

鸦片战争以后，中国封建的农业社会，受帝国主义势力入侵，发生剧烈崩溃，中国经济基础发生动摇，酿成各种"社会病象"。在政治上，封建政治再也不能原封不动地统治下去；在经济上，自帝国主义资本势力侵入以后，割占领土、掠夺富源、倾销商品，使中国经济组织紊乱不堪；在思想上，外来思想不断增强其影响力。面对空前的危机，在丧权辱国的刺激下，晚清政府被迫开始了变革的议程。这个变革图强的进程，并不顺利，是在摸索中前进的，在一次次失败中逐渐加深认识，改革的步伐也从器物层面深入制度层面。

1. 洋务运动。在内忧外患交相煎迫的情势下，东方古国的门已关不住了。当时国人代表性的思想是，中国在器物层面落后了，船坚炮利比不过西方强敌，必须在这方面迎头赶上，而在伦理道德、文化制度上仍具有不容置辩的优越性。薛福成的话最能代表这一观点，他说：

今天下之变亟矣，窃谓不变之道，宜变今以复古，迭变之法，宜变古以就今。……我国家集百王之成法，其行之而无弊者，虽万世不变可也。至如官俸之俭也，部例之繁也，绿营之窳也，取士之未尽得实学也，此皆积数百年末流之弊，而久失立法之初意。……若夫西洋诸国，持智力以相竞，我中国与之并峙，商政矿务宜筹也，不变则彼富而我贫。攻工制造宜精也，不变则彼巧而我拙。火轮舟车电报宜兴也，不变则彼捷而我迟。约章之利病，使才之优绌，兵制阵法之变法宜讲也，不变则彼协而我孤。彼坚而我脆。(《变法二》)

---

① (清) 曾国藩：《调陈兰彬江苏差遣折》，见张勇、蔡乐苏主编《中国思想史参考资料集·晚清至民国卷》(上)，清华大学出版社 2005 年版，第 19 页。

后来，张之洞把这个思想提炼为八个字："中学为体，西学为用"。由于这个思想并不触动封建统治，出发点是为更好巩固封建统治，因此得到了封建统治上层的支持。这个革新在实践层面上就是洋务运动。代表人物是曾国藩、李鸿章、左宗棠、盛宣怀等朝廷大员。这些人在政治上是有权威的，曾国藩、李鸿章、左宗棠等因为在军事上外交上，和西人接触的机会多，更在镇压太平天国运动的战争中目击了西人华尔、戈登"洋枪队"的威力，"太平党羽，也要靠洋人的武力，才能够扫平。遇着这种种切身的经验与教训，人们感觉有坚船利炮可以上天，可以入地。船炮利器打破了门罗主义；船炮利器，重划了中国的疆土；船炮利器，改变了人们仿古思想；船炮利器扫平了中国的内乱。"[①] 所以在太平军平定后，他们便努力于"洋务"。但这种不改变政治制度，只注重军事科学的变革，并不能根本改变中国积弱积贫的状况，甲午中日战争的惨败，宣告洋务运动的破产。晚清的改革必须翻开新的一页了。

2. 戊戌变法。办理洋务的失败，促使士大夫阶层寻求新的变革思路，他们已经认识到变革政治制度的必要。日本明治维新的成功，给变革者以模仿的标本，于是君主立宪的政治制度成为新一波变革的诉求。以康有为、梁启超为首的一批士大夫，在光绪皇帝支持下，发动了戊戌变法。这个变法运动并不是成熟的政治行动，在上层，没有得到以慈禧为代表的实力派的倾力支持；在下层，没有动员到广泛的社会支持，改革者自身也存在政治上的幼稚，可以说这是一场准备不足的革新运动。后来，这场运动遭到以慈禧为代表的顽固势力的镇压，1898年9月21日，慈禧太后宣布重新执政，26日，处决了包括谭嗣同在内的六位著名维新派人士，康、梁被迫逃亡海外。变法从6月2日开始到9月21日结束只延续了103天的时间，史称"百日维新"。这次维新运动的失败，加深了人们对清政府本质的认识，加重了人们的绝望，于是革命党

---

① 何干之：《中国启蒙运动史》，上海书店1989年版，根据生活书店1947年版影印，第26—27页。

人走上了历史舞台。但必须看到，每一次流血牺牲都是有收获的，过去流行的观点认为除了保留了京师大学堂外，其他的变法措施都被废除了。其实，百日维新失败后，变法的措施并没有全面撤出，而是"否定了一些最为极端的方法"，并重申在大多数领域改革的承诺。以慈禧为首的当权派"在9月21日后，公开排斥激进的变革道路，清政府重申温和变革的承诺"①。

3. 新政革命。与一般人的想象稍有不同，晚清帝国并不是癞皮狗一样躺着不动等着灭亡的来临，相反，在内忧外患的煎逼下，晚清帝国无论朝野都做了种种努力，很不幸的是这些努力由于种种历史条件的限制没有能够达到预期效果。在种种历史合力的作用下，这种变法图强的道路变得尤为艰难曲折，一言难尽。很多学人指出，晚清的种种变革行为虽然都令人惋惜的失败了，但这些变革行为所积累下来的积极因素准备了未来社会变革的条件，奠定了未来社会发展的基石。以晚清戊戌变法失败后的新政革命为例，我们能很清楚地观察到新的社会制度架构怎样在渐进中被一步一步设立。这些渐进的因素在以后的实际社会生活中有重大意义，但在历史的烟尘中很多都被掩埋了，不为一般人所认识。

光绪二十六年十二月初十日（1901年1月29日）慈禧太后颁发了赫赫有名的新政改革上谕："著军机大臣、大学生、六部九卿、出使各国大臣、各省督抚，各就现在情弊，参酌中西政治，举凡朝章、国政、吏治、民生、学校、科举、军制、财政，当因当革，当省当并，如何而国势始兴，如何而人才始盛，如何而度支始裕，如何而武备始精，各举所知，各抒己见，通限两个月内悉条议以闻。"任达认为，这是一个全面改制的宏伟蓝图，涉及教育、军事、警务、监狱、司法和立宪政府，以及国计民生的各个方面。这个改革上谕，所完成的恰恰是帝制后中国所要做的事，向外部世界发出中国开放精神的信号，把中国置于帝制后

---

① ［美］任达：《新政革命与日本：中国，1898—1912》，李仲贤译，江苏人民出版社2006年版，第36页。

的进程。它的结果是革命性的,它把中国历史进程根本而永久地改变了。①任达甚至认为:"粉碎了经历2100年中国帝制政府模式及其哲学基础的,不是以孙中山(1866—1925)及其同伴为中心的1911年政治革命,相反地却是1901—1910年以晚清政府新政为中心的思想和体制的革命。""1911年革命的主要意义,是保证了新政年代的思想和体制改革继续存在——既不后撤,也不走回头路。"②

清末一批推进改革的开明官吏,包括张之洞、袁世凯、奕劻、张百熙、赵尔巽、端方、岑春煊、沈家本等人,在新政时期的努力,以及其他成千上万次要人物的事业和成就,为结束帝制后的中国奠定了基础。新政革命是一场"静悄悄的"革命,内容涉及农业革命、商业革命、科学及思想革命、工业革命,以至性革命和通讯革命,虽然不那么具有轰动效应,但其在实际历史进程中所起的作用却是不能低估的。

4. 辛亥革命。维新失败后,新政革命的缓慢改良,以及种种社会弊端的暴露,根本无法稳定激愤的社会情绪,这样,以孙中山为首的革命党崛起了。革命党提出建立资产阶级民主共和国的目标,要以武力为手段推翻腐败的清政府。经过了大大小小无数次革命,1911年的辛亥革命终于推翻了清政府的统治,延续了数千年之久的帝制被推翻了。中国历史翻开了新的一页。

以上对清末民初上层思想的勾勒和描述,从中我们可以发现,没有对下层民众的充分启蒙,只靠少数上层社会精英的努力是无法完成古老文明的现代化改造的。对下层民众进行充分的启蒙,更是艰难异常的过程,需要稳定的社会环境,需要社会力量的支持,需要众多知识阶层的参与,更需要做长期不间断的工作。虽然这个工作直到今天还是我们民族努力的课题,但在晚清的时候,一批有识之士已经为这个工作揭了幕、奠了基。

---

① [美]任达:《新政革命与日本:中国,1898—1912》,李仲贤译,江苏人民出版社2006年版,第16页。
② 同上书,"导言"第1页。

二 晚清下层社会的启蒙

晚清社会，由于外患频仍，再也不能维持原来的样貌了。为了推进国家近代化的步伐，除了在上层进行的经济、政治的变革，还有一批有识之士启动了社会层面的变革，积极利用近现代传媒和新兴的组织模式，展开对下层民众的启蒙宣传。启蒙思潮有一个涌动的过程，不是一下子就出现了五四时期的高峰状态。思想新因素的引入，是在与原有传统思想的斗争中获得生存空间的。新思想首先在思想界形成一定势力，造成一定舆论，然后才能加快在下层的普及。中国有三千年的封建文化，传统深厚顽固，不是一朝一夕可以改变的。思想启蒙在晚清曾经形成过一个高潮期，这是在外侮深重的时刻被激发出来的，社会上的有识之士开展了广泛的下层社会的启蒙，内容非常广泛，涉及社会生活的方方面面。据李孝悌的研究，清末1901—1911年，就有了"密集而多样的方式对下层社会做启蒙的工作"。[①] "启蒙"一词，在20世纪初已经广为运用，在《申报》等大报上常看到诸如"启蒙有术""以为有志启蒙者告"等用语，更有以包含"启蒙"两字的报刊、书本，如《启蒙画报》《启蒙课本》。这里，"启蒙"是在"开启蒙昧"的意义上广泛运用的，主要是以西方为参照系，灌输一套新的价值观念、道德准则，以达到启迪下层同胞生命自觉的目的。

甲午战争后，"开民智"的主张被提出来，随着时代思潮的发展，人们逐渐认识到思想改造的迫切性，并开始行动起来。"1895年之后，随着新式报纸、学堂和学会的大量出现，知识阶层的启蒙运动已经从理论层次落实到实际行动；下层社会的启蒙运动则还只停留在少数几个人议论的阶段。但在短短五六年间，由于义和团和八国联军造成的前所未有的危局，使得'开民智'的主张一下子变成知识分子的新论域，'开民智'三个字也一下子变成清末十年间最流行的口头禅，其普遍的程

[①] 李孝悌：《清末的下层社会启蒙运动：1901—1911·导论》，河北教育出版社2001年版，第7—8页。

度绝不下于五四时代的'德先生'与'赛先生'。"①

　　开启民智，最为重要的就是要破除民众思想观念中落后的观念，而要达到这个目的，就必须要借用民众能够接受的媒介来传达，于是一时间白话文成为一个重要的媒介，白话报、白话告示，都在这一时期大量出现，比胡适在《新青年》上发表"文学改良刍议"时倡导白话文要早将近二十年。为了照顾到不识字的下层民众，当时从事启蒙运动的知识分子还提倡戏曲，重视演说、宣讲，试行字母、简字，创设简字学堂、字母报纸等，有专门的读报处，把白话报的内容透过讲报等口述的形式表现出来。根据有关资料，在1897年就出现了白话报，1900年以后，白话报刊数量猛增，影响大的有《大公报》的白话论说栏，首开大报附刊白话的风气，从1902年创刊以后经常性附刊白话，因其"说理平浅，最易开下等人之知识，故各报从而效之者日众"②，《京话日报》《顺天时报》《中国日报》《民立报》《安徽俗话报》《中国白话报》《杭州白话报》《苏州白话报》《宁波白话报》《绍兴白话报》《竞业旬报》等报，都纷纷设有白话栏。尤其是彭翼仲创办的《京话日报》，销售量最高的时候达到一万多份，是当时北京最有影响的白话报。白话报在内容上，以移风易俗为主，包括破除迷信、劝诫缠足、劝诫鸦片，另外还包括一些劝善罚恶、攻击传统习俗、制度的文字和很多介绍新知识的内容。③

　　白话告示，在那个时代也比较常见，是承载启蒙内容的重要载体。有趣的是当时开明的封疆大吏也顺应时代潮流，用白话告示来教谕下民。如岑春煊将1902年光绪劝谕缠足的谕旨的意思改写为白话，陈说缠足的种种弊端：

　　　　第一样关系国家众人的弊病，没得别的，皆因女子缠足，一国

---

① 李孝悌：《清末的下层社会启蒙运动：1901—1911·导论》，河北教育出版社2001年版，第15页。
② 《大公报》1905年8月20日。
③ 李孝悌：《清末的下层社会启蒙运动：1901—1911》，河北教育出版社2001年版，第24—26页。

男子的身体都会慢慢软弱起来，国家也就会慢慢积弱起来。这个缘故，又没别的，皆因人生体子强弱，全看父母体子如何。中国当父亲的，接亲太早，体气先就不足；当母亲的，又因少时缠足之故。方缠足时业已受过许多痛苦，你们晓得的。那个女孩把足缠好，不弄得面黄皮瘦？既缠之后，因为行步艰难，所以中国女人害痨病的最多。就不害病，身子强壮的也少。所以养的儿子，在胎里已先受单弱之气，生下地自然个个单弱。祖传父，父传子，子传孙，传一层单弱一层。传到今日，虽然中国人丁有四万万之多，无论士庶工商，举目一看，十之八九，都是弱薄可怜不堪的样子。推求这个缘故……都由缠足。因为我的百姓个个单弱，所以人家敢来欺负。……所以如今要想把中国强起，必先把百姓强起来；要想把将来的百姓强起来，必先把养将来的母亲，现在的女儿强起来。

皆因女子缠足，天下男子的聪明，慢慢就会闭塞起来，德行慢慢就会丧坏起来，国家慢慢也就闭塞丧坏起来。这又没得别的缘故，凡人的聪明德行，全靠小的时候慢慢的教导指点。……十岁以前，当父亲的多半有事在外，全靠母亲在家，遇事教导指点。所以人的第二期教育，是学堂里先生的责任，第一期教育，全是当母亲的责任。如今的女子，七八岁以前，还有读书的；十岁以后，因为缠了足，行动不便，就不好上书房了。从此天天关在室里，世界上的事，一点也不明白，聪明就会一天一天闭塞起来。……等到嫁与人家，养了儿子，母亲先是没聪明没德性的，拿什么来教导儿子？指点儿子？小的时候听的没见识的话，看的没道理的事，既已弄惯脾气，大来如何会有聪明？如何会有德性？

……一层传一层，传到如今，举眼一看，十之八九，论身体既是薄弱可怜了，论知识也都是糊涂，论德行也都是荒唐。我们既已糊涂荒唐，外人自然看我们不起，要欺负我们。还有一样，不是别的，因为一人缠足，就少一人用处；少一人用处，就少一人力量，天下就会弱起来。……如今人人羡慕中国有四万万人,却不晓得里头有一半是女子。这二万万女人中,乡下穷苦大脚的,尚可以做下等劳动的事;至于仕宦城市的,个个小脚,个个一站就要人扶,一走就要人牵,吃饭张口,穿衣伸手。……可见得女人是无用了。①

晚清官府用通俗易懂的白话来发布告示,广泛告谕民众应当注意和规避的事项,"白话告示的普遍与内容的无所不包,令人惊叹,诸如禁止买卖春药,卖水饮水的都必须讲求卫生以防疾病,禁止烧香等迷信,禁止赤身裸体,要求清扫街道维护公共卫生,以及如何防火,如何保持健康等等,都是官府和警厅要公告的内容"②。以上研究让我们看到了以前注意不多的历史事实,即晚清时代在很多方面改革的步伐也是在不停地往前行的。用白话来充当告示的工具,表明当时的满清政府已经认识到了语言文字工具的重要,这也为理解后来北洋政府接受白话文革命埋下了伏笔,使我们认识历史趋势的巨大力量。

借助戏剧直观具体的特点进行下层社会的启蒙,也是重要的方式之一。当时,有个传奇女子惠兴办学的故事,就被白话报报道并被编为戏剧。惠兴是一位为启蒙献身的志士,出身官宦,认定开办学堂为强国的大事,中国女学尤其要兴办。她邀集同志,苦心筹款,终于办了一所贞文女校。开学那天,"女杰登坛演说,痛陈教育的关系,非兴学不能自强。忽然间,拔出刀来,在膀子上割落一块肉下来,鲜血直流,滴个不住。众人大骇,女杰却面不改色,向众宣言到:'这块臂肉,作为开学的纪念。这贞文女学校倘从此日推日广,我臂肉还能重生;倘若这女学半途而废,我必定要把这身子,来殉这学校的。'""开学后,没有多时,渐渐的经费不够开销。女杰支持不住,知道即使劝捐,未必有人应允;即使应允,零星少数,也不是长久之计,于是又想出一伟大举动。

---

① 李孝悌:《清末的下层社会启蒙运动:1901—1911》,河北教育出版社2001年版,第35—37页。
② 同上书,第41—43页。

亲手写了一封上某当道的书，痛陈女学兴衰关系的厉害，代本校请经常经费。却暗暗的生吞洋烟一杯，并写了遗书百余言。愿将一死动当道，请的款，兴女学，图自强等话。写毕就死，年纪只有三十五岁。"[1] 这种用白话或戏曲来介绍具有启蒙意义的事迹是那时的特色，同为启蒙的工具，白话和戏曲常常互为呼应、相辅相成。

三　近代新的文学机制的建立

晚清之际，随着国门大开西方势力大举进入，给中国社会带来了巨大变化，西方的商业模式也改变着中国的市场内容和形态。在中国社会迅速半殖民地化的过程中，近代型商业都市在中国纷纷崛起，于是产生了大量市民。市民对信息、娱乐的需求，形成了日益广泛的市场，这就促使了报刊、平装书等新型传播媒介这些西方事物也在中国出现了。新型传播媒介的出现有力改变了传统的文学生产、传播和消费的流程。一个显著的特点是促进了文学的"商品化"。综观中国文学的发展，19世纪可以说是中国文学变化最大的一个世纪。在这个世纪，伴随着中国社会发生的前所未有之变局，构成文学活动的各个要素都发生了极其重要的本质性变化。简单地说，是西方资本主义的先进技术力量和商业经营模式随着坚船利炮进来之后，极大冲击了传统的文学流通模式，其力量之大，既改造了作者也制造了读者，更产生了前所未有的文化市场。

（一）文化市场的形成。文化市场的形成是在技术力量和商业模式的引进基础上出现的，这个市场的出现对读者和作者都有巨大影响。在18世纪末文学的文本还是线装书，经过19世纪变成以平装书和报刊为主了，这主要是由于机器印刷技术的引入，报刊和平装书可以大量生产，而它们的售价低廉，往往只有线装书的十分之一，甚至几十分之一。这样就有更多的人能够买得起，对那些收入不丰厚的家庭来说，也有了消费的可能。在经营方式上，"近代出版商有机器复制作后盾，用

---

[1]　见《顺天时报》白话栏，1906年2月8日。

资本主义工业生产的方式来大量出版书籍，其数量远非手工业作坊能比。它的销售又充分运用资本主义的商业经营方式，一面在各大城市设立分店，一面又运用各种手段促销，显示出资本主义的强大优势"①。另外，"报馆书局生产的目的就是要赚取利润，尽可能地扩大报刊订户和增加平装书的销售量往往是他们追求的目标，这就势必促使报馆书局把眼光投向那些不属于士大夫却又有钱消费报刊及平装书的市民阶层，从而也就将文学从士大夫阶层垄断的状况下摆脱出来。"②

（二）作者和读者的变化。有两个历史性的变化，一是作者队伍扩大了，改变了传统士大夫垄断文学的局面，随之而来的第二个变化是作者的写作目的变了。此前很漫长的历史时期直至18世纪末文学作者是以士大夫为主体。这里有一个流变的过程，在传统中国，当印刷问题没有解决，文本的流传依靠传抄的年代，下层的庶族文人因为贫穷往往难于获得必要的书籍，无法与士族文人竞争，随着技术进步，阅读媒介由甲骨、刻石、钟鼎转为竹简、木片、帛书，再到纸的出现和雕版印刷的发明，文化掌握的范围也不断扩大，由贵族转向"士"，再扩大到"庶族"。近代中国经历了一个更大的变革，就是"由西方输入了机器印刷和书、报、刊的资本主义商业性经营方式，改变了传统文本的制作及传播方式，大大降低了成本，加快了传播速度，促进了文化的普及，士大夫阶层的解体，促使近代社会文化发生变化，从而也促使中国的文学观念发生变革。"③ 与此项相关联的一个变化是作者的写作对象也在相应发生着变化，在传统社会，士大夫的写作一般不是为钱，也不存在为普通老百姓的写作，因为"文学"那时是士大夫圈子内的玩赏品，与一般老百姓关系并不大。尽管作家会揭示下层民众的苦难酸辛，所谓关心民瘼，但这些揭示民生疾苦的作品并不是为了给老百姓看，作品本身古雅的形式与一般民众的理解能力之间就存在隔膜，他们揭示的疾苦只是

---

① 袁进：《近代文学的突围》，上海人民出版社2001年版，第38页。
② 同上书，第42页。
③ 同上书，第36页。

为了让帝王贵族和士大夫们意识到社会存在的危机，根本上还是为自己阶层的利益服务的。而到了近代，这些传统的关系明显发生了转变。随着稿费制度的建立，写作本身可以成为谋生手段了，在新的社会结构里，知识分子一定程度上从传统士大夫意义上解放出来，为读者写作成为必然。报刊的商业化，要求报刊的文章照顾到读者口味，而当时主要的读者群是市民阶层，"在为平民百姓写作时，头脑中的士大夫意识渐渐淡化。由于办报需要向外文报刊和外国人办的中文报刊学习，他们（作者）头脑中的思想意识也不断受到西方的影响。"[①] 以上作者和读者的变化，也同时伴随着文学观念的变化，这个变化与近代报刊有着重要关联。

（三）近代报刊对于文学观念的影响。文化的市场机制是以近代报刊为场域形成的，而近代报刊的发达，是多种历史合力的结果。就影响来说，近代报刊在思想上具有强烈的启蒙效果，在文体上促进了文体的变革，加速了中国社会近代化过程。就报刊这一近代中国新鲜事物而言，在改变国人思想和变革文体方面发挥了重大而悄无声息的作用。中国近代报刊有一个大致的发展脉络，先是外国人在中国办外文报刊给外国人看，然后是外国人以营利为目的创办中文报刊给中国人看，最后是中国人自己办中文报刊给中国人看。报刊文体有特殊要求，需要直接满足读者的需求，要尽可能多地扩大销售，这就必然改变传统文体对读者漠然的态度，要抓住读者的心理，关心时事就成为必然。这一市场化和关心受众的取向，是与传统的作文方式有很大差别的，报刊文体是传统所没有的，在这个过程中师法外国人的报刊文体就成为必然，这种学习促使了文体的变化。

通过对西方的学习，国人在文学观念上有了新的认识，逐渐改变了中国传统的文学观念，让文学从"载道"的麻木状态中觉醒起了巨大作用。对于西方文学观念的接受有一个历史过程，并不是从接触西学开始就必然具有了西方近代文学观念。中国早期接受的西学是从基督教传

---

① 袁进：《近代文学的突围》，上海人民出版社2001年版，第46页。

教士开始的，而传教士的文学观念主要是中世纪基督教"劝善罚恶"的文学观。这种文学观念和中国传统的"载道"文学观如出一辙，这种功利主义的文学观念在近代中国的影响深远，"无论是改良派政治家还是革命派政治家，他们对文学的看法都带有很强的政治功利性，他们因此对'文学'的认识与传统文学观颇为接近，其功利色彩甚至较传统的正统文学观念更甚。"① 梁启超排斥《水浒传》《红楼梦》，指称为"诲盗诲淫"，就是例子。到20世纪初王国维等人对文学的审美特性已经有了清醒认识，强调文学的非功利性，试图将文学从"载道"的传统禁锢中解放出来，这就在文学观念的认识上有了一个新的高度。

晚清到五四这段时期中国社会发生了很大变化，出现了前所未有的近代事物，萌动了与传统思想相抵牾的近代思想意识，所有这些变化具有强烈的启蒙性质。西方既是敌对的他者，也是令人倾慕的学习对象，在传统与现代，文明与落后，激进与保守的激烈碰撞中，理性精神逐渐成为反思和批判传统的武器。就文学来说，这个时段里发生的文学思潮都有理性精神鲜明的体现，无论这些思潮今天看来如何保守、如何落伍，在当时都有启蒙民智的价值，为以后进一步的发展奠定了基础。

四 晚清文学的新变

晚清的文坛，依然沿袭过去的传统，以诗坛为主，对应风云变幻的社会思潮，诗坛在这一时段的变化也是很大的。从开一代风气的龚自珍始，到提倡"诗界革命"的维新派诗歌，到以南社为代表的革命派诗歌，中间还一直贯穿着各种复古主义的流派，共同构成了晚清民初诗坛丰富复杂、多姿多彩的风貌。

龚自珍（1792—1841），是清末进步思想家和文学家，具有深刻的批判精神，对近代思想界有明显的启蒙作用。他揭露现实，批评社会，

---

① 袁进：《近代文学的突围》，上海人民出版社2001年版，第81页。

纵论天下事，对于长期慑服于极端专制主义的传统知识分子产生了开风气的作用。钱仲联评述说："在近代诗歌发展史上，开创了一代诗风的杰出诗人，是力主诗歌革新的龚自珍、魏源等人。龚自珍，他不仅是一位著名的启蒙思想家，同时也是启一世之蒙的诗人。""在艺术上，龚自珍的诗境界奇肆，形象瑰玮，想象丰富，才藻纷披，充满着浪漫主义的色彩。它有力地扫荡了清中叶以来诗坛上衰颓不振的诗风，也有力地感染和鼓舞了近代资产阶级改良派和革命派的诗人们，他们从龚诗中吸取有益的营养，并形成了那一时代的诗风。"① 他的代表作是《乙亥杂诗》，下面选录两首，以见其思想和艺术的一斑：

浩荡离愁白日斜，吟鞭东指即天涯。落红不是无情物，化作春泥更护花。

九州生气恃风雷，万马齐喑究可哀！我劝天公重抖擞，不拘一格降人材。

诗界革命。提倡者为梁启超、黄遵宪等人，梁启超在《饮冰室诗话》里还列举了丘逢甲、康有为、夏曾佑、蒋智由、谭嗣同等人。钱仲联说："所谓'诗界革命'，按照梁启超的说法，是'革其精神，非革其形式'，'要能以旧风格含新意境'"② "今日不作诗则已，若作诗……不可不备三长：第一要新意境，第二要新语句，而又须以古人之风格入之，然后成其为诗。"③ 很明显，这里所说的"新"，是指在运用旧体诗这种形式的时候，要在诗歌语言和内容方面有所创新，自觉运用诗歌为他们的政治改革鼓吹。从诗歌内容上看，有两点值得说明：一是宣传新思想、新知识、新事物，努力写出古人未写之物、未写之境；另一个是写出大量鼓吹变革、救亡图强为主题的作品。"'诗界革命'从总体上说，终究

---

① 钱仲联：《近代诗钞·前言》，江苏古籍出版社1993年版。
② 同上。
③ 梁启超：《夏威夷游记》，见《饮冰室合集·专集之二十三》，中华书局1989年影印本，第189页。

没有能从根本上摆脱旧体诗的束缚，只能在旧体诗的规格内翻新，因此，'诗界革命'也如绚烂的晚霞，很快成为历史的陈迹。尽管如此，他们留下的诗篇和取得的成就，足以突破元明以来的诗坛，成为几千年中国古典诗歌的后劲；他们在诗歌通俗化方面所作的努力，也为五四运动前后掀起的白话诗运动架起了桥梁。"①

南社诗人。继"诗界革命"而起的，是资产阶级民主革命的战士诗人和宣传资产阶级民主革命的"南社"诗人。南社是当时诗坛上影响最大、声势最盛的革命文学团体，是一个用诗文来鼓吹革命、团结爱国知识分子的组织，成立于1909年11月，因为这个社提倡于东南，取"乐操南音"之意，寓有反抗北方清王朝的意思，因取名南社。这个社团发展很快，一年后发展到一百九十三人，最后增加到一千一百七十人之多，前后持续十五年之久。南社代表诗人是柳亚子，其他还有陈去病、黄人、苏曼殊、黄节、诸宗元、林景行、林学衡等。在诗歌的风格和内容方面，"他们诗歌的形式和风格，仍然是龚自珍的传统的继承，在旧体诗的形式中力图突破传统写法的束缚，与'诗界革命'并无二致；在内容上，与'诗界革命派'则有了改良与革命的区别，表现了辛亥革命前后革命党人为拯救祖国危亡，为推翻清王朝专制统治而英勇献身的革命理想和英雄气概，作品中洋溢着强烈的爱国主义和民主主义的革命精神"②。

复古主义流派。在各种复古主义诗派中，影响最大的是同光体派。"同光体是近代各种宋诗派的统称，正如同光体的巨子陈衍所说：'同光体者，苏堪（郑孝胥）与余戏称同（同治）、光（光绪）以来诗人不墨守盛唐者'（《沈乙庵诗序》）。这一派的诗人，大抵上都不满墨守唐人、泥古不化的诗风，继承郑珍、何绍基等开导了先河的宗尚宋诗的风尚，希冀在学古的领域内开拓诗歌的新途径，使诗歌具有新的生机。"③同光体内部又有不同，按照地域和宗尚的不同又可分为三派，各有代表

---

① 钱仲联：《近代诗钞·前言》，江苏古籍出版社1993年版。
② 同上书，第12—13页。
③ 同上书，第14页。

人物。第一派是赣派，承宋代江西诗派而来，追慕黄庭坚、陈师道，此派以陈三立为代表人物，其他还有华焯、胡朝梁、王瀣、王易、王浩、和陈三立的儿子陈衡恪、陈隆恪等。第二派是闽派，这派以陈衍、郑孝胥为代表，还包括沈瑜庆、陈宝琛、林旭等人，他们较推崇宋梅尧臣、王安石等人。第三派是浙派，以沈曾植、袁昶为代表，沈曾植是著名学者，诗风生涩奥衍，力避平庸。除以上三派之外，还有夏敬观、俞明震、范当世、陈曾寿等也被认为是同光体诗人。

总体上说，晚清以来诗坛是强调新变的，在时代的感召下，多慷慨激昂的篇什，在摆脱旧的形式束缚，开拓新的表现天地方面，都做过不同程度的探索和努力，但从总体上看，又都不脱旧体诗的框架，都是在旧形式内的翻新。

与诗歌相比，小说作为文学的一个门类在晚清有更根本的变化，能够说明这种变化的是小说地位的大幅度提升。20世纪初，梁启超提出了"小说界革命"的口号，著文高度评价小说的作用："欲新一国之民，不可不先新一国之小说"，"今日欲改良群治，必自小说界革命始；欲新民，必自新小说始"[1]，并认为小说是"文学之最上乘"。虽然其本意是要利用小说作为政治宣传的工具，但对于小说地位的提升方面的作用是毋庸讳言的。在中国文学传统中，小说是没有地位，小说家是被人瞧不起的，所以很多中国古代小说家往往不愿署上自己真实姓名。"小说界革命"在晚清掀起了一个小说热潮，梁启超的小说主张打动了当时的很多传统文人，纷纷以改良社会之心加入小说创作行列，即便是某些以消遣为内容的小说，往往也有宣传民主、自由、科学等政治思想的。总的来说，"小说界革命"一方面改变了旧派文人鄙视小说的传统观念；另一方面通过引进西方小说这个参照系，为小说写作技术的进步、小说观念的改变提供了阶梯。但"小说界革命"是以外在的标尺来衡量小说的，虽然提升了小说在启蒙方面和政治鼓动方面的工具性地

---

[1] 梁启超：《论小说与群治之关系》，转引自陈平原、夏晓红编《二十世纪中国小说理论资料》（第一卷），北京大学出版社1997年版，第33页。

位,但并没有真正确立小说主体地位。这一时期倡导小说的人,多视小说为新思想、新知识的媒介,为一种特殊教科书,而忽视了小说艺术的独立价值,这也是为什么清末小说大繁荣,而未能产生可以与古代优秀小说媲美的杰作的原因之一。①

五 晚清民初文学思潮的更替

对应着社会领域启蒙思潮的涌动,在文学领域也发生着与之对应的潮涌。袁进把19世纪中国主要文学思潮划分五类:第一,"经世致用"的文学思潮。"经世致用"思潮在19世纪发展到极致,逐步变为"文学救国"论,一直影响到后世。这一思潮注重文学和现实的联系,以能否解决现实问题、能否对现实变革有帮助来作为评判文学的价值标准。这也是后来文学"工具论"的早期胚胎。这是传统的文学观念在新的历史背景下的隐形表现,在当时的时代条件下具有充分的合理性。第二,"学习西方"的文学思潮。"马关条约"后,有更多先进的士大夫阶层开始意识到向西方学习的重要,"学习西方"也成为当时主要的思潮。在文学领域,尤其是小说,出现了大量翻译作品,这种翻译活动对文学和社会的影响是多面的,虽然站在不同立场会有不同判断,但总体来说,学习西方汇集成一个很大的潮流。第三,提倡人文精神的文学思潮。人文精神思潮由于得不到有力的支持,在个体意义上探讨人文精神一直很薄弱。五四时期对人道主义的强调,对个性自由和解放的倡导,应该是这一思潮的又一次凸显,但后来又一次被时代的大潮从前台冲击到后台成为一道潜流,民族国家的宏大话语五四落潮后再次压倒了个性意义上的启蒙思潮。第四,文学通俗化思潮。这一思潮在两个方向上展开:一是原来被认为是不得进入"文学"的小说戏曲,逐步得到士大夫们的重视,一跃为文学的中心。二是传统文学的核心——诗文,开始了通俗化发展的倾向。这一进展的路径是和文学革命的路径相通的,再次证明五四文学革命不是突然出现的,而是有种种的铺垫和准备的。第五,文学的复古

---

① 袁进:《近代文学的突围》,上海人民出版社2001年版,第227—250页。

思潮。"复古"一般是出于对现状的不满，想要通过复古来改变现状。在"西学"的权威没有建立的时候，只有"古"才有权威，要改变现状，就必须"复古"。在"西学"的权威建立后，"复古"思潮就日暮西山了。①文学复古思潮作为一种过渡的形式，具有明显的革命意义，是为了革新而从传统中寻找有力依托，"复古"只是形式，在根本意义上是革新的，我们不能据其名而忽其实。当然，这些思潮并不是孤立的，而是互相渗透和影响的，从具体的作家来看，也是如此。袁进指出："在19世纪，一个作家身上往往可以同时具有几种思潮的精神。例如，龚自珍作为近代开风气者，就同时体现出'经世致用'、'人文精神'和'复古'三个思潮的精神；章炳麟是'复古'思潮的鼓吹者，他同时也主张'经世致用'和'学习西方'，并且受到西方'人文精神'思潮的影响。"②

中国近代文学思潮的流变有一个值得注意的现象，就是政治思想人物对文学新变的强调，黄遵宪、丘逢甲等人倡导的"诗界革命"，梁启超等人鼓吹的"小说界革命"，都为文学注入了新的活力。但这些倡导也有其时代局限的一面，以小说为例，梁启超提倡的"政治小说"促进了这一文学样式向外国小说学习，使中国小说外国化，推动了小说由传统的边缘地位向文学中心位移，加快了它的变革，同时也在冠冕堂皇的理由下将小说作为政治的传声筒，强调"群体""国家"，而忽视了"个人""个体"，延缓了小说的成熟。

从晚清到五四，是中国近现代史的开端，在这个历史时期，中华古老文明遭遇了"千古未有之大变局"，近代以来持续高涨的变革诉求，正是时代激发的结果，在因危机进行变革的过程中，举凡物质、制度、文化等方面都有重大变化。但可惜的是，限于各种历史条件，种种变法图强的举措最终并没有能够使中国摆脱危机，新的危机总是接踵而至，政治、经济、军事、社会文化的再造工程并没有完成，依然是此后中国人面临的重大历史课题。

---

① 袁进：《近代文学的突围》，上海人民出版社2001年版，第153—157页。
② 同上书，第163页。

第二章　五四新文化运动的破旧立新

　　晚清到"五四"一段时间中国社会发生了种种变化，文学也顺应时代的变化在内容和形式上做出了不同于传统文学的调整。晚清帝国的种种变革努力无法挽回帝国颓败的命运，变革的内容无法在不稳定的社会环境中生根发芽，传统保守势力一直保持着强大影响力。但晚清的革新努力为以后时代的更大变革积累了势能，奠定了基础。辛亥革命只取得了表面的成功，社会改造的庞大工程远未完成，广大民众依旧生活在顽固落后的传统中。袁世凯称帝的闹剧很快结束了，但统一的局面也失去了，大大小小的军阀实际上控制了不同地域，在政治上这当然是极坏的情形，但对于思想文化来说，则是一个"王纲解纽"的时代，思想文化也随之进入一个活跃的喷发期。晚清埋下的思想文化种子在这个时代纷纷发芽了，晚清开始派出的留学生一批批回国了，在各个领域占据显要的地位，推动着社会的变革。五四时期启蒙思潮的领袖和推动者，几乎都有留学的经历，文学革命的两个主帅——陈独秀留学过日本，胡适是美国留学生。

　　新文化运动和五四文学革命，是中国思想文化史上著名的界标，被认为是继春秋战国时代和魏晋时期之后又一个思想大解放的时代。"启蒙"是新文化运动和五四文学革命时期核心的主题。这个时期在思想文化上空前大解放，喊出了"打倒孔家店"的口号，以坚决的态度要求摧毁顽固传统文化中落后腐朽的部分，打扫好庭院，收拾干净屋子，准备迎接"德先生"和"赛先生"进来。可以说当时的启蒙知识分子占尽了天时、地利、人和的优势，是在充分的历史条件下来完成其事业的。从天时上说，当时是"王纲解纽"的时代，社会舆论控制松散，思想文化活跃，各种学说观念能够相对自由传播，是"主义"并立的时代，社会主义、资本主义、"好政府"主义、三民主义、无政府主义、国家主义等都有宣传。从地利上说，陈独秀、胡适、周氏兄弟等启蒙领袖人物，登上了全国最高讲坛——北京大学，一举手、一投足都具有全国性影响。蔡元培主持下的北大迅速成为新思想者聚集的地方，其势力足以向北大的保守势力挑战，并通过刊物和毕业生向全国辐射。蔡元培"兼容并包"的办学思想很成功地被贯彻了，在他治校期间，三个不同旨趣的学生社团和杂志得以同时存在——文化上保守的"国故"，政治上激进的"国民"，以及走向启蒙、致力思想文化革命的"新潮"。这些学生团体的主要成员后来成为中国文化界和政界诸方面的领袖。北大校长蔡元培利用其政治影响力以"兼容并包，学术自由"的招牌，实际上保护和支持了新文化运动和五四文学革命的开展。从人和上说，一批知识精英在风云际会中聚拢到了一起，当时的启蒙领袖们尽管出身不尽相同，教育背景各异，具体观点有差别，但在启蒙的方向和启蒙的内容上有高度一致的认同，在传播启蒙思想上有强大的文化影响力，在攻击传统文化方面有强大攻击力。这个时代，知识阶层依托大学讲堂，以报纸杂志为阵地，登上了舆论的制高点，发挥了全国性的影响，使这个时代成为历史上最辉煌的时代之一。五四新文化运动距今九十多年了，现在回头看看，她的伟大功绩不能不说是启蒙的作用。"民主""科学"两面大旗恰当地标识出她的历史任务，确立个人价值，是争取民主的基本条件，个人价值的确立又与破除传统偶像及教条紧密关联，不扫除种种迷信科学也无法发展。具体地说，启蒙作用的发挥，就是为确立民主和发展科学营造思想氛围，扫除障碍，在旧传统的榛莽中开辟新传统的路。[①]

[①] 耿云志：《耿云志文集》，上海辞书出版社 2005 年版，第 185 页。

下面主要从两个方面来阐述五四启蒙思潮的巨大影响。一是在思想领域对传统保守落后思想观念进行尖锐犀利的批判；二是在文学领域借鉴西方文学对于现代文学的建设，包括语言工具转换、文学观念的变化等。思想观念的变化与文学表现的变化两者之间实际上是一体的，仿佛钱币的正反面一样是不可分离的。现代文学一个无法摆脱的悖论是：一方面要强调自身的自主地位，建立独立的审美王国，不受政治、商业等势力的侵扰，自足地发展自身；另一方面，文学不可避免地成为各种学说和理念的宣传工具，尤其是启蒙思想的工具。不过，这时的文学工具作用还是宽松的，不是受一家一派控制的，还没有发展到后来那样完全被某一种意识形态所控制的地步，因此还没有引起人们足够的重视。

一 启蒙思潮的理论资源

"思想进步不过相当于发展新的说话方式，这种新的说话方式将被新的社会实践所使用，并有助于发展将为更多的人民带来更大自由和幸福的社会实践。"[1] 新文化运动引进、发展了新的话语系统——启蒙话语，试图以此改换实现民族的复兴、个人的幸福。新文化运动在工具层面来说，是试图抛弃一套旧的话语和制度，引进一套新的观念用以批评个人行为以及社会习俗和制度，为人们提供思考道德及社会政治的新框架、新范式。新文化为道德、社会、政治思考设计了条件和内容——"科学""民主"。对启蒙倡导者来说，这个话语系统主要是在西方的社会实践中被使用和检验过的，新语汇的效能和目的之间是和谐的，新语汇作为一种新工具，美好的前景就摆在面前——西方民主、富强的现状。

简明地说，启蒙思潮的理论资源主要有两个源泉：一个是西方的，一个是传统的。前者是一再被研究者强调的，五四时期这一资源的价值一再被强化，鲁迅曾经告诫青年要少读或不读中国古书就是例子。应该

---

[1] 李幼蒸：《中文本作者再版序》，见理查德·罗蒂《哲学和自然之镜》，商务印书馆2003年版，第4页。

说，在启蒙思潮影响下启蒙者对于西方文化的借鉴和引进是非常显著的，同时也是非常合理的。"中国文化当时面对的问题是如何从中世纪式的专制传统的束缚下解放出来，迫切地需要一场资产阶级性质的启蒙运动。因此，那些发源于西方，经历反教会、反中世纪传统的斗争锤炼出来的资产阶级的思想、学说，自然就被中国当时的启蒙思想家视为最方便适用的武器。"①

对于本土资源的继承在五四时期就有人倡导，但一直处于弱势，成为被压抑的声音，下面我们就对这一方面做些介绍。五四新文化运动从西方吸取了大量思想文化资源，极大促进了中国的现代化进程，但如果这些西方资源不能与中国深厚的传统结合，实际上很难转化为推动民族进步的生动力量。在五四新文化运动的传统根源方面，已有很扎实的论文及论著涉及，如余英时先生的《五四运动与中国传统》，欧阳哲生的《新文化的源流与趋向》等。清末民初的思想变动和社会变动，可以看作是五四新文化运动的直接根源，有学者已经指出康有为《新学伪经考》对新文化运动中疑古思潮的启发作用，梁启超的新民说对于个性解放的先导作用，其他如禁止女子缠足运动、女子教育运动等对于妇女解放的意义。把五四新文化运动的根源向传统追述，新文化运动的领袖们已经在做了。在新文化运动遭到各种阻挠，和守旧派在观点上尖锐对立时，胡适等人是很注意从传统中寻找反击力量的，他们努力发掘另一种传统——那些被压抑的，处于"异端"地位，和正统观念尖锐冲突，被查禁的传统资源。周作人把 20 世纪 30 年代初（1932）在辅仁大学的八次讲演集为《中国新文学的源流》，把中国文学史理解为"言志派"和"载道派"两种潮流的起伏，将晚明公安派引为文学革命的同调，这是作为当事人的周作人从传统中找源流的努力。在谈到新散文的时候，他论述说："我相信新散文的发达成功有两重的因缘，一是外援，一是内应。外援即是西洋的科学哲学与文学上的新思想之影响，内应即是历史的言志派文艺运动之复兴。假如没有历史的基础这成功不会这样

---

① 耿云志：《耿云志文集》，上海辞书出版社 2005 年版，第 164 页。

容易，但假如没有外来思想的加入，即使成功了也没有新生命，不会站得住。"① 耿云志先生在总结这段历史的时候说："我们从那个时代的思想、学术界一些新人物的著述、言论中，大致可以看出几种主要的非正统的东西直接影响着这些人的思想：1. 先秦的非儒家学派；2.《诗经》以来的民歌、民谣和一切白话式的作品；3. 魏晋时期一些特立独行的人物情操；4. 从王充到康有为、章太炎的不迷信权威的怀疑与批评的态度；5. 从墨经的重效验，到王充的'疾虚妄'，到顾炎武、颜元的崇实证、重实用，再到清中叶以后经世致用思想的复活；6. 从王莽、王安石、张居正到戊戌时期康、梁、谭等改革家的思想与活动；等等。总之，中国历史上，一切非正统的，不为历代统治集团所扶持的那些流派及个人的思想、学说、言论及相应的文艺作品等，这时都有受到青睐，并为新文化提供滋养的机会。"很明显，"中国新文化受激于西方文化的冲激，许多重要的学说与观念是来自西方，这是不争的事实。然而，这些学理、观念，若在中国完全找不到合适的土壤、温床，它们就不可能在中国生根、发芽，就不可能为中国人所接受。也就是说，新文化的倡导者们必须善于从传统中搜寻出一切可以同西方新观念相互融通的东西。……应该承认，中国传统中确有同专制主义的思想文化不同的，甚至是反抗专制主义的东西。……我们应当承认，中国历史上有反对迷信，反对成见，勇于面对事实，重实用、重效验的思想；也有争取人格独立，争取伸张个人权利，争取言论自由等等虽很微弱，但毕竟存在着呼声。这些方面的历史事实仍待我们进一步去发掘、整理。"② 五四新文化运动传统资源的发掘，为我们更深地认识这段历史提供了思想助力，使我们进一步认识到民族文化的深沉博大以及知识转型动力源的复杂性。

二 启蒙思潮对传统礼教的冲击

秦始皇建立了第一个中央集权的封建帝国直至晚清，近两千年，虽

---

① 周作人：《中国新文学大系·散文一集·导言》（影印本），上海文艺出版社2003年版。
② 耿云志：《耿云志文集》，上海辞书出版社2005年版，第195—196页。

然文化发展时有变迁，但终究未能逃脱专制主义的樊篱。自汉武帝采纳董仲舒"罢黜百家，独尊儒术"的建议以来，儒家思想被定于一尊，春秋战国时代"百家争鸣"的思想繁荣局面很少在此后历史时段中重现过。"四书五经"严重束缚了先人的头脑，伦理纲常把人网络在一个"名分"结成的网里，挣脱不出来，人格被高度模式化了，虽有李贽、徐渭等著名"异端"思想，也因正统的强大和异端思想的被禁不能有大影响，个人的价值始终被漠视、受到压抑。一切实用科技层面的知识得不到重视，无法充分发展，与主要西方国家相比造成社会生产力的落后。

　　正是在五四时期，一批正值年富力强的启蒙思潮领袖，充满了朝气和斗争精神，勇猛地对守旧势力发起了攻击。和守旧的代表人物相比，启蒙思潮的代表人物在年龄上要年轻得多。周策纵留意过这个问题，他发现1919年活跃的学生如傅斯年、段锡朋、罗家伦、周恩来都在23岁以下，"供给他们新思想的教授也都是二三十来岁"，与此形成对比的是，"多数站在相对地位的旧学者往往已超过了50或60岁。军阀们的首领都是中年人或比中年人还要大一点"。① 1917年有一股强劲的新生力量登上了中国最高讲坛——北京大学，北京大学在蔡元培的主持下开始了改革，采取"兼容并包，学术自由"的治校方针，当时陈独秀38岁，胡适只有26岁，钱玄同30岁，刘半农也只有26岁，鲁迅36岁，李大钊29岁，甚至蔡元培也只有41岁。从保守势力阵营来看，虽然黄侃31岁，刘师培33岁，但林纾已经66岁，严复64岁，辜鸿铭60岁。在新文化传播过程中，发生了大大小小许多论战，在论战中启蒙思潮逐渐占据了上风，争取到大批青年学子的认同，新思想得到快速传播。五四启蒙思潮区别于两千年来传统文化的地方，在于发现了"个人"。五四新文化运动几乎所有新思想、新观念都是与"个人"相关——提倡个人解放，强调人格独立和自由发展。胡适在长文《易卜生主义》中，指出"社会最大的罪恶莫过于摧折个人的个性，不使他自由发展"②，

---

① [美] 周策纵：《五四运动史》，岳麓书社2000年版，第136—137页。
② 胡适：《易卜生主义》，《新青年》第四卷第六号。

鲁迅通过文艺作品激烈批判"吃人的礼教",吴虞猛烈抨击"孝"道。正是新文化运动的前驱者看清楚了处于正统地位的传统文化压抑个性、桎梏人的创造力的一面,才把"打到孔家店"的口号响亮提出来了。"我披肝沥胆地奉告人们:只为了我十分相信'烂纸堆'里有无数无数的老鬼,能吃人,能迷人,害人的厉害胜过柏斯德(Pasteur)发见的种种病菌。只为了我自己自信,虽然不能杀菌,却颇能'捉妖','打鬼'"。①

礼教严重束缚了人们的思想,甚至要求"思不出其位",杜德机在杂感《隔膜》中举例说:"譬如说:主子,您这袍角有些儿破了,拖下去怕更要破烂,还是补一补好。进言者方自以为在尽忠,而其实却犯了罪,因为另有准其讲这样的话的人在,不是谁都可说的。"② 就是"思不出其位"的最好注脚。在五四时期,对于破除传统旧道德、旧思想、旧文艺有一种普遍的激进态度,认为"新道德与旧道德,新思想与旧思想,新文艺与旧文艺,同时占据同一空间,不把一种除去,别一种如何进来?若是中国并没有旧思想、旧道德、旧文艺,那么只用介绍新的就完了,不必对于旧的打击了。只是中国本来有一种道德、思想、文艺,大家对它信服的很,以为神圣似的。如果不发现了它的不是,不能坠大家对它的信仰心,自然不能容新的,还用什么方法引新的进来?一个空瓶子,里面并没有多量的浑水,把清水注进就完了。假使是个浑水满了的瓶子,只得先把浑水倾去,清水才能钻进来。中国是有历史文化的国家,在中国提倡新思想、新文艺、新道德,处处和旧有的冲突,实在有异常的困难,比不得在空无所有的国家,容易提倡。所以我们应当一方面从创造新思想、新文艺、新道德着手;一方应当发表破坏旧有的主义。"③

五四时期,对传统礼教的反叛集中反映在对家族制度的不满以及与

---

① 胡适:《整理国故与"打鬼"——给浩徐先生信》,《现代评论》1927年第五卷第一一九期。
② 杜德机:《隔膜》,《新语林》1934年7月5日创刊号。
③ 傅斯年:《破坏》,《新潮》1919年第一卷第二号。

此密切相关的对女性解放的呼吁上。家族制度是封建礼教的组成部分，对家庭制度的不满，呼唤解脱家族制度的牢笼。早在 1907 年，无政府主义刊物《新世纪》已经开始反抗家族制度，认为对祖先的崇拜是反理性、反科学的。五四时期，对家族制度的攻击依旧持续进行。当时的知识分子，作为老师一辈的人中，多数都无法挣脱家族制度的束缚，他们思想上的激进和他们行为选择的妥协，正好形成有趣对比。《新青年》的大部分作者，鲁迅、胡适、李大钊等人是启蒙思潮的领袖人物，新思想的播火者，但他们"仍忠于他们缠脚的、文化水准很低，甚至是文盲的母亲与妻子。他们也继续抚养他们的敌视《新青年》主张的父亲"①。既然他们自身无法从中解放出来，便把希望寄托于后面的一代人，鲁迅悲壮地说过："自己背着因袭的重担，肩住了黑暗的闸门，放他们到宽阔光明的地方去；此后幸福的度日，合理的做人。"② 年轻的学生一辈，也起而抨击家族制度，傅斯年攻击家族制度是"万恶之源"，他说"中国人对于家庭负累的重大，更可以使得他所有事业完全乌有，并且一层一层的向不道德的中心去。……咳！家累！家累！家累！这个呼声底下，无数英雄埋没了。"③ 他们呼唤新的道德，渴望实现自我价值。1918 年胡适在《新青年》上编辑"易卜生专号"，发表了著名的论文《易卜生主义》，对旧道德发起冲击，并提出新的自我实现观，文中他热情地说"我所最期望于你的，是一种真正纯粹的为我主义，要使你有时觉得天下只有关于我的事最要紧，其余的都算不得什么。"④ 继胡适发表《易卜生主义》之后，有两个易卜生的戏剧作品被译为中文，一个是陶孟和翻译的《国民公敌》（*An Enemy of The People*），一个是罗家伦和胡适合译的《娜拉》（*A Doll's House*）。娜拉获得了青年学子的深切共鸣，当她的丈夫海尔茂指责她背离贤妻良母的职责

---

① [美] 舒衡哲：《中国启蒙运动：知识分子与五四遗产》，刘京建译，新星出版社 2007 年版，第 127 页。
② 鲁迅：《我们现在怎样做父亲》，《鲁迅全集》（第二卷），人民文学出版社 2005 年版，第 71 页。
③ 傅斯年：《万恶之源》，《新潮》第一卷第一号。
④ 胡适：《易卜生主义》，《新青年》第四卷第六号。

时，娜拉振聋发聩地说"我还有一个更神圣的责任——我对自己的责任"（I have a more sacred duty, my duty to myself），这句话成为流传很广的名言，以致后来鲁迅在写《伤逝》的时候，子君说的"我是我自己的，他们谁也没有干涉我的权利！"①反映了时代思想进展中女性的觉醒。

女性解放是启蒙思想中的重要内容，有关女性解放的话题，在晚清就已经开启，有关禁止缠足，设立女校的报道和消息在主要报刊上都能见到。五四时期，这依然是一个受到关注的问题。在《新潮》第二期上，叶圣陶发表了《女子人格问题》，抗议中国历史上家族制度对女子人格的侮辱，表达对女子命运的同情。在文学创作方面也有不少站在女性立场控诉社会习俗的作品，如杨振声的《贞女》，描写一个十九岁的女孩子被迫和木头牌位成婚，因为这位男青年在订婚后死了。故事的结尾尤能牵动人们的同情和深思：婚礼结束后，婆婆发现新娘在新房里自缢而死。这篇小说控诉了"从一而终""名分""贞操"等传统婚姻道德观念的可恶。由于受到长期封建观念积习的影响，妇女在现实生活中的地位极其卑微，即使在思想解放的五四时期，损害妇女的事件也是层出不穷。下面举一个安庆女子桑蚕讲习所事件的例子：1919年8月15日和9月1日深夜，驻安庆的安武军第八路军两次侵入省立女子桑蚕讲习所，集体围奸师生，致使该校师生十余人羞愤自杀。此事经11月27日《字林西报》披露，举国公愤，一致要求严惩祸首。安徽督军倪嗣冲及省长吕调元先后致电北洋政府，矢口否认，百般袒护安武军的兽行，并且反诬报界"无中生有"，扬言要"依法起诉"。此事遂不了了之。②尽管女性解放的道路是漫长和曲折的，现实生活中存在着种种损害妇女的行为和事件，但从晚清就开始的女子解放到五四时期还是迈入一个新阶段，走上职业岗位的女性一天天增多，妇女争取婚姻自主、人格尊严的要求为更多的人理解和接受，五四时期崛起的女性作家群正是

---

① 鲁迅：《伤逝》，《鲁迅全集》（第二卷），人民文学出版社2005年版，第115页。
② 《安徽近现代史辞典》，中国文史出版社1990年版，第34页。

在妇女地位普遍提升的社会氛围中产生的。

三 文学革命

（一）胡适和《新青年》

文学革命的首功者是胡适。从 1915 年 9 月到 1916 年 4 月，是胡适文学革命理论酝酿期。1915 年 9 月 17 日，胡适在《送梅觐庄往哈佛大学》的长诗里，有句"神州文学久枯馁，百年未有健者起。新潮之来不可止，文学革命其时矣！"①表达了强烈使命感。1916 年 4 月 12 日，胡适在《沁园春·誓诗》中已经下了大决断："文章革命何疑！且准备擎旗作健儿。要空前千古，下开百世，收他臭腐，还我神奇。为大中华，造新文学，此业吾曹欲让谁？诗材料，有簇新世界，供我驱驰。"②胡适后来有很多回忆的文章谈到提倡白话革命的动机，认为是件偶然的事情，说是由于 1915 年夏一位女同学游湖落水，任鸿隽作了一首古体诗来描述这件事，他很不满意任鸿隽的诗作，回信批评他，惹恼了另一个同学梅光迪，于是一批留美学生在康奈尔、哥伦比亚、哈佛、华盛顿和华夏女子大学这五个大学的宿舍中"一天一张明信片，三天一封长信"讨论起来。③讨论的成果被发表出来，最初发表在留美学生办的期刊上，后来陈独秀约稿，修改后发表在 1917 年 1 月《新青年》上，就是那篇著名的《文学改良刍议》。紧接着在 2 月，陈独秀发表了《文学革命论》，擎起"文学革命"大旗，这样，私人讨论就转而成为公共事件，引起全国性反响，并最终改造了中国语文。机遇从来不光顾无准备之人，胡适与白话文的因缘可以追溯到很早的时候，1906 年胡适 16 岁的时候，就在《竞业旬报》创刊号上发表了他第一篇用白话写的文章《地理学》。而胡适与《新青年》的关系可以追溯到 1915 年，这年的 10 月 6 日，上海亚东图书馆经理汪孟邹致信胡适，请他为上月创刊的《青

---

① 胡适：《胡适文集》（第一卷），人民文学出版社 1998 年版，第 124 页。
② 同上书，第 135—136 页。
③ 胡适：《胡适讲演集》（一），（台北）远流出版事业股份有限公司 1986 年版，第 217 页。

年》杂志撰稿，12月13日，汪孟邹再次致信请他为《青年》催稿，最终促成了他和陈独秀的书信往来和作为"文学革命"信号的《文学改良刍议》的发表。

胡适和《新青年》的结合，是文学革命的重大事件。"现代期刊在中国的出现是和中国现代化的历史紧密地联系在一起的。现代杂志的诞生是为了适应资产阶级政治动员的需要。从戊戌维新运动开始，《新民丛报》《新青年》等现代著名杂志形成了社会的公共空间和社会认同。通过杂志，将一盘散沙的中国组织成为一个以民族国家为认同的共同体，一种'社会的'结构。同时，正是杂志推动了中国社会思想文化的过渡与发展。往往一个杂志支配了一个时代思想文化的动向，一个刊物直接揭示了一个时代的思想秘密。梁启超的'国家'与'国民'和陈独秀的'个人'与'社会'的概念就是通过《新民丛报》和《新青年》杂志播撒出去，并形成社会和时代的同一性。"①《新青年》是启蒙知识分子影响全国舆论的地方，1918年1月，《新青年》改组为同仁刊物，成立编委会，陈独秀、胡适、李大钊、钱玄同、高一涵、沈尹默六人轮流主持编辑工作，主要撰稿人还有鲁迅、周作人、张蔚慈、陶孟和、刘半农等人，这在当时中国思想学术界是很强大的阵容。这一年对于胡适来说也是最重要的一年，至少有五篇极有分量的论文写出：《论短篇小说》提倡截取横断面的写作技术；《建设的文学革命论》精练出建设新文学的宗旨——"国语的文学，文学的国语"；《易卜生主义》提倡健全的个人主义的人生观；《贞操问题》是社会伦理革新的先声；《文学进化观念与戏剧改良》提倡戏剧的改良。

（二）白话文改革的成功

文学是传播启蒙思想的利器，傅斯年给顾颉刚的信中说："你主张'思想改造'而轻视文学，这是不然的。思想不是凭空可以改造的，文学就是改造他的利器。"② 1917年1月在《新青年》上发表了胡适的

---

① 旷新年：《1928：革命文学》，山东教育出版社1998年版，第25页。
② 见《新潮》1919年第一卷第四号。

《文学改良刍议》，2月发表了陈独秀的《文学革命论》，白话文学革命的主张很快得到了周氏兄弟、钱玄同、沈尹默等人的支持。在学生辈中也得到积极响应，傅斯年在《文言合一草议》中谈到了十种具体使用文言和白话的情形，诸如代名词全用白话，介词位词全用白话，感叹词宜全用白话，助词全取白话，在白话用一字，而文词用二字者，从文言，等等。积极附和胡适的主张，并有具体的设计。[①] 文学革命的一大成果是白话文改革的成功，用白话代替文言作为主要的书面语言的媒介，使言文由分离的状态变为一致，这一变化有重大意义。文言文是古代科举制度的经典语言，在一定意义上也成为文人和平民的分界线，由于长期的言文分离，平民和知识分子在语文和社会习惯及宗教信仰上的鸿沟也就扩大了。白话文代替古文，不仅为了用"活文学"取代"死文学"，以便传播启蒙精神和思想，还具有更大的政治潜能——颠覆传统中知识分子借以表明身份的护符。在晚清中国的政治经济条件下，下层民众与作为书面交流的文言之间有很大隔膜，文言无形中使知识分子远离了下层民众，成为贵族化的书面交流工具。通过实现"言文一致"的白话文，消除文化思想传播的障碍，也是启蒙思想者找到的一个对传统文化宣战的突破口。应该看到，文言也可以成为启蒙思想传达的载体，选择白话作为新思想、新文化的载体是有深意的，至少带有扩大启蒙范围的意图。另外，在自身的意义上说，也打破了传统文人身上一道绚丽的光环，在鲁迅的小说中，孔乙己知道茴香豆的九种写法已经成为迂腐的象征、被调侃的对象了。白话文有助于启蒙思想者把新思想传播到下层民众中间，关于这一点，随着启蒙从知识阶层向下层民众渗透，启蒙知识分子更加认识到语言工具的重大意义，以至于到了30年代，大众语的讨论一度成为热点，"五四"式的白话文被瞿秋白等人指责为"欧化的语言"，要求构建更贴近下层民众的语体。

　　文学革命获得成功，标识性的事件是1921年北洋政府下令小学使用白话文教本。后来学衡派的挑战就显得毫无力量了，难怪胡适于

[①] 傅斯年：《文言合一草议》，《新青年》1918年第四卷第二号。

1922年1月以调侃的语气写了一首诗《题〈学衡〉》时说:"老梅说:'《学衡》出来了,老胡怕不怕?'老胡没有看见什么《学衡》,只看见了一本《学骂》!"① 后来,白话文在1925年章士钊担任教育总长的时候又遇到过一次严峻挑战,章士钊以《甲寅》周刊为舆论宣传阵地,以自己手中的权力为致命武器,积极推动复古,甚至要修订教科书,试图重新用文言挤掉白话,由于社会风潮的涌起,章士钊被迫辞职,这一危险才得以过去。

下面以梁启超在不同时期三封书信,来观察一下在语言上的变化,以此来直观地感受一下白话文改革的成功:

> 1916年3月3日致梁思顺
>
> 吾明日行矣。此行似冒险,而实万全,勿以为念。本欲令此间眷属即返津,因吾寓左右有侦者四布,忽然尽室而行,彼必踪迹吾所往,恐缘此路上生波,故同人之意谓宜勿动,并所雇之印捕亦仍其旧,待吾到目的地后,有电来乃可他往,故暂仍之。希哲亦暂不随行,因此间尚有经手未了之件也。任发亦不带,铺盖亦不带,惟于身挟两革囊行耳。汝母归宁之议,尚须从缓,好在距八月尚有半年,届时或吾同行,亦未可知也。吾有一手写极贵重之品赍与思成,(钉装完成当交存王姨处,现尚未完也。)为生日纪念,可告之令其力学,思永成绩若良,吾亦将有以赉之。②

> 1919年1月6日致梁思顺
>
> 今日到新加坡,即以电告,想达。相去咫尺,恨不能一见也。出京时方遇大雪,燕齐之郊,一白千里。仅逾十日戾止,此都御白袷犹苦热,颇闻仰光酷暑尤甚于此,且晴雨皆以半年为期,汝在彼能惯耶?不至生病否?颇欲招汝夫妇游欧,汝提携两儿实不便。试

---

① 胡适:《题〈学衡〉》,见《胡适文集》(第一卷),人民文学出版社1998年版,第293页。
② 梁启超:《梁启超全集》(第十册),北京出版社1999年版,第6170页。

与希哲商，若欲来者可电告（电巴黎使馆转），我当电部调取。汝等则先将两儿安置天津便可行也。吾此次海行，绝无风浪，安适之至。前途尚须三十日乃抵伦敦也。父示娴儿。

由新加坡拉苏特旅馆
在港勾留一日，曾谒山庄。①

1922年12月2日致梁思顺

我的宝贝思顺：前书想收。我很后悔，不该和你说那一大套话，只怕把我的小宝贝急坏了，不知哭了几场。我委实一点病也没有，若有，我不能不知道，但君劢相爱太过，我也只好容纳他的好意。现在已减少许多功课，决意阳历年内讲完，新年往上海顽几天。汝母生日以前，必回家休息，汝千万不许耽忧著急。我明年上半年决意停讲，在家中安住数月后，阴历三、四月，拟往庐山，即在彼过夏，汝暂勿回来亦好。我虽想念汝，但汝来往一次亦大不易，不必汲汲也。汝能继续求学甚好。汝学本未成，汝为我爱儿，学问仅如此，未为尽责也。父谕。②

从以上所引用的梁任公三封不同时期的书信上，能清晰地观察到语言的变化，从1916年的完全文言，过渡到1919年的半文言，再到1922年的完全口语白话，清晰地勾勒出了语言通俗化的过程。再没有比这更能证明白话文的成功了。梁启超是那个时代最有影响力的人，他对白话文的接受也代表了那个时代大多数精英阶层对白话文的接受态度。

（三）文学革命

胡适在《中国新文学大系·建设理论集·导言》里说，中国新文学运动的中心理论有两个：一是要建立"活的文学"，二是要建立"人的文学"。前者是文字工具的革新，后者是文学内容的革新。而这两者

---

① 梁启超：《梁启超全集》（第十册），北京出版社1999年版，第6180页。
② 同上书，第6193页。

往往是紧密联系、互相包含着的。胡适提出的"八事",陈独秀提出的"三大主义",都兼顾了形式和内容的两个方面。胡适总结文学革命的方略就是"用白话作文作诗",认为"凡向来旧文学的一切弊病,——如骈偶,如用典,如滥调套语,如摹仿古人,——都可以用一个新工具扫的干干净净。"① 为了证明其主张的合法性,胡适采用了"历史进化的文学观"来证明这种主张。他在中国文史中梳理出一条"活文学"的线索来:从《诗经》往下,唐代讲经的和尚,到元代关汉卿、马东篱、贯酸斋等"用漂亮朴素的白话"编写的杂剧、散曲,推崇明代"用生动美丽的白话来创作"的《水浒传》《金瓶梅》《西游记》,以及短篇小说"三言""二拍",和《擘破玉》《打枣竿》《桂枝儿》等小曲,称许"用流利深刻的白话来创作"的《醒世姻缘传》《儒林外史》《红楼梦》《海上花列传》。②

　　胡适不仅是"文学革命"理论上的有力倡导者,还是文体试验的实践者和先行者。胡适是最早尝试写白话诗的人,从这种选择中可以想见当年胡适勇猛精进的勇气。因为在中国古典文学中,诗被认为是成就最大的文学部门,唐诗宋词元曲,是中国古代文化的瑰宝,它们塑造了传统诗歌的范式——尤其是情感类型、审美类型的范式,那些经典篇目在过往的悠久岁月里,经过千百万次的诵读,已经融入中华民族的血液之中,改变起来极难。对于首先侵入传统诗歌作白话诗的这些先行者来说,他们经常感觉自己不自觉地受到传统诗歌的影响和制约。胡适不止一次说过,《尝试集》中的白话诗,像是放脚的小脚女人,表面上没有裹脚布了,但小脚已经形成。他把自己的白话诗作命名为《尝试集》,并不仅仅是谦虚,他对此有清醒的认识。古典的韵律,古典的意象,古典的美学风味,那些在最初阶段被认为是需要彻底改造的部分,随着时间的推移,慢慢被认为是需要继承和消化的,当然是在新语言的前提之下的继承和消化。当然,胡适和其他一些白话诗先行者的主要

---

① 胡适:《胡适文集》(第三卷),人民文学出版社1998年版,第282页。
② 同上书,第285页。

目的除了要创作足以和古典诗歌媲美的现代新诗，更要在诗歌中宣扬启蒙思想。新诗在社会上受到的抵制，除了一小部分美学上被认为粗糙的原因之外，更多的还是因为新诗运用自由体的灵活形式对社会现实和传统进行了猛烈攻击。俞平伯在1919年10月发表在《新潮》的一篇文章里说："我常问我自己道，'新诗何以社会上不能容纳呢？'……新诗尚在萌芽，不是很完美的作品。……现今社会，实在没有容纳新文艺的程度。……因为现今社会的生活是非常黑暗悲惨，但偏又喜欢'粉饰'，爱念'喜歌'，仿佛'家丑不可外扬'这种神气。我们做诗，把他赤裸裸的描述出来，他们看了，自然有点难过，摇头说道：'不堪！不堪！'"①

与诗歌相比，小说更能容纳深广的社会内容，更利于对传统的攻击和新思想的传播。小说在晚清的时候，就受到过梁启超的关注，他提出"小说界革命"的口号，欣羡于日本政治小说在明治维新中传播改良思想的巨大作用，梁氏也希望能够在中国发起同样的小说界革命为政治和社会改良服务。有区别的是，五四新文化运动时期的启蒙者对小说的功用认识主要是在思想启蒙方面，不同于梁启超关注政治革命。暴露社会的阴暗面，指示社会方方面面的问题，是五四新文化小说的主流，这类小说被命名为"问题小说"。《新潮》社的成员中很多人都开始了小说创作，他们除了写自己熟悉的封建家长怎样借助封建礼教压抑青年人的情感生活所造成的悲剧，甚至写自己不甚熟悉的社会问题，如娼妓、吸毒和游手好闲等。

四　五四启蒙思潮的贡献

五四启蒙思潮对中国社会的影响巨大，无论怎样估量都不会显得过分，她最突出的成就是表现在思想意识方面。一批新型知识分子对传统思想发起勇猛攻击，反对传统的思想、体制以及习俗，传统的偶像和权威受到空前挑战，对新事物的向往取代了对旧事物的崇拜。"从此旧传

---

① 俞平伯：《社会上对于新诗的各种心理观》，《新潮》第二卷第一号。

统的声誉再也没有恢复,尽管后来守旧派和保守派竭力维护它。再没有哪一个时期像这一时期那样,年轻人对新知识充满了渴望。新的标准开始成型。知识阶层的人生观和世界观有了扩展和变化。"① 一切现代化的设计,都必然归结为个体的解放上来,长期封建专制窒息了中国人的个性,是西方文化的涌入才鼓动了广大知识阶层追求个性解放的热忱。《敬告青年》(创刊号)上,提出了对青年的六点希望:一、自主的而非奴隶的;二、进步的而非保守的;三、进取的而非退隐的;四、世界的而非锁国的;五、实利的而非虚文的;六、科学的而非想象的。为了打破加于青年精神上的种种束缚,陈独秀大喊:"破坏"——"破坏!破坏偶像!吾人信仰,当以真实合理的为标准;宗教上政治上道德上自古相传的虚荣,欺人不合理的信仰,都算是偶像,都应破坏!此等虚伪的偶像,倘不破坏,宇宙间实在的真理和吾人心坎儿里彻底的信仰,永远不能合一。"② 对于个性解放,胡适是最有力的宣传者,在"易卜生主义专号"以及《贞操问题》一文中,他反对片面的贞操观,认为"贞操不是个人的事,乃是人对人的事,不是一方面的事,乃是双方面的事",他说,"男子嫖妓,与妇人偷汉,犯的是同等的罪恶;老爷纳妾与太太偷人,犯的是同等的罪恶"。③

在社会和政治层面上,新文化运动倡导者提倡人权、反对君权,提倡民主反对特权。陈独秀在《东西民族根本思想之差异》一文中说:"西洋民族,以法治为本位,以实利为本位;东洋民族,以情感为本位,以虚文为本位",他指出家族本位的东方民族有四个不好"恶果":一是损坏个人独立自尊之人格;二是窒碍个人意思之自由;三是剥夺个人法律上平等之权利;四是养成依赖性戕贼个人之生产力。④ 在《吾人最后之觉悟》一文中,陈独秀从家族制度扩大到对政治制度的论述,他说:"吾国欲图在世界之生存,必弃数千年相传之官僚的专制的个人

---

① [美]周策纵:《五四运动史》,岳麓书社1999年版,2000年第2次印刷,第504—505页。
② 陈独秀:《破坏偶像论》,《新青年》第五卷第二号。
③ 胡适:《贞操问题》,《新青年》第五卷第一号。
④ 陈独秀:《东西民族根本思想之差异》,《新青年》第一卷第四号。

政治，而易以自由的自治的国民政治也。"为此，我们还应有的觉悟是，"自居于主人的主动的地位"，"自进而建设政府，自立法度而自服从之，自定权利而自尊重之"。① 在《今日中国之政治问题》一文中，他又提出三条具体主张：一是要排斥武力政治，"有用的武力，用着对外，不许用着对内"；二是要抛弃以一党治国的思想；三是要决定革新的国是。② 鉴于孔教在传统文化的地位，以陈独秀为代表的《新青年》派对孔教发起了攻击，指出孔教与传统专制主义的血脉关系——"孔教与帝制，有不可离散之因缘。"③ 后来又进一步论述说："吾人倘以为中国之法，孔子之道，足以组织吾之国家，支配吾之社会，是适于今日竞争世界之生存，则不徒共和宪法可废，凡十余年来之变法维新，流血革命、设国会、改法律……及一切新政治新教育，无一非多事，无一非谬误，应悉废罢，仍守旧法，以免滥费吾人之财力。万一不安本分，妄欲建设西洋式之新国家，组织西洋式之新社会，以求适今世之生存，则根本问题，不可不首先输入西洋式社会国家之基础，所谓平等人权之新信仰。对于此新社会新国家新信仰，不可相容的孔教，不可不有彻底之觉悟，猛勇之决心，否则不塞不流，不止不行！"④ 十月革命的胜利，为中国的政治选择提供了新的范型。马克思主义的传播在其后的历史进程中成为改变中国命运的重大事件。

从文学上来说，五四启蒙思潮是伴随并得益于文学革命的，白话文作为媒介在这场革命中成为流行的写作方式，一种基于人道主义、自由平等、博爱等西方理论之上的新文学得以创立，诗歌、杂文、戏剧、小说等文学样式以全新的面貌出现。"在这短短的二十年期间，一方面受了世界各国近二三百年文艺思潮的影响，一方面因为国内外的政治经济社会文化的变迁，使中国的文艺思想，或多或少的反映了欧洲各国从18世纪以来所有的各文艺思想流派的内容，即浪漫主义、自然主义、

---

① 陈独秀：《吾人最后之觉悟》，《新青年》第一卷第六号。
② 陈独秀：《今日中国之政治问题》，《新青年》第五卷第一号。
③ 陈独秀：《驳康有为致总统总理书》，《新青年》第二卷第二号。
④ 陈独秀：《宪法与孔教》，《新青年》第二卷第三号。

写实主义（现实主义）、颓废派、唯美派、象征派、表现派……以及新写实主义（亦称社会主义的现实主义，动的现实主义，或新现实主义）。但是，人家以二三百年的时间发展了的这些思想流派，我们缩短到了'二十年'来反映它，所以各种'主义'或'流派'的发生与存在的先后和久暂，不像欧洲各种文艺思潮的界限较为鲜明和久长；或同时存在，或昙花一现的消灭。""因为近二十年中国半封建半殖民地性社会的急遽发展的复杂性，使中国的文艺思想，不能完全重复欧洲二三百年来文艺思潮的过程；而要在中国的政治经济社会文化的基础上，尽它的历史任务。"[①] 作为文学作品的载体，在五四启蒙思潮涌动的时候，报纸杂志也迎来了新的繁荣，无论在制作技术还是在思想内容上都有巨大改进，出版物数量的增长也是史无前例的。

五四启蒙思潮促进了教育和学术的发展，"作为'五四运动'的成果，学校里越来越多地讲授现代知识。工业培训开始和新兴的民族工业建立起更为密切的联系。师生建立起了更多也更有力的组织，他们的社会及学术活动明显增加。西方哲学与逻辑被引入中国。社会科学和新的史学编纂法得以迅速发展。现代经济学、政治学和社会学开始在中国生根。在'五四'及其后的一个短暂时期内，中国的自然科学也取得了明显的进步。在1915年后的10年中，创立了大多数的重要的自然科学研究会。生物学、地质学、古生物学、气象学、物理学、生理学和生物化学等领域都有了长足的进步。最重要的是比起以前的任何一个时期来，科学的方法和态度得到了更为广泛的介绍和使用。"[②]

五 对五四启蒙思潮的反思

经常有人描述说，五四新文化运动一下子就把中国文化的性质从"旧"的变成了"新"的，从"死"的变成了"活"的，从神的、鬼的变成了"人"的，说她改变了中国文化思想内容的走向和叙述表现

---

① 李何林：《近二十年中国文艺思潮论·序（1917—1937）》，陕西人民出版社1981年版，第7页。
② ［美］周策纵：《五四运动史》，岳麓书社1999年版，2000年第2次印刷，第505—506页。

的方式，从而使中国社会在观念形态和判断力上从"传统"开始走向"现代"。这个描述切合历史场景吗？应该说，总体来看，这个判断是正确的，但这个描述也有过于笼统和概念化的倾向。"专制权力支配中国社会有两三千年的历史，其影响是相当广泛的，它不仅形成了一套体制，也形成一种文化心态。"① 尽管五四启蒙运动取得了辉煌的成就，具有不可抹杀的历史功绩，但是我们还必须认识到，任何一次历史的进展，都不是一蹴而就的。旧制度退出历史舞台、旧思想和观念减弱其影响力需要时间，新制度的建立、新思想和观念的普及也需要时间，只有在所有的历史条件都成熟了，社会转型才能最终成功。五四时期正是社会转型动荡的时期，"在转型期中社会的混乱，也是必然的现象，因为转型期的全程，便是若干社会现象突变的累积，也是若干社会秩序破坏的累积，突变和破坏都是社会混乱的因子，并且在这突变破坏的过程中，新旧势力又必自然地发生狭义的改良，和愚昧的尽忠，而有玉石不分之弊。凡此种种的结果，不但可使道德的标准降低，外患内乱天灾人祸，亦必以整个社会不安定而俱发。"②

鉴于当时的交通和通信落后的状况，应该说五四启蒙思想传播的广度和深度都并不理想。五四启蒙的效力，是一个值得深入探讨的问题。可以从两个方面来看：一是从五四启蒙者自身来看，他们攻击传统礼教和各种思想观念的勇猛决绝与他们个人生活行为上对传统的认同，其实是有内在矛盾的。这只是观察的一个侧面，若从历史进程的中长期来观察，会有更意思。余英时指出："当时在思想界有影响力的人物，在他们反传统、反礼教之际首先便有意或无意地回到传统中非正统或反正统的源头上去寻找根据。因为这些正是他们比较最熟悉的东西，至于外来的新思想，由于他们接触不久，了解不深，只有附会于传统中的某些已有的观念上，才能发生真实的意义。所以言平等则

---

① 刘泽华：《中国政治思想史集·总序》，东方出版社 2008 年版。
② 陈端志：《五四运动之史的评价》，第 382 页，见《民国丛书》（第三编第 65 册），上海书店 1989 年版，根据生活书店 1936 年版影印。

附会于墨子兼爱,言自由则附会于庄生逍遥,言民约则附会于黄宗羲的《明夷待访录》。……有时尽管他们笔下写的全是外国新名词,若细加分析则仍无法完全摆脱传统的旧格局。"① 虽然"'五四运动'也成功地摧毁了中国传统的文化秩序,但是'五四'以来的中国人尽管运用了无数新的和外来的观念,可是他们所重建的文化秩序,也还没有突破传统的格局。中国大陆上自从'四人帮'垮台以后,几乎每个知识分子都追问:何以中国的'封建'和'专制',竟能屡经'革命'而不衰?何以在'五四'六十年之后,'民主'和'科学'今天仍是中国人所追求的目标?"② 李宪堂先生也说:"'五四'把传统踏在脚下痛加鞭笞,却只是伤及其皮肉而没有伤及其灵魂。此后,我们就在两个极端中摇摆:以弘扬传统的方式毁坏着传统,或者以反叛的方式继承着它。原因在于人们总想站在传统之外,凭着一种'革命'或'弘道'的激情把自己的意志强加在它身上,却没有意识到传统正延续、并生成在当下的生活中,因而每一次群体性的、情绪化的'弘扬'或'批判',都会导致社会价值的撕裂而走向其反面。"③

另外,是从五四启蒙思想传播的地域上进行考察。这方面没有人进行过细致的实证性研究,但从五四后历史的实际进展来看,五四启蒙思想显然并没有预想的那样广泛和深入,由于历史赋予启蒙的时间并不充分,社会动荡很快就剥夺了启蒙的成果,所以才会出现"五四运动沉寂了后,各方面的现象,比之运动爆发以前,确有倒退回去的模样,中国似乎又像洪宪帝制前后的那样僵冻状态了"④。从能够检查到的零星材料看,五四启蒙思想的传播主要限于中心城市,由于中国地域的广阔,交通的落后,通信设施的简陋,以及社会动荡的阻断等原因,启蒙思想抵达的地域和影响的程度都是有限的。以余英时先生的回忆为例,

---

① 余英时:《现代危机与思想人物》,生活·读书·新知三联书店2005年版,第66—67页。
② 同上书,第69页。
③ 李宪堂:《思想的沉重与无奈》,《中国图书评论》2008年第9期。
④ 陈端志:《五四运动之史的评价》,第381页,见《民国丛书》(第三编第65册),上海书店1989年版,根据生活书店1936年版影印。

他说:"抗战的末期,我曾在桐城县住过一年,那是我少年时代惟一记得的'城市',其实也是闭塞得很。桐城人以'人文'自负,但仍然完全沉浸在方苞、姚鼐的'古文'传统之中。我在桐城受到了一些'斗方名士'的影响,对于旧诗文发生了进一步的兴趣。但是我从来没有听人提到过'五四'。当时无论在私塾或临时中学,中文习作都是'文言',而非'白话'。所以我在十五六岁以前,真是连'五四'的边沿也没有碰到。"① 由于五四启蒙思想传播的有限性,造成思想运动与民众运动脱节,不能利用思想运动作为政治运动的前驱及其后卫,这样政治运动在进行的时候很容易被改头换面的封建势力利用为复辟的工具而不自知。

但不管怎么说,五四启蒙运动的光辉都是遮不住的。以上海为例,"外滩公园"门口以前挂着一块木牌,上面写着"犬与华人,不准入内"② 八个大字,这块牌子挂了几十年,中国人看了痛心疾首,由于国势衰弱也无可奈何。但"五四运动一起,人民的自尊心和爱国心,勃然兴起,租界当局鉴于这场运动的声势浩大,有许多场合,姿态逐渐转变过来,而外滩公园那块侮辱华人的木牌子也无形消失了。"③ 生活在当下,往往会以自己主观意念强行阐释历史,以臆测评判历史的客观进程,习惯以"时不我待"的心态感慨历史车轮太慢。我们应该看到历史星星点点的进步,都要挥许多热泪,洒许多热血,甚至牺牲许多杰出的生命。我们应该满怀信心地看到,时代的车轮一经启动,就无法被停止,思想上的种子一经传播,迟早要发芽,不论延误多少年月,经历多少曲折,新思想、新制度总会最终胜出。

---

① 余英时:《现代危机与思想人物》,生活·读书·新知三联书店2005年版,第72页。
② 王彬彬教授2015年5月14日在阜阳师范学院文学院的学术讲座中,对这八个字的来龙去脉做过一番细致考察,他指出:旧上海租界公园有块"华人与狗不得入内"的标语牌,一直被认作西方列强欺辱华人的铁证。然而这并非事实。当时公园的英文告示牌共列十条:第一条为"本公园只对外国人开放";第四条为"狗与自行车不得入内"。两条入园须知被民间概括为"华人与狗不得入内"讹传至今。以上可供参考。
③ 陈存仁:《白银时代生活史》,广西师范大学出版社2007年版,第364页。

第三章　启蒙与传统

言及传统，首先要明确传统不是外在于我们的，维特根斯坦说："传统不是一个人能够学习的东西，不是他想要的时候就能捡起来的一根线；就跟一个人不能选择自己的祖宗一样。"[①] 布隆纳说："要是宣称一种有着3000年历史的中国传统可以因为1650年到1800年间少数欧洲知识分子的哲学作品而被抹杀，或者否认甘地可以从他自己的宗教领悟中得出多种族的民主秩序观，都完全是一种傲慢自大的做法。"[②] 布隆纳的这句话对于我们理解启蒙和传统之间的关系很有启发性。五四反传统的一个最大弊端是僵化地理解传统，丰富博大的传统内容被主流意识形态简约为"落后""倒退"等贬义，抛弃在视野以外，忽略了传统积极的内容和巨大的能量，结果反而成为传统消极一面的牺牲品。启蒙是要打破传统，打破和清除传统糟粕，同时启蒙和传统之间也是互相支持的关系，先进的启蒙思想启发人们发现传统中长期以来受压抑而符合时代精神的那部分传统，借助启蒙的力量使之发扬光大，成为国家社会建设的促进力量。要达到这个目标，必须对传统有精深的研究，辨别出传统中的糟粕和精华。以一概否定的态度对待传统而不进行精细的研

---

① ［英］路德维希·维特根斯坦：《维特根斯坦笔记》，［芬］冯·赖特、海基·尼曼编，许志强译，复旦大学出版社2008年版，第130页。
② ［美］斯蒂芬·埃里克·布隆纳：《重申启蒙——论一种积极参与的政治》，殷杲译，江苏人民出版社2006年版，第34页。

究，恰恰造成我们的盲目，使我们无法分辨传统，传统无孔不入的力量往往借助新词汇的包装重新登台，而我们由于对传统的无知而懵然不觉，从而对改头换面的封建思想复辟而不自知。

启蒙作为一种思想资源，主要来自西方，它所代表的"个性""自由""解放""理性"等观念，为五四前后两代知识精英大力提倡。"个性""自由""解放""理性"与传统主流思想形成尖锐对立，与"礼教"与"迷信"水火不容。同时，在传统里也有被压抑了的"民主""平等""自由"等合理的观念，这是与先进启蒙思想同构的，只不过是没有合适的土壤使之发育茁壮罢了。在启蒙与传统的关系上，绝不仅仅是你死我活的关系，把启蒙和传统的关系理解为你死我活的关系，在历史上造成了巨大损失。我们往往对文化领域里的论争，过分意识形态化，理解为你死我活的斗争，没有意识到其实并不是这么回事，斗争的双方其实是互补和调和的，真实的生活就存在于这种互补与调和中。

一 传统在社会变革中的意义

传统在变革中的意义，有两个方面需要认真对待。一是传统虽然可以被理解为抱残守缺，但也不能低估其维护国家统一和社会稳定的功能，思想界对这个功能一直是重视不够的。二是传统自身的资源，尤其那些被正统思想压抑的思想观念，往往是推进社会更快变革的武器，因其本土性更便于下层民众的理解和接受。

一个社会形成什么样的传统，是由历史形成的，传统和社会之间有同构关系。传统内容的好与坏不是必然的，每一个传统都曾经发挥过积极的历史作用，而当一个传统不适应社会发展的趋势，就变成被淘汰的内容。在复杂的社会里面，传统也是异常复杂的，不同的传统之间有对立和冲突，有压抑和被压抑。当一个社会没有和外来文明发生接触的时候，自我调控就是通过自身相互矛盾的因素斗争和融合来推动社会进步的。而与外来文明发生接触的时候，外来文明被有效吸收必然是在本土化以后，任何外来的资源必然要在本土文化中有对应的内容才容易生根发芽，如果传统文化中缺少这种对应，就需要相应的历史时间来培育，绝不能想象如外科手术缝合那样简单操作就能够完成。

传统有一种强大的历史惯性，维系着世道人心，根本上说，传统就是文化，可以说一个社会，一个国家，从物质到精神无不笼罩在这种文化传统之中。传统文化往往会形成"无意识文化"，一种"心中"的文化，一种已经与民族或个人行为模式浑然一体的"隐藏着的文化"。① 对于底层民众来说，他们更缺乏反思能力，传统文化对他们具有更强的控制力。而传统的最大代表和维护者正是广大民众，要进行成功的社会整合，达到统一的目的，获得民众是基本条件，获得民众支持最有效的还是传统思想。如果没有对传统进行精深的研究，结果我们会发现，经过一圈思想旅行后，启蒙名词后面暗藏的已经不是我们所要引进的因子，而是传统文化中最需要清理和扫除的因子，专制的魔鬼可能会披上民主的外衣继续登台，这就是启蒙与传统在变革的社会中呈现的最大吊诡之处。从社会方面来分析，社会是由利益集团组成的，每个拥有权力资本的集团，都在寻求自己的利益，不论是政治权力、经济权力，还是文化权力，也不论是有意寻求还是无意中的寻求，都在试图谋求自己的利益。在统一的社会里，各个集团之间形成一种有机的、动态的关系调整，所谓牵一发而动全身，变革社会所牵涉的方方面面都制约着变革的步伐，对传统的转换也在适度中进行，不会太快进行，而表现为渐变，但这样的变革因为慢而更为稳妥，可以及时调整变革过程中的偏颇。在动荡、分裂的社会，各个利益集团之间的有机关系被打破，革命的雷厉风行、立竿见影是解决纷争的有力手段，用革命手段变革社会能在瞬息之间发生显著的变化，为了扫除舆论障碍，对传统的破坏不遗余力，但这样的变革也因快速而失稳妥，一旦发生问题得不到及时调整，往往会酝酿为更大的问题。

---

① ［英］斯图亚特·霍尔：《表征：文化表现与意指实践》，徐亮等译，商务印书馆 2003 年版，第 236—240 页。

因此转换传统文化的过程是艰难的过程，若以烹饪来比喻的话，应该是像煮牛肉需要用文火来慢慢煮烂，用急火、争时间，往往会外面熟了而里面还是生的。对于任何文化来说，传统文化都是稳定和统一的因素，维系着政治、经济的完整。当社会大变革到来的时候，对传统没有充分的估计，往往会造成社会的分裂和动乱，不仅没有达到拯救国家和社会的目的，反而会使问题复杂化，重新统一社会所耗费的物质财富和人员损失是惊人的，对民族和国家元气的损伤是需要很多年才能弥补的。在以往的历史中，无论是胡服骑射，还是佛经的传入，与外来文明的接触都是在相对平和的状态下进行的，心态上是平和的。鸦片战争后，西方列强的入侵打破了中国完整的政治、经济结构，割地赔款的现实打破了以往文明接触的惯例，国人失去了平和心态，外部力量的强大影响了国人对于传统文化的态度，"传统"在近现代被置换为"落后"的代名词，对传统文化的打压为西方启蒙文化的进入打开了门户。但传统被一再贬低，渐渐失去了约束力，而新传统并没有建立，在内忧外患之中加剧了社会的分裂和动荡。

传统失去效力，往往会造成社会的纷争和动乱。社会失去统一稳定后，一切目标理想的达成都变得更为艰难。因为少了统一政治权力和经济权力的持久支持，变革的幼芽很难茁壮成长，往往会夭折或进入冬眠状态，等待合适的历史条件。耿云志指出："五四新文化运动不能持之以久，未能达到预期目标，主要原因还不在于其领袖人物本身素质，而是在于客观的社会条件。有时文化运动超前一步是可能的，但没有继起的政治经济条件的支持，它断难持续进行下去。"虽然"五四新文化运动呼唤科学与民主，并为之做了创榛辟莽的工作。但政治、经济领域里缺少为确立民主发展科学所必要的中坚力量。结果是民主制度无法实现，科学也得不到应有的发展。新文化运动自身也累遭攻击和剿禁。"[①]因此，在历史变革中，传统既有要打破的因素，同时也有要注意维护的因素。我们说，传统中确有种种阻碍民族进步的因素需要加以代谢，需

---

① 耿云志：《五四新文化运动再认识》，见《耿云志文集》，上海辞书出版社2005年版，第186页。

要补充民族发展所必需的文化因子，不过，激进反传统的弊端在于，在新的文化认同没有形成的时候就打碎了传统有效的文化认同，为社会的分裂和动乱增加了不安定因素。即使是打破传统，使用传统自身资源来打破也要快捷和安全得多。以白话文代替文言为例，因为白话是我们历史中本来就有的资源，因此代替文言才这么顺利，五四以后激进要求文字拉丁化就一直无法实行，原因就是本土文化中没有这种资源。对一个地域广阔、历史悠久的国度进行文化转型，尤其需要耐性和时机。

因此，传统在社会变革中的意义是巨大的。总结历史经验，应该说，社会变革应该在统一而稳定的政治条件下进行，这就要求对传统这一维持稳定的因素给予足够的重视。过度批评传统、以激进的方式变革社会，造成社会的分裂，实际上是为启蒙思想的传播制造障碍。近现代近百年的动荡历史充分证明了，分裂和动荡造成的民族灾难是深重的。对传统全盘舍弃的态度，历史证明是行不通的。以五四时期为例，胡适等一批自由主义知识精英，因为对传统批评太过，而失去了思想引导者的有利位置，退居到少数人的小圈子，对历史进程的影响力变得微弱，这样一个有建设性的向度就非常可惜地隐退到历史的角落里了。

晚清民国以来，对待以儒家为核心的传统价值，主要是三种观点：一是全盘否定；二是全盘接受；三是调和中西，以中为主。今天看来，关于东、西方价值的评定来说，有更为达观的看法，即承认东、西方价值的不同，又试图阐释东、西方价值的利弊，并提出超越于东西方现有制度的制度方案来。其中第三种，调和中西，以中为主是现实中可行的。白彤东指出："关注儒家乃至东亚价值与自由民主的关系的人可以分为四个阵营。第一个阵营认为儒家或东亚价值是现代化和实现自由民主的羁绊——这些价值被理解成权威主义、精英主义与人治。……这些价值就应该被连根拔掉……第二阵营的人，比如牟宗三，认为所有的近现代和自由民主的价值都可以从儒家思想中导出。这个想法听起来很自信，但这个阵营实际上分享了第一个阵营的'西方价值是最好'的观点，而前者与后者的区别是第二阵营试图用经常是很勉强的解释指出从东方价值中也能得出西方价值。第三个阵营是包括诸如文化怪人辜鸿铭在内的'基本教义派'的阵营。他们断言中国传统价值都要比西方价值优越。第四个阵营承认东西方价值的不同,但试图阐释东、西方价值的利弊,并提出一个比现实里的东西方制度更好的制度方案。"①

二 启蒙与中国语境

按照李孝悌的考证,"启蒙"一词在 20 世纪初就已经广为运用,在《申报》等大报上常看到诸如"启蒙有术""以为有志启蒙者告"等用语,更有以包含"启蒙"两字的报刊、书本,如《启蒙画报》《启蒙课本》。② 这里,"启蒙"是在"开启蒙昧"的意义上广泛运用的,主要是以西方为参照系,灌输一套新的价值观念、道德准则,以达到启迪下层同胞生命自觉的目的。五四是启蒙思潮的一个高潮期,"德"先生和"赛"先生成为标志性的口号。把时光推移半个多世纪,在改革开放后的 80 年代以至今日,"新启蒙"的口号,又被一些学者从各种主义和思想的丛林里标举出来,大力倡导。

谈到启蒙,康德说:"启蒙就是人类脱离自我招致的不成熟。不成熟就是不经别人的引导就不能运用自己的理智。如果不成熟的原因不在于缺乏理智,而在于不经别人引导就缺乏运用自己理智的决心和勇气,那么这种不成熟就是自我招致的。Sapereaude(敢于知道)!要有勇气运用你自己的理智!这就是启蒙的座右铭。"③ 在康德看来,启蒙的关键是获得自我意识,获得自主思考的能力,要有真正的"思想方式的变革",长期以来,我们在这一点上注意不够。康德是把启蒙限定在思想领域里谈的,核心观念是"理性",要求运用理性来批判一切不合理的已有文明,来反思正在进行中的一切。康德强调理性的"个人",

---

① 白彤东:《旧邦新命》,北京大学出版社 2009 年版,第 13—14 页。
② 李孝悌:《清末的下层社会启蒙运动:1901—1911》,河北教育出版社 2001 年版,第 12 页。
③ [德]康德:《对这个问题的一个回答:什么是启蒙?》,见[美]詹姆斯·施密特编《启蒙运动与现代性——18 世纪与 20 世纪的对话》,徐向东、卢华萍译,上海人民出版社 2005 年版,第 61 页。

"有勇气运用你自己的理智",可见在康德那里启蒙主要是体现在个人意义上的。

在中国语境中,启蒙往往突破了思想领域的界限,用启蒙思想造成社会运动,动员和组织社会力量,把启蒙作为工具来完成民族国家的重建以抵御外侮,这个过程中,启蒙在康德意义上的"运用你自己的理智"被置换了,新的信仰被时代制造出来要求人们服从,而压抑了个人怀疑的理性精神。康德深刻地指出:"一场革命也许会导致一个专制的衰落,导致一个贪婪的或专横的压制的衰落,但是它决不能导致思想方式的真正变革。而新的成见就像老的成见一样将会成为驾驭缺乏思想的民众的缰绳。"[①] 作为一种社会运动,启蒙的核心是向专制和愚昧宣战,"启蒙运动素来是一场针对一切独裁权力、传统力量、根深蒂固的偏见和掩饰社会苦难的行为的抵抗运动。"[②] 作为一种话语,启蒙具有天然的清晰性,董健先生说:"广义的'启蒙',则是指一切唯客观真理是求的理性活动,是指人类思想史上与当前现实中一切反封闭、反黑暗、反僵化、反蒙蔽、反愚昧,总之一句话就是反精神奴役的思想运动与文化精神。"[③] 但在真实的生活领域,何为真理并不总是清晰的,这样启蒙问题就变得复杂了。

在讨论启蒙问题的时候,有种偏向是把启蒙问题简约化、理想化。其实,在中国语境中,启蒙面对的最大国情主要有两个,一是专制传统悠久而深固,"专制权力支配中国社会有两三千年的历史,其影响是相当广泛的,它不仅形成了一套体制,也形成一种文化心态。"[④] 改变这种文化绝不是短暂时间可以完成的。二是中国地域广阔,而交通和通信

[①] [德] 康德:《对这个问题的一个回答:什么是启蒙?》,见 [美] 詹姆斯·施密特编《启蒙运动与现代性——18世纪与20世纪的对话》,徐向东、卢华萍译,上海人民出版社2005年版,第61页。

[②] [美] 斯蒂芬·埃里克·布隆纳:《重申启蒙——论一种积极参与的政治》,殷杲译,江苏人民出版社2006年版,第7页。

[③] 董健:《序:"打开窗户,让更多的光进来!"》,见张光芒《中国当代启蒙文学思潮论》,上海三联书店2006年版。

[④] 刘泽华:《中国政治思想史集·总序》,东方出版社2008年版。

又落后，启蒙思想的推进需要的时间必然更长。以上两个基本国情都表明，启蒙在中国语境下是不可能短期内发生效力的，而需要一个长期和平的环境下才能达到充分启蒙的目标。启蒙必须有策略和方法，如果不注意策略和方法，启蒙往往达不到预期效果。我们看到，尽管五四启蒙运动取得了辉煌的成就，具有无法抹杀的历史功绩，但是我们还必须认识到，任何一次历史的进展，都不是一蹴而就的，新制度的建立，新思想和观念的普及，伴随着旧制度退出历史舞台，旧思想和观念减弱其影响力，都需要相应的历史时间，等待相应的历史条件成熟了，才能最终成功。"'五四运动'也成功地摧毁了中国传统的文化秩序，但是'五四'以来的中国人尽管运用了无数新的和外来的观念，可是他们所重建的文化秩序，也还没有突破传统的格局。中国大陆上自从'四人帮'垮台以后，几乎每个知识分子都追问：何以中国的'封建'和'专制'，竟能屡经'革命'而不衰？何以在'五四'六十年之后，'民主'和'科学'今天仍是中国人所追求的目标？"[1] 笔者认为，之所以会发生这样的事实，是与启蒙思想得不到一个稳定而长期的传播环境相关。

三　启蒙和传统之间的关系

启蒙的成功与否，取决于多种因素，其中最大的制约因素在于是否有充分的时间允许启蒙思想传播得足够广泛和深入，而这又取决于是否有一个统一而稳定的政权来支持启蒙思想的传播。从历史的事实考察，一种外来思想代替传统思想，往往必须借助本土的思想资源，而这本土的思想资源往往是传统思想资源中那些被压抑的思想，如果传统资源中缺乏这种资源，就必须等待相当的历史时期来培育这种新因素。

传统资源对外来思想的统摄，这一长期以来被忽视的思想规律，必须得到重视，必须得到有效的研究，否则，一切都是空谈。对这个方面进行深入考察，余英时得出如下结论："当时（指'五四'时期，笔者

---

[1] 余英时：《现代危机与思想人物》，生活·读书·新知三联书店2005年版，第69页。

注）在思想界有影响力的人物，在他们反传统、反礼教之际首先便有意或无意地回到传统中非正统或反正统的源头上去寻找根据。因为这些正是他们比较最熟悉的东西，至于外来的新思想，由于他们接触不久，了解不深，只有附会于传统中的某些已有的观念上，才能发生真实的意义。所以言平等则附会于墨子兼爱，言自由则附会于庄生逍遥，言民约则附会于黄宗羲的《明夷待访录》。……有时尽管他们笔下写的全是外国新名词，若细加分析则仍无法完全摆脱传统的旧格局。"① 李宪堂先生也说："'五四'把传统踏在脚下痛加鞭笞，却只是伤及其皮肉而没有伤及其灵魂。此后，我们就在两个极端中摇摆：以弘扬传统的方式毁坏着传统，或者以反叛的方式继承着它。原因在于人们总想站在传统之外，凭着一种'革命'或'弘道'的激情把自己的意志强加在它身上，却没有意识到传统正延续、并生成在当下的生活中，因而每一次群体性的、情绪化的'弘扬'或'批判'，都会导致社会价值的撕裂而走向其反面。"②

　　观察近现代以来的中国，恰恰缺少一个稳定、统一的政治环境来吸收和推进启蒙思想。鉴于当时的交通和通信落后的状况，五四启蒙思想的传播广度和深度都并不理想。五四启蒙的效力，是一个值得深入探讨的问题。可以从两个方面来看：一是从五四启蒙者自身来看，他们在猛烈攻击传统礼教和各种思想观念的勇猛决绝与他们个人生活行为上对传统的认同，形成了某种有趣的对比。胡适、鲁迅都是五四启蒙思想的传播者，但在个人生活方面都恪守了传统，娶了母亲强加的妻子。当我们研究五四时期具体历史人物的时候，会发现五四作家无论如何宣称反封建传统，若离开了传统的维度，你就无法真正理解他们的价值关怀、情感世界，以至种种恩爱情仇都得不到贴切的解释，以为他们能真正摆脱传统只是幻象罢了。实际上，让人习焉不察的是，一旦投入具体实践领域，传统思想无所不在的惯性力量就会吞没挂在口边的启蒙习

---

① 余英时：《现代危机与思想人物》，生活·读书·新知三联书店 2005 年版，第 66—67 页。
② 李宪堂：《思想的沉重与无奈》，《中国图书评论》2008 年第 9 期。

语——"个性""自由""解放""理性",至少是削弱启蒙思想的力量。这有大量的生活事实可以为证,无论婚姻自由,个性解放,言论、思想自由,在现代社会受到了来自传统力量的压迫,启蒙者自身践履启蒙理念成为问题。由于整个社会环境并不稳定,社会大的变革不能达到成效,那些经过启蒙思想洗礼的人也会向传统倒退。阳翰笙在1943年5月10日的日记中写道:"五四时代的一群女战士,经历了二十年来的风险,有的退回了闺中;有的走进了厨房;有的做了贤妻良母;也有的竟至浪漫颓废,沉醉在舞场赌窟;有的做了贵妇人;更有的竟至信神信鬼,退进了经堂佛地……"①

另外,是从五四启蒙思想传播的地域上进行考察。从五四以后历史的实际进展来看,五四启蒙思想显然并没有预想的那样广泛和深入,由于历史赋予启蒙的时间并不充分,社会动荡很快就剥夺了启蒙的成果。这方面前文已有阐述,此不赘。

因此,启蒙和传统之间必须有一种微妙的平衡,启蒙和传统之间的互相支持和呼应关系必须得到强调。以前过于强调启蒙思想的价值尺度,没有处理好现实实践中启蒙思想推行的策略和方法问题,以致遮蔽了启蒙思想必须借助传统资源这一思想传播的规律。过于激进的启蒙,对传统诋毁太过,致使社会的价值失衡,会造成社会分裂和混乱,使各种腐败势力沉渣泛起,这是我们需要认真吸取的经验教训。

四 结语

对于传统的重视和维护,情况是比较复杂的,至少可以分为两部分人,有一批人是泥古不化,迷恋古人骸骨的,成为启蒙思想的顽固阻碍者,实际上这样的人也是很少的,在时代的大潮中没有人能抵御强大的时代潮流,只不过他们变通的地方较少而已。另外一批人,是有留学背景,在对传统文化坚持的同时又有所舍弃和改进,既精通国学又精通西学,诸如五四时期"学衡派""甲寅派"一批人,很多论述还是值得人

---

① 阳翰笙:《阳翰笙日记选》,四川文艺出版社1985年版,第152页。

们借鉴的。从今天很多学者的论述来看，一大批文化精英分子都被冠以复古的名号，使我们不得不反省复古运动所包含的学理和思想的深层内核，重新评定其意义和价值。这批上层知识精英的活动，在没有完善教育机制与和平环境的社会条件下，其思想和理念得不到更多应和，形不成社会行动力。与底层的隔绝，陶然自乐的名士风流，使他们成为不了引领中国前途的现实力量。只是内化为一种精神力量存储于孤独的个人，等待合适的历史时机分蘖开花。这批中西兼通的文化大师，才是传统文化消极、堕落一面的真正敌人，真正的逆子贰臣，可惜这一点是多数人所忽略了的。狂热思潮掩盖了清明、理智的声音，革命摧枯拉朽、泥沙俱下的力量吞没了一切。

启蒙思想之所以发生效能，往往与对传统中被压抑了的因素重新发现相关，如对专制皇权的舍弃，就与传统中"民为贵，君为轻"等传统思想贴合，最终推翻延续几百年的满清王朝。外来思想不与传统资源发生交融，就很难在实际生活中产生效能，这是一个很值得深思和重视的问题。通过对思想规律的认真探讨，可以指导我们对启蒙规律的认识。从根本上说，"启蒙"在近现代中国意味着西方思潮的启发，代表的是西方文明，实际上启蒙的含义即是两个文明发生冲突后舍弃本土文明，取法西方文明。但问题的吊诡之处在于，一切都不能按照启蒙思想家们所设想的那样进展，从一个长的时段看，最能唤起民众支持的还是传统思想资源，只不过要对这种传统思想资源加以名词的转换，改造成先进的术语。蓦然回首，才不禁惊呼，原来传统中的封建和专制思想并没有因为近百年的启蒙而消灭，在特殊历史时期还相当严重，诸如"大跃进""文化大革命"，成为阻碍民族发展的沉重包袱，并造成国计民生的灾难。

不联系传统谈启蒙，是无效的。今天学者谈"启蒙"最大的弊端是抽离了启蒙的历史具体性，空谈启蒙，这个历史的具体性就是传统。在有些人的心目中，"启蒙"有一种元话语的霸权，天然地被赋予了合理性、合法性。之所以如此，是因为"启蒙"被概念化地化约为"正义""进步""平等""民主""个性"等知识分子的幻梦。其实,启蒙在实践层面并不仅仅是价值问题,而是各种力量的博弈,有效的启蒙必然在各项条件都具备的时候,这就需要考虑启蒙的策略。长期以来,这个问题被掩盖了,单纯以价值判断代替了实践层面可行性的思考。实践层面可行性主要是对传统的深厚理解和把握,从中找出与启蒙思想的共鸣,因势利导,形成一种有利的社会舆论,推进社会的变革。保护好社会的知识精英层,听取不同意见,这样可以有效防止专制、独裁等传统思想以改头换面的形式阻碍民族的发展。

另外,启蒙与西化两个概念在近现代中国可谓连理同枝,前者侧重在精神层面,后者侧重在现实层面。民国时期,多数论及东西方差异的学者,都把东西方的空间差异赋予了时间意义,即欧洲之外的都属于过去,属于黑暗,而欧洲是现代和光明。其实有关启蒙,还有不少需要进一步考察的方面,比如在现实政治中,启蒙话语往往与霸权主义结合的问题。一位德国总统在一个展览的致辞中说:"在启蒙时代,一方面欧洲人在为自身能更多地参与政治生活、为宽容和正义而抗争;另一方面欧洲各国却利用技术优势,在亚洲、非洲和拉丁美洲扩大势力范围。"我们需要经常警惕:"脱胎于理性启蒙外表的、非理性的侵害,就像是一场你无法理解的赛跑,会令'理性'入睡并从中释放出魔鬼——并且'魔鬼'一词在这里可以用任何数量的暴行来代替。总而言之,你们的文明进步的意图,并不一定会产生出文明进步之结果。"[①]

[①] 李零:《太阳不是无影灯——从一个展览想起的》(上),《读书》2012年第6期。

第四章　对新文化的检讨:以"科学"话语为例

"科学"是近现代中国最为重要的观念,是五四新文化运动的两大基石之一。与新文化、启蒙等词汇一样,"科学"概念也是被泛化地理解着,作为一种理想和信念被人尊崇。前驱者通过引进这些新的思想观念,给中国传统思想文化以强烈震撼,催动了社会的不安和变革。同时,这些新观念的引进,在解放思想的同时,由于中国近现代问题的急迫性,很快就进入了社会操作层面,为了实行的便利,这些新观念被有形无形地赋予了神圣的、不容辩驳的、绝对正确的正面价值,被抽离了具体内容,变成了抽象的信仰。这样,建立在理性基础之上的科学、新文化、启蒙等观念,甚至沦为服务于非理性的有力工具和手段,在思想解放的同时,也又一次陷入了思想束缚。福柯曾一针见血地指出:"我用'怪诞'来称呼这样的事实,某种话语或某个个人由于身份而获取权力的效果,而它们内在的品质却本应剥夺这个效果。"① 长期以来,学界对新文化运动中"科学"话语缺少深入分析,只是本质化地使用着这一概念,而忽略了对话语和话语效果之间关系的考察。新文化在实际运用的方式中,是否遮蔽了某些重要的事实或实践,这是一个值得深思熟虑的问题。人们凭借内心确信就能在实践中完全避免新文化可能带来的弊端吗?以下从具体史实出发,来检讨科学观念与革命话

---

① [法]福柯:《不正常的人》,钱翰译,上海人民出版社2010年版,第8页。

语，以及激进思潮之间的内在关联，揭示出五四新文化科学观念的内涵悬空和意识形态化的一面，以此丰富我们对"新"与"旧"之间复杂关系的认识。

一　五四新文化运动中"科学"的观念

五四新文化运动时期，"科学"这一概念已经深入人心。茅盾说："我终觉得我们的时代已经充满了科学的精神，人人都带点先天的科学迷。"① 在给《科学与人生观》写的序言中，胡适大声宣告："这三十年来，有一个名词在国内几乎做到了无上尊严的地位；无论懂与不懂的人，无论守旧和维新的人，都不敢公然对他表示轻视或戏侮的态度。那个名词就是'科学'。"② 某种程度上说，"在现代中国，一切变革社会的思想观点和行动方案的合理性与合法性，一切主义、真理的流行与被人信奉，一句话，中国现代性的确立，均在极大的程度上有赖于以科学的名义为其所做的辩护。"③ "科学"是五四新文化运动时期最为流行的词汇，计量研究显示，以《新青年》为例，"科学"一词出现了1913次，《新潮》里出现了1245次，《每周评论》里出现117次，《少年中国》里出现2273次。④

如果追溯词源的话，"科学"一词在中国古已有之，特指"科举之学"。⑤ 近代意义上的"科学"一词来自日本⑥，是日本学者西周于1874年最早运用，它被用来说明分科之学。据金观涛、刘青峰的研究，在1900年之前，中国是用"格致"指称西方自然科学的，1900年以后，中国知识分子才放弃"格致"，而用"科学"来指称自然知识的探

---

① 茅盾：《自然主义与中国现代小说》，见《小说月报》1922年第13卷第7期。
② 胡适：《科学与人生观序》，见《科学玄学论战集》，(台湾) 帕米尔书店1980年版。
③ 吴炜、姜海龙：《科学：正当性与合法性之源——对中国思想史中几个重要问题的一种新解读》，《天津社会科学》2010年第1期。
④ 金观涛、刘青峰：《〈新青年〉民主观念的演变》，《二十一世纪》1999年第6期。
⑤ 张亚群：《废科举与学术转型——论清末科学教育的发展》，《东南学术》2005年第4期。
⑥ 刘禾：《跨语际实践——文学、民族文化与被译介的现代性 (中国，1900—1937)》，宋伟杰译，生活·读书·新知三联书店2000年版，第67页。

索。清廷在推行新政时,建立了新的教育体制,出现了"格致"与"科学"并用局面。辛亥革命后,民国元年改革教育制度时,格致科始改称理科,从此以后,"科学"完全取代了"格致"。从时间跨度上来说,"科学"取代"格致"的过程是从 1900 年开始到 1911 年完成。[①]当然,"科学"这一概念从晚清引进到五四时期内涵较为固定,有一个复杂的生成过程,尤其与教育改革和学科设置有重大关联,张帆对这一问题有深入研究,可以参看。[②]

二 "科学"话语的激进化

"科学"这一概念被引进后,作为一种价值尺度,成为丈量一切价值的尺度。现代中国对科学观念的引进从积极的方面看,极大地刺激了中国科学事业的建立和发展,而在社会科学层面,各种新引进的社会学说也都借"科学"之名迅速传播。各种思想文化和社会方面的革新运动,无不打着科学旗号来进行,使科学成为新信仰、新神圣,而其内在理性反思的本质反而被忽略了。我们看到,新文化运动的领袖人物时常不由自主地拿起"科学"的挡箭牌来推行自己主观认定的革新活动,尤其是在思想文化领域,而对于实际的科学研究反而重视不足。这样,在某种程度上就把"科学"意识形态化。当然这是与时代环境的混乱有关,但不能不说与新文化运动领袖人物的认识也有关系。新文化运动的发祥地北京大学,对理工科的重视不足,就是很好的说明。胡适曾受到过朋友的诘问:"你们尽管收罗文学、哲学的人才,那科学方面(物理、化学、生物等学)却不见有扩充的影响,难道大学的宗旨,还是有了精致的玄谈和火荼的文学,就算了事么?"[③]虽然科学口号满天飞,但当时与科学传播关系甚大的《科学》杂志,常弄到揭不开锅的窘境,杨杏佛致胡适(1918 年 12 月 11 日)的信中说:"《科学》编辑事亦不

[①] 金观涛、刘青峰:《新文化运动与常识理性的变迁》,《二十一世纪》1999 年第 2 期。
[②] 张帆:《晚清教科之"科学"概念的生成与演化(1901—1905)》,《近代史研究》2009 年第 6 期。
[③] 胡适:《胡适来往书信选》(上),中华书局 1979 年版,第 76 页。

了，无一人负责，大有民穷财尽之象。"①

在新文化运动的重要组成部分——文学革命开始的时候，我们注意到，偏离客观、冷静、求真的科学精神已经很严重了。下面摘录任鸿隽致胡适的两封信为例：

> 王敬轩之信，隽不信为伪造者。一以为"君等无暇作此"，二则以为为保《新青年》信用计，亦不宜出此。莎菲曾云此为对外军略，似亦无妨。然使外间知《新青年》中之来信有伪造者，其后即有真正好信，谁复信之？……
>
> 隽唯恐足下之自信为见到者尚有见不到处，故忘其浅陋而与足下有所议论耳。即如足下讲短篇小说而拉入庄列之喻言与古诗之叙事者，得非范围不清？又因欲称颂短篇小说长处，因言凡今世文学出品皆有趋短之势，因以单幕剧为戏本上乘，隽皆不敢谓然。隽以为单幕剧如短诗，大家为之，偶有佳者，然不可谓为诗之独至。若所传之事曲折离奇，非得三四幕断不能形容尽致者。所言皆无关宏要，但欲足下执笔时略为全题留些余地，勿太趋于极端耳（趋于极端与 radical［激进］不同）。（1918年9月5日）②

> 兄等议论，往往好以略相近而尤下流之两事作形容以为诋諆，此易犯名学上比拟（Analogy）之病。如老兄论我说的古体诗，竟扯上缠足、八股、专制政体等事，其实缠足、八股、专制政体等如何能与诗体比例？缠足为一时社会心理的病象；八股出于政府的公令；专制政体更是独夫民贼制造成的；诗体却是自然演进，没有加许多好恶与权威之裁制（试帖诗乃真与八股同类），所以我说，就古来留下来的竟可说是自然的代表。……再钱玄同先生骂张某的戏评也挪出保存辫发、小脚等事，似乎有点过甚其辞。戏本之能否除

---

① 胡适：《胡适来往书信选》（上），中华书局1979年版，第18页。
② 同上书，第14—15页。

第四章 对新文化的检讨：以"科学"话语为例 73

旧布新，不过视一般人之美术思想（文学更说不到）如何，何必挪出那死心塌地为恶的保存辫发、小脚为比。至用到"尊屁"美号，更觉有伤风雅。……足下当知我并非为此类人作辩护，此类人虽较钱先生所说的更加十倍毒骂也不足蔽其辜而快吾心，特以欲为文学界挽此颓风，办法不当如是。第一，要洗涤此种黑脑经，须先灌输外国的文学思想，徒事谩骂是无益的；第二，谩骂是文人一种最坏的习惯，应当阻遏，不应当提倡。兄等方以改良文学为职志，而先作法于凉，则其结果可知。吾爱北京大学，尤爱兄等，故敢进其逆耳之言，愿兄等勿专鹜眼前攻击之勤，而忘永久建设之计，则幸甚。（1918年11月3日）①

我们从信件的内容上看，文学革命领袖人物为了达到目的，已经不是很顾及言说本身的科学性和客观性，甚至掩人耳目地编造出一个反对者来达到丑化论争对手的目的。尤其是第二封信中涉及的比附论证的谬误，为了搞垮对手，几乎完全诉诸鼓动舆论的宣传手段，甚至连基本的逻辑常识也不顾，这都说明新文化运动领袖人物为了运动的功利打算，对事物本身言说的科学性已经不大顾得上了。除了任鸿隽外，就编造一个"王敬轩"一事发表不同意见的还有朱经农，他在信中说："我常常想着某先生的赞成文章革命与王敬轩的反对文字革命，意见虽然不同，武断却是一样。我想根本上的救济，还是要设法启发青年判断是非的真能力。"②

随着新文化运动的发展，运动初期一致对外的情形发生变化，在新文化阵营内部分裂、倾轧的情形渐渐严重。与初期对付新文化运动反对者所使用的手法大同小异，兄弟阋于墙的时候，也都是以科学在握的自信不择手段来搞垮对手。

"科学"观念信仰化、神圣化走向日益与革命话语同构，社会思潮一天天激进。早在晚清的时候，伴随废学、罢学风潮，"科学"与革命

---

① 胡适：《胡适来往书信选》（上），中华书局1979年版，第16—17页。
② 同上书，第45页。

话语方式已经紧紧胶合在一起了。1907 年，吴稚晖就总结说："科学公理之发明，革命风潮之膨胀，实 19、20 世纪人类之特色也。此二者相乘相因，以行社会进化之公理。盖公理即革命所欲达之目的，而革命为求公理之作用。故舍公理无所谓为革命，舍革命无法以伸公理。"① 这段话鲜明的特点即在于将"科学"与"公理"相连用，把科学公理理解为革命的结果，可见"科学"观念与革命的结合其渊源早在晚清已经完成合流，革命话语通过与"科学"观念的结合，摇身变成了科学话语，这也开启了其后中国一系列思想文化及社会运动的端倪。1919 年 10 月 8 日，正处于影响力巅峰的胡适给高一涵、张慰慈等人的信中说："十年来的人物，只有死者——宋教仁、蔡锷、吴禄贞，——能保盛名。生者不久就被人看出真相来了。这是因为时势变得太快，生者偶一不上劲，就要落后赶不上了，不久就成了'背时'的人了。只有早死的人既能免了落后的危险，又能留下一段去思碑。这两天威尔逊病重，也许会死。倘他死在去年十一月，他便真成了有史以来第一个伟人了！威尔逊真倒霉！"②

　　胡适大概怎么也没有想到，很快他也变得和前人一样"背时"了。到 1925 年，有"新文化运动之父"之称的胡适，已经痛感被排压的刺痛，他在给陈独秀的信中说："这几年以来，却很不同了。不容忍的空气充满了国中。并不是旧势力的不容忍，他们早已没有摧残异己的能力了。最不容忍的乃是一班自命为最新人物的人。我个人这几年就身受了不少的攻击和诬蔑。我这回出京两个多月，一路上饱读你的同党少年丑诋我的言论，真开了不少的眼界。我是不会怕惧这种诋骂的，但我实在有点悲观。我怕的是这种不容忍的风气造成之后，这个社会要变成一个更残忍更惨酷的社会，我们爱自由争自由的人怕没有立足容身之地了。"③ 新文化运动内部在各种以科学为面目的理论挑动下，已经分裂为不同阵营。

---

① 吴稚晖：《新世纪之革命》，《新世纪》1907 年第 1 期。
② 胡适：《胡适来往书信选》（上），中华书局 1979 年版，第 72 页。
③ 同上书，第 357 页。

胡适在这封信中，痛心疾首地说："我也知道你们主张一阶级专制的人已不信仰自由这个字了。我也知道我今天向你讨论自由，也许为你所笑。但我要你知道，这一点在我要算一个根本的信仰。我们两个老朋友，政治主张上尽管不同，事业上尽管不同，所以仍不失其为老朋友者，正因为你我脑子背后多少总还同有一点容忍异己的态度。"① 到1927年，任白涛致胡适的信中说："我觉得现在中国的战争……新文化——尤其是新文学——的运动，从笔尖移到枪尖上了（但一半自然要靠笔——政治部）。"② 很显然，社会思潮激进化已经使思想运动让位于实际行动了。

三 科玄论战

胡适的遭遇看起来似乎有反讽意味，但我们不能不惊叹那些以科学面目出现的社会理论学说，在催动社会思潮的激进化浪潮方面力量的强大。细致耙梳历史细节，我们清楚地看到，胡适也是"科学"话语独尊地位的始作俑者之一，这在科玄论战中表现得很清楚。

发生在1923年的"科玄论战"，曾卷入了一大批那个时代最为著名的知识精英，加入战阵的有梁启超、胡适、任叔永、孙伏园、章演存、朱经农、林宰平、唐钺、张东荪、菊农、陆志韦、王星拱、颂皋、穆、王平陵、吴稚晖、范寿康等。这场论战以《学灯》《努力周报》为主战场，《晨报副刊》《时事新报·学灯》《学艺》《太平洋》等刊物时有参与。就学术层面来说，这个论争并没有充分展开，在学理层面还很不充分。在国内"科玄论战"激烈进行的时候，远在美国的罗家伦不能满意正在进行中的论争，"费了四个整月在图书馆日夜的工作"，参考了重要典籍"四百余种"，1923年秋天写成了《科学与玄学》一书。这本书被赵元任、王抚五、朱经农校看过，也与俞大维、傅斯年商讨过，是当时对此问题下过一番苦功的严肃之作。③ 他认为"玄学与科学

---

① 胡适：《胡适来往书信选》（上），中华书局1979年版，第356页。
② 同上书，第432页。
③ 罗志希：《科学与玄学·自序》，商务印书馆1999年版。

的合作，无论是为知识或为人生，都是不可少的。强为分离，则不但两者同受灾害，而且失却两方面真正的意义。""科学为我们建设各种知识的系统，造就比较常识更为坚实的材料；玄学进而问材料的本质，及其相互之关系，以建设知识、宇宙、人生之全景而给以意义。所以要有了真正的科学以后，才有精澈的玄学可言；有了真正的玄学以后，科学才能了解其本身的意义和位置。"①"玄学与科学各有各的机能，各有各的领土，不但不可强分，而且同不可少。""玄学与科学并不是冲突对抗的，所以国内所谓'科学与玄学之论战'，实在是很不幸而毫无根据的标题。"②罗认为应该"放弃武断的成见，而作深入一层的审察"。"我们不要'拖泥带水'的知识，我们也不要'钻入牛角心里'的思想。"③

值得思索的是，这场论争是以科学派的人来总结的，可以说是缺席的审判，他们直接宣布了玄学派的破产和失败，在给《科学与人生观》写的序言中，胡适大声地宣告了"科学"的胜利及其"无上尊严的地位"。陈独秀在《答适之》一文中更为决断地说："证明科学之威权是万能的，方能使玄学鬼无路可走，无缝可钻。"④可以说这样的结论代表了当时社会上一批新文化人的公共态度，正如罗家伦暗自指责的那样，甚至在何谓科学、何谓玄学还没有弄清楚的情况下，就宣告了"科学"的胜利，结果使一场学理的论争沦为信仰的宣传运动。作为新文化运动的领军人物，胡适不止一次从自己重视的学理探讨滑向信仰的卫道，这是胡适思想方法让人感觉遗憾的方面。

1924年4—5月，对于泰戈尔访华讲学的批判，某种程度上可以看作是"科玄论战"的继续。泰戈尔访华讲学之所以被反对，一个重要理由是认为泰戈尔是玄学派的"海外军团"，宣扬中国所不需要的玄学派观点。洪熙在《太戈尔底迷途》一文中说："老实说一句，太翁底哲

---

① 罗志希：《科学与玄学》，商务印书馆1999年版，第149页。
② 同上书，第151页。
③ 同上书，第150页。
④ 陈独秀：《答适之》，《科学玄学论战集》，（台湾）帕米尔书店1980年版，第36页。

学，同我们贵国朱谦之底'虚无哲学''周易哲学',梁漱溟底'孔家哲学',正是'半斤八两',一般的臭!""现在看太戈尔在杭州上海两处的讲演,如报纸上所登载的,好像在那里反对欧洲物质文明,提倡印度中国的东方文化。我想这种议论传出去,上海的'玄学鬼'张君劢,想种田的'吾家'行严,以及南京的'安诺德'后身,'学衡派'的梅光之迪,北京的'孔家哲学'梁漱溟,'周易哲学'朱谦之们先后听见,一定要拍手赞同,这个说'我道不孤'。那个说'东方文化,光被四夷'。"① 从这个议论可以看出来,对于批评者来说,传统中的"周易哲学""孔子哲学",海外的"安诺德"们的思想,都一无是处,显然是"科玄论战"中"科学派"的观点。

显然,批判本身早已偏离了学理的层面,从批判的方法上看,往往仅仅抓其一点而不顾其余。如果仅仅根据新闻社记者的报道,一定会认定泰戈尔"是一个极端排斥西方文化,极端崇拜东方文化的人"②,但事实上泰戈尔的思想并不是这样的,如他写的《东西文化的结合》一文中说:"物质的生存的科学,是由西方的教授们所保有着的。这种科学,就说那给我们衣,食,健康,长生的学问,就是那使我们不受那猛烈的野蛮的物质的攻击的智识。这就是那不能改变的物质的法律的科学:要求自治,一定要先将这种法律,同我们心里的法律调和无间。除了这个没有别的方法。""假使我们只因为西方的科学是由西方所发明的,便把他叫做不清洁,那末,我们不但不能学会这种科学,而且把我们东方的教授道德上的清洁的科学也埋没污蔑了。"③ 从这段话看,泰戈尔思想里并不是没有科学的地位,不是对西方茫然无知的顽固派。我们经常发现,一旦进入了社会科学论域,论争取胜,获得舆论权力,就是唯一要争得的,并没有人真正在意对方的思想到底如何。批判和抵制泰戈尔的根本目的是为国内思想斗争服务,关于这一点,恽代英说得很

---

① 洪熙:《太戈尔底迷途》,《觉悟》1924年4月27日。
② 实庵:《太戈尔与东方文化》,《中国青年》1924年4月18日。
③ [印度]台莪尔:《东西文化的结合》,子贻译,《东方杂志》第十九卷第十号。

清楚:"泰戈尔的思想,不过是许多玄学家所有的思想,我今天只是藉题发挥,批评玄学家这一类的思想罢了!"①

"科学"一旦和革命话语关联并进入实践层面,现实的利害关系和露骨的权力意识就会使"科学"话语成为伽达默尔所说的"被收买的理性",而偏离了原初本真的一面。发生在 1923 年的"科玄论战"和 1924 年泰戈尔访华受到的抵制,是"科学"观念被神圣化和信仰化的集中展示。从 1924 年泰戈尔来华讲学所遭到的抵制和批判这件事情,我们能清晰地看到与"科学"话语捆绑在一起的革命话语驱动了社会思潮的激进趋向,"行动化"和"革命化"的导向日渐强势,思想层面学理性的论争已经没有了应有的土壤和社会条件,正如鲁迅后来说的:"革命时代是注重实行的、动的,思想还在其次,直白地说:或者倒有害。"②

四 对"科学"话语的反思

就社会层面来说,虽然"科学"话语的宣传在社会上已经形成思潮,但实际上很少人有真正科学的态度和思维。没有科学的态度和思维方式,科学便不会真正生根。竺可桢说过:"欧美的科学技术,并不能产生现代欧美文明,倒是欧美人的头脑,才产生近代科学。换而言之,若是一般国人无科学头脑,则虽满街引擎,遍地电气,科学还是不能发达,好像沙漠里虽移植新鲜茁壮的果树,其萎谢可立而待。"③

对于"科学"话语被意识形态化和宣传化过程中出现的背离科学精神的警醒一直是有的,上面提到的玄学派,某种程度上正是对"科学"话语的独断和神圣化的反拨,但这类声音在"科学"话语成为主导的现代时空是很微弱的,形不成社会制约力量。高长虹在 20 世纪的 20 年代中后期就"科学"话语还发表了不少颇为尖锐的言论:

---

① 代英:《告欢迎泰戈尔的人》,《觉悟》1924 年 4 月 19 日。
② 鲁迅:《关于知识阶级》,见《鲁迅全集》(第 8 卷),人民文学出版社 1981 年版,第 188 页。
③ 竺可桢:《竺可桢文集》,科学出版社 1979 年版,第 229 页。

第四章 对新文化的检讨:以"科学"话语为例

无论在著作界或翻译界,科学的书都看不见多少,这可以证明西方文明还没有到中国来,而近年来的文化运动徒有其名而已。据我所看见的,真的科学的著作只有郭任远的人类的行为一书。然而又只出了一本上卷虽然极端而且正确,但终之都是一些假定的理论。实验的下卷,则久久不出,听说作者且已中止他的工作了。所以从摇床到坟墓,科学的生与死在中国是如何来得痛而且快呵!①

人们每不把科学拿给人看,而只是凭空说什么科学的态度,然而没有科学,又如何证明有科学的态度?②

这个时期的思想,又大抵都是相信科学的,然而科学也不能使他们联合在一块。而且又各有各的科学。胡适、顾颉刚以为整理国故是科学,现代评论社又以为谈法论政是科学,向导社以为政治运动是科学,吴稚晖又以为制枪造炮是科学,徐郁生则又说几何,几何,几何,逻辑,逻辑,逻辑是科学……所以上个时期只是一个科学的宣传时期。③

如以为宣传科学便是科学工作,于是而有假科学,如国故及政论之类。这不但现代评论社是如此,胡适也是如此,陈独秀也是如此。而宣传科学反而做了科学的阻碍。④

这个时期虽然是尊崇科学的,然而科学的工作却没有去做,也没有介绍过重要的科学思想来。所以这个时期的思想,都是属于空想的。⑤

"科学"这一话语在信仰化过程中,逐步偏离了其原初探求真理的意义,尤其在社会人文领域日益成为党派的理论工具而被广泛应

---

① 长虹:《走到出版界》,上海书店1985年版(根据泰东图书局1929年3月再版本影印),第13页。
② 同上书,第31页。
③ 同上书,第147页。
④ 同上书,第148页。
⑤ 同上书,第151页。

用。"科学"观念的传播,在真正科学领域里,由于战乱的频仍,实际的成就整体上是薄弱的,虽然有各种现代科学学会的成立,由于特殊的环境,活动的开展并不能持续有效。倒是在社会人文领域里,"科学"观念日益与革命话语结合,显得更为热闹,并发展成为社会思潮的重要内容。作为社会运动纲领的理论学说,以"科学"的面纱笼罩后,其真实的面目有着强烈非理性甚至反理性的非科学的特质。以《向导》和《醒狮》为例,高长虹曾经分析说:"欲求主张明了而一致,向导便标之以共产,醒狮便标之以国家。然而国家在何处,醒狮却一向也没有说过。经济又怎样,向导也不大提起来。所以我们看这两个刊物的人,便看不见国家与经济的科学的说明,而只看见标榜之外的政治的宣传。……不幸我们在这两种刊物上看见命令太多了,而科学则太少。"[①] 高长虹有句总结的话说"科学锁门了!"[②]

五 结语

为何"科学"这一概念从晚清输入后,一直与西方意义上的"科学"概念存在偏离,在追求理性的过程中,往往成为盲目非理性的服务工具?这是值得深究的。

缺乏西方思想文化知识背景,是新文化运动语境下"科学"观念神圣化,甚至走向非理性工具的重要原因。在西方,对科学方法反思一直伴随着科学崇拜而起着牵制作用,使科学方法的范围不至于无限扩大,使理性保持着弹性而不因盲目信仰和崇拜而僵化。西方自17世纪以来,关于人类、社会、历史的知识,形成两个学派,其一可归纳为科学派,如英国的穆勒就把自然科学(特别是数学的物理学)看成科学的模范,并认为应该把自然科学的方法论应用到人类和社会的研究中来,19世纪下半叶这一派渐渐成了起主导作用的思想潮流。另一个为

[①] 长虹:《走到出版界》,上海书店1985年版(根据泰东图书局1929年3月再版本影印),第58—59页。
[②] 同上书,第73页。

传统的人文学派，如19世纪的德国，结成的"历史学派"，认为在历史学、文献学、语言学、法学、经济学等属于"精神科学"的层面，与自然科学是根本不同的异质的学问，因而具有自己独特的探求方法。认为"对于精神科学来说，自然科学的方法即使有效也只是辅助性的。"就具体的思维方法上来说，"自然科学的本质是进行'说明'，而历史学的课题是进行'理解'。自然科学是通过归纳寻找规律，然后再根据规律演绎地导出各个现象，即进行'说明'；而历史学则是对'精神'的感性的'表现'进行'理解'。"①爱因斯坦的观点与此相仿，他说："那些对于我们的行为有必要而且起着决定作用的信念，并不能完全用这种僵硬的科学方法来寻找。……科学方法所能教给我们的只是，事实是如何相互联系，又是如何相互制约的。获得客观知识是人类所能拥有的最高抱负，你们当然不会怀疑我想贬低人类在这个领域所进行的英勇努力的成就。然而同样真切的是，有关是什么的知识并不直接打开通向应该是什么之门。人们可以对是什么有最清楚最完整的知识，可还是不能从中推论出我们人类渴望的目标是什么。客观知识为我们实现某些目标提供了强有力的工具，但是终极目标本身以及对实现它的热望必须来自另一个源泉。"②

就是说，在西方虽然科学派有着主流地位，但是一直存在一个与之抗衡的反对派来使思想保持张力和弹性，有效防止"科学"成为新神圣，成为独断性话语，而沦为非理性的工具。在中国语境下，对"科学"话语独断性的反思和抗衡力量太薄弱，科学派思想家本身的思想能力还不够强大，不能意识到隐藏在科学话语独尊背后的非理性的危险。陈赟指出："在现代中国借用科学来建构知识谱系与知识生产体制的过程中，知识本身也被纳入规训体制，从而形成知识的政治……就此而言，科学的叙事本身就是一种知识的政治，它以一种机械的、分化的

---

① ［日］丸山高司：《伽达默尔：视界融合》，刘文柱等译，河北教育出版社2001年版，第30—31页。
② 爱因斯坦：《科学与宗教》，见《爱因斯坦晚年文集》，北京大学出版社2008年版，第17—18页。

立场来排挤具体而丰富的生活过程。"① 就是说，科学话语本身没有建立起知识的独立价值，而使知识沦为被规训的客体。造成这种局面的深层原因，是思维方式问题，金观涛说："难以摆脱中国传统文化特有的理性化模式也成为中国现代知识分子的铁笼。"② 他分析新文化运动的深层动力是中国知识分子常识理性的变迁，是以民主和科学的现代常识为代名词取代了传统的常识和人之常情，在思维模式上和传统是高度同构的。他说："除了科学常识合理和现代人之常情合理这两个合理性终极标准与西方科学理性及工具理性不尽相同外，现代常识对传统观念系统的抛弃和对新观念系统的建构，则具有中国文化本身的特点，甚至是受到中国文化深层结构的支配的。"③ 也就是说，"在新文化运动中科学实际上被等同于现代常识，所谓科学建构新意识形态功能，在某种程度上同理学将具有伦理价值的宇宙观建立在古代常识基础上同构。"④

五四新文化运动掀起的启蒙思潮的核心概念之一是"科学"，而这个概念在中国语境中，一再和传统惯性思维模式结合，在社会理论传播过程中选择了那些具有排他性、集体观念的学说主张，一再偏离了启蒙的核心——思维方式的转变。即康德意义上的"要有勇气运用你自己的理智！"⑤ 在康德看来，启蒙如果导致了现实的武装革命，就并不是真正的启蒙，他深刻地指出："一场革命也许会导致一个专制的衰落，导致一个贪婪的或专横的压制的衰落，但是它决不能导致思想方式的真正变革。而新的成见就像老的成见一样将会成为驾驭缺乏思想的民众的缰绳。"⑥ 而中国启蒙思想最终导致的却正是现实革命。

从以上对于新文化运动中"科学"观念的检讨来看，"科学"被意

---

① 陈赟：《困境中的中国现代性意识》，华东师范大学出版社 2005 年版，第 28 页。
② 金观涛、刘青峰：《新文化运动与常识理性的变迁》，《二十一世纪》1999 年第 2 期。
③ 同上。
④ 孙青：《科学的"承当"：〈新潮〉学生群的走向》，《二十一世纪》1999 年第 6 期。
⑤ ［德］康德：《对这个问题的一个回答：什么是启蒙?》，［美］詹姆斯·施密特编《启蒙运动与现代性——18 世纪与 20 世纪的对话》，徐向东、卢华萍译，上海人民出版社 2005 年版，第 61 页。
⑥ 同上书，第 62 页。

识形态化和神圣化之后，造成的危害是沦为非理性的工具而不自知——使启蒙变为反启蒙，科学变为伪科学。各种冠名为新文化的理论学说，披上科学的盛装，使现实问题的复杂性被掩盖了，特别是新文化借助社会力量形成的标语、口号势力，使思想问题伦理化、道德化，并政治化了。凡对新文化有微词者，头颅上便被戴上刻有落后、守旧、顽固，甚至是别有用心、居心不良等道德伦理词汇的"荆冠"，康德意义上的启蒙，在这时已经被阻断了，思考的权利已经被集团化，党派化，衍生出其后的重重问题。吴炜指出："以科学为基础的新合法化知识缺乏压力系统，从而使合法化知识拥有了不受限制而无限扩展的空间。政治的知识基础的这种未完成性，常常导致中国现代政治在新旧之间左右摇摆。"[1]"新"与"旧"的问题从来不是简单的，五四以后引入的新词汇，往往在暧昧不明的现实中被各种利益集团窃取，服务于集团利益。

---

[1] 吴炜、姜海龙：《科学：正当性与合法性之源——对中国思想史中几个重要问题的一种新解读》，《天津社会科学》2010年第1期。

第五章　晚清民国以来传统文化的破坏

晚清民国时期，内忧外患频仍，中华传统文化在这一时期面临巨大挑战，遭遇了无法恢复的破坏。从外在的物质层面上看，典籍的损失和学人的非自然死亡是最易于观察到的。追怀这段历史，留给我们无尽的回味与思索。

一　典籍的损失

近百年来，传统文化典籍遭到的损毁是非常惊人的，在前人的日记、书信等材料里有大量记录，读来让人浩叹不已。从晚清太平天国运动开始，对传统典籍的破坏一直持续了一个多世纪。下面从前人的日记、书信或其他材料里随手摘录几条记录如下：

> （1867年12月18日）往访梅老，示所拟《请修〈江南通志〉章程》。大乱后书籍散亡，老成凋谢，兼经费难筹，恐难集事。①
> 当今天翻地覆之时，实有秦火胡灰之厄。②

庚子以后，京师曾被外国侵略者占领，图书一方面由于遭受抢劫而散去，另一方面由于世家贵族衰败而出售，有的被外国人捆载

---

① 张文虎：《张文虎日记》，上海书店出版社2001年版，第114—115页。
② 叶德辉：《书林清话》，岳麓书社2000年版，第2页。

而去,有的则充斥余书市。蒋芷侨在《满清野史初编·都门识小录》中写道:"庚子间,四库藏书残佚过半。都人传言,英、法、德、日运去不少。又言洋兵入城时,曾取该书之厚二寸许、长尺许者以代砖,支垫军用器物,武进刘葆真太史拾得数册,视之皆《永乐大典》也。"①

板荡以还,邦人于典籍文物之遗,屣弃之不惜,则尽流播于海东西诸邦。好古者流抱遗订坠,无所取证,不得已乃于海外求之。举凡典籍文物,我所屣弃不惜者,皆荟萃于彼都之文府。邦人之远涉者,得一窥览,以为殊幸,是亦古今之奇变也。……然使非处于今日之世,区区典籍文物,皆吾国所自有,何患无所取证,而必仆仆海外以求之耶?②

(1938年7月20日)(陈漱六,笔者注)言宜兴城内重受炮火,宅第其收藏之古籍、书籍悉付一炬,诚近数百年罕觏之浩劫也。③

胡适致陈树棠(稿)(1943年1月20日):我自己的四十架藏书,大概都已失散了。④

(1946年10月16日)晚,方壮猷夫妇来娴宅,同访新到之唐长孺夫妇。吴江。述苏常一带,旧家贱售古书,至以斤重论纸价,而上海国学书价甚廉,亦少人购。中国文教渐灭殆尽矣!⑤

郭有守致胡适(1939年1月28日)信中附有一个《战时征集图书委员会征书缘起》:

在各大学之损失中,当以图书为最甚。以国立学校言,则损失一百十九万一千四百四十七册,省立学校十万四千九百五十册,私

---

① 周岩:《我与中国书店》,河北教育出版社2004年版,第2页。
② 郭则云:《〈董康东游日记〉跋后》,河北教育出版社2000年版,第388页。
③ 金毓黻:《静晤室日记》(第六册),辽沈书社1993年版,第4193页。
④ 胡适:《胡适来往书信选》(中),中华书局1979年版,第555页。
⑤ 吴宓:《吴宓日记》(第10册),生活·读书·新知三联书店1999年版,第168页。

立学校一百五十三万三千九百八十九册，综计达二百八十三万零三百八十六册之多。但此仅就在沦陷区内之四十校计之，其数已如是之巨，其在战区内之学校，因迁移过迟不及运出者，损失亦大。例如：国立山东大学之图书仪器八百箱中有藏书七万六千七百二十四册，均在浦口车站全部损失，则各校损失之总和，可以推见其庞大矣。

沦陷区及战区内之图书馆，凡二千五百余所，损失之最低限度，以平均每馆五千册计，全部损失至少当在一千万册以上。

尤可痛惜者，则为私家藏书，此次亦几尽数毁失。如吴兴嘉业堂刘氏，常熟铁琴铜剑楼瞿氏，苏州滂喜斋潘氏，天津木犀轩李氏，藏本之精善为全国之冠，且有为公家图书馆所不及者，尽数为日人所强掠以去。不但书籍也，即昔日刻书之木板板片，亦遭劫掠，过了历中央图书馆损失七万余片，浙江省立图书馆损失十万余片，广东、湖北所有者，亦皆尽数损失，全国所藏木板，几损失十分之七八，此后木刻善本，得之恐非易事。

此次中国图书损失之大，遭劫之重，在本国历史上固为空前，即世界上任何国家因战事而遭损失，亦无如中国所感受者之重大。①

以上征引足见典籍损失的一斑。实际上，在民国时期，甚至有些学术研究的书籍已经需要出境寻求了，傅增湘说："自杨邻苏访书以后，吾国人士引领东望，咸动礼失求野之思。……前岁张君菊生泛海求书，阐秘抽奇，颇有记述。辛未之秋，余亦接踵而往。"②

二　学人的损失

伴随典籍损毁流失的，是著名学人的凋零。1922 年 8 月 28 日，胡适在日记中感慨地说："现今的中国学术界真凋敝零落极了。旧式学者只剩王国维、罗振玉、叶德辉、章炳麟四人；其次则半新半旧的过渡学

---

① 胡适：《胡适来往书信选》（中），中华书局 1979 年版，第 402—403 页。
② 董康：《董康东游日记》，王君南整理，河北教育出版社 2000 年版，第 402—403 页。

者,也只有梁启超和我们几个人(指钱玄同、顾颉刚,笔者注)。内中章炳麟是在学术上已半僵了,罗与叶没有条理系统,只有王国维最有希望。"① 到1927年,胡适所说的旧式学者四人中一下就去了两个,一是叶德辉被农会处死,二是王国维投水自杀。在谈到两件事情的关联的时候,梁启超说:

> 静安先生自杀的动机,如他遗嘱上所说:"五十之年,只欠一死,遭此事变,义无再辱。"他平日对于时局的悲观,本极深刻。最近的刺激,则由两湖学者叶德辉、王葆心之被枪毙。叶平日为人本不自爱(学问却甚好),也还可说是有自取之道,王葆心是七十岁的老先生,在乡里德望甚重,只因通信有"此间是地狱"一语,被暴徒拽出,极端箠辱,卒致之死地。静公深痛之,故效屈子沉渊,一瞑不复视。此公治学方法,极新极密,今年仅五十一岁,若再延寿十年,为中国学界发明,当不可限量。今竟为恶社会所杀,海内外识与不识莫不痛悼。研究院学生皆痛哭失声,我之受刺激更不待言了。②

学人的损失情况,在此后的历史进程中一直延续着,战争、贫困、疾病等,使一大批学有所成的知识者令人惋惜地凋零了。尤其让人痛心的是1949年后错误的政治运动又毁灭了一大批知识者,吴宓在日记中悲愤地写道:

> 解放后全国之学术文艺衰退不知多少,无论王静安国维柳翼谋诒徵刘弘度永济陈寅恪、吴芳吉碧柳一类之学者、文士不可再得,即偶一翻阅宓所编《学衡》各期中,如邵祖平之《无尽藏斋诗话》、程俊英之《诗之修辞》等篇,昔为宓所不取者,今亦觉其可

---

① 季羡林主编:《胡适全集》(第29卷),安徽教育出版社2003年版,第729页。
② 丁文江、赵丰田编:《梁启超年谱长编》,上海人民出版社2008年版,第738页。

珍可贵矣。求如清代之尚能编成一部《明史》，顾、黄、王诸大儒之著作，吴梅村等之诗，流传于后世，安可得哉！盖彼□□□□之私，实远过于民族征服者之私，而中国之为中国，亦仅矣！①

三 文化大师的文化创新活动被漠视

虽然有种种灾厄，但民国也是文化学术活动活跃，成果丰硕的时段。杨树达认为："近人所以能为此者，乃受时代之赐：思想无所束缚，一也；新材料特丰，二也；受科学影响，方法较为缜密，三也。"②很多著名学者，谈到民国时期学术上的成就时，都指出文化学术繁荣的原因之一是新材料的发掘和发现，萧文立先生说："夫近世中国学术所以大异于往昔者，曰甲骨卜辞之学，曰敦煌石室之学，曰流沙坠简之学，曰大库史料之学，皆因新发现而成显学，治其学者不囿于中土，骎骎焉为国际汉学界主流。"③伴随这种新材料的发现和发掘，出现了一批大师级的文化精英，他们"不假时会毫毛之助，自致于立言不朽之域"④。在各自领域取得了划时代的贡献。以王国维为例，他就在文化学术上取得了的重大成就，杨树达在回忆录中，对王国维精湛学术成就的赞叹俯拾皆是：

（1941年1月16日）阅王静安《殷先王先公考》。读书之密如此，可谓入化境矣。

（1941年3月22日）读王静安《顾命礼徵》，精湛绝伦，清代诸师所未有也。

（1941年5月1日）阅《观堂集林》。胜义纷披，令人惊倒。前此曾读之，不及今日感觉之深也。静安长处在能于平板无味事实

---

① 吴宓：《吴宓日记续编》（第5册），生活·读书·新知三联书店2006年版，第356页。
② 杨树达：《积微翁回忆录》，上海古籍出版社2006年版，第263页。
③ 萧文立：《校定本出版弁言》，见罗振玉《雪堂类稿》，辽宁教育出版社2003年版。
④ 杨树达：《积微翁回忆录》，上海古籍出版社2006年版，第198页。

罗列之中得其条理，故说来躁释矜平，毫不着力。前儒高邮王氏有此气象，他人无有也。

（1944年1月19日）读王静安《尔雅草木虫鱼释例》，穿穴全卷，左右逢源，千百黄侃不能到也。（以上引自杨树达《积微翁回忆录》）

杨树达本人也是大师级学者，1942年12月13日，陈寅恪在致他的信中说："论今日学术，公信为赤县神州文字、音韵、训诂学第一人也。嘱为大作撰序，为此生之荣幸。他年贱名得附以传，（指为《小学金石论丛续稿》撰序，笔者注）乃公之厚赐也。"①

其他在传统国学领域作出重大贡献的学者还有黄侃、吴梅、柳诒徵、陈垣、陈寅恪等一批人，让人兴叹不已的是，这批大师级学者的成就对思想界的影响很小，几乎都局限在少数人的圈子里，被激进社会潮流的巨大声浪完全吞没了，成为不了引领社会发展的力量。能引领大众者，不免要俯就大众趣味，无形中脱离学者求真务实的本心。吴虞曾经登门向胡适请教国文的讲法，胡适告诉他："总以思想及能引起多数学生研究之兴味为主。吾辈建设虽不足，捣乱总有余"。② 桑兵认为："这正是不少新文化鼓动者存心破坏以致从众的心理坦白。因此，其兴也速，振动社会，带引风潮，声势浩大，颇有顺者昌逆者亡之势。但风头过后，内囊就不免尽了上来。所以，对新文化运动的全面认识，至少应包括其凯歌式行进之后。这时批评者的合理内核也会显现，不能一言以蔽之曰顽固守旧"③ 新文学运动进行之时，造成了一种浩大声势，甚至有群众运动参与其中，使批评者的声音哑然无闻，批评者的观点不被重视，还没来得及认真思考就被视如粪土给抛弃了。如当时"学衡派"的一些观点。吴宓说："专趋实用者，则乏远虑，利己营私，而难以团

---

① 杨树达：《积微翁回忆录》，上海古籍出版社2006年版，第195页。
② 吴虞：《吴虞日记》（上册），四川人民出版社1984年版，第599页。
③ 桑兵：《晚清民国的国学研究》，上海古籍出版社2001年版，第44页。

结谋长久之公益","专谋以功利机械之事输入,而不图精神之救药,势必至人欲横流、道义沦丧,即求其输诚爱国,且不能得。"[1] 这些观点在今天看来皆为药石之言。令人惋惜的是,为激进时潮所掩,这些清明的声音并没有产生多少影响。许多取得杰出学术成就的硕德大儒们默默无闻,寂寞而终,他们深刻、精湛的思想,没有发挥应有作用,成为激进思潮的牺牲品。

四 结语

书法、绘画属于艺术领域,以其特性而言属于审美范畴,与思想变革、社会变迁并无直接关系,却也在波诡云谲的历史进程中遭到极大破坏。让人倍感惋惜的是,艺术品是不可再生的,具有唯一性,以上所有的损毁与破坏都是永久性的。今天,艺术品拍卖市场一片火热,拍卖纪录一再被突破,齐白石、张大千等人的作品市场价格还在节节攀升。回归理性,回归常识,对一切狂热保持警醒,应该是总结近一百多年来历史经验最应吸取的教训之一。

---

[1] 吴宓:《吴宓日记》(第2册),生活·读书·新知三联书店1998年版,第101页。

第六章 民国时期新旧文学经济状况的考察

根据布尔迪厄"文学场"理论,文化资本、经济资本、权力资本之间存在着转化关系,获得文化资本的人,可以通过一系列复杂的机制将自身所拥有的文化资本转化为经济的、政治的资本。民国时期文化资本与经济资本之间关系是怎样的?具体到新文学(文化)与旧文学(文化)转化为经济能力方面是否有差异?这是笔者考虑该问题时拟解决的问题,在此,笔者将通过细致的史料耙梳和缜密的逻辑论证,力求给这一学界关注不多的问题做点探索工作。

一 新型报刊业的兴起

西方输入的机器印刷以及新型的书、报、刊经营方式,相对于倚靠传统手工作坊进行生产的中国书业来说,无疑是文化传播上革命性的变革。首先,先进技术的引入,带来效率的惊人提升。这里我们可以通过史料做一个对比:1865年8月15日,张文虎在日记中有如下记载:"若用写手六人,发刀十五人,挑清四十人,一日出字六千,一月出字十八万。"[①]张文虎是清咸丰光绪年间著名学者,曾入金陵书局前后达十年,对于当时书局刻书情形正是行家里手,他日记中的记录可以说代表了手工作坊式刻字的工作效率,而当时,"新式浇字机,每小时可铸

---

① (清)张文虎:《张文虎日记》,陈大康整理,上海书店出版社2001年版,第53页。

字三千枚"①，使用机器设备进行印刷的技术，与手工作坊式的印刷相比更不可同日而语——"英国之阿鲁霍式，一小时可印九万六千张，法国之玛利诺尼式，一小时可印二万五千张，至美国和氏轮转机，每小时可印三十万张。"而以手推或脚踏为动力的手工作坊式印刷，每小时只不过"约可印数百张"。② 其次，在经营方式上，引入了西方机制，"充分运用资本主义的商业经营方式，一面在各大城市设立分店，一面又运用各种手段促销"③，建构了一整套现代的行业机制，使书刊的传播更为便捷、高效。

就成本、传播速度、发行范围等方面来说，以机器生产和资本主义运营的近现代书刊业，都有传统手工作坊式的书业生产不可比拟的优势。这种新型的变化，急剧地改变了中国书业的格局，沿袭几千年的手工作坊式书业生产和经营模式很快式微，在强大雄劲的近现代书业压迫下历史性地退出了公共空间。让人感觉极大兴趣的是，新旧两种书业极为密切地联系着新旧两种文化的传播。在民国这一公共的历史时空中，新文化与新书业成功联姻，占据了新书业的主流，而旧文化对新书业的示爱却屡遭挫折，有的不得不退回到旧书业，依然沿袭手工作坊式的个人刊刻模式。当然，并不能说旧文化是与新书业绝缘的，相反，旧文化也积极利用新书业来扩大自己的影响，对于作者本人来说，也是获得稿费和版税的途径，只不过，相对于新文化书刊，文言的书刊读者受众有限，发行量少，书商并不热衷，大量个人的旧体诗词文集是通过私人刊刻的方式问世的。这是一个极为复杂而又有意思的现象。这个现象所透露出来的历史信息，就是底层的文化需求，在教育普及、思想启蒙、救亡图存等诸多必然性要求下，使以白话文为工具的新文学历史性地成为时代主流，而以注重积累、学养、技巧，以修身养性、传播道德礼教为目标的古典文化，以其文字的艰深，表达的晦涩在公共空间里渐渐失去

---

① 徐浣：《我国之纸及印刷》，《报学季刊》1935 年第 2 期。
② 同上。
③ 袁进：《近代文学的突围》，上海人民出版社 2001 年版，第 38 页。

了影响力。

　　从新旧文化在传媒方式的选择上看,旧文化被迫退守传统的手工作坊式的个人刊刻方式,为新文化的传播让出了康庄大道,同时,旧文化也为自己预留了生存涵养的空间。相对于浩如烟海的古典文化,新文化其实非常短暂,旧文化并不是过气的死文化,而是现实中文化建设的生动力量,旧文化传统中具有普泛价值的理念还是必须吸纳和发扬光大的。选择传统手工作坊式的刊刻方式,对于旧派文人来说,可能并没有感受到新书业的拒斥,而只是一种传统行为方式的沿袭而已。检查史料,这方面的例子很多,基本是自备材料,或与刻书坊合作,通过个人的方式印行自己或亲朋的诗文集。以郑孝胥为例,在其日记中就有大量个人刊刻的相关记载:

　　　(1930年4月12日)罗子经来,代制印泥四两,甚佳;欲印诗集,托觅刷工。①
　　　(1930年4月17日)罗子经来,商印诗事,托代买棉连七千刀,先付钞一百四十元。②
　　　(1930年4月21日)罗子经来,携来印刷匠老杨,拟印《海藏楼诗》二百部。③
　　　(1930年5月7日)新印诗集成,送二部与梅泉。④
　　　(1936年5月10日)孙小野来,示写刻《海藏楼诗》,十二卷已讫,留校勘;与一百元,使结账。⑤
　　　(1936年6月13日)孙小野交来《海藏楼诗》十一、二卷刻板。⑥

---

① 郑孝胥:《郑孝胥日记》(第四册),劳祖德整理,中华书局1993年版,第2278页。
② 同上。
③ 同上书,第2279页。
④ 同上书,第2282页。
⑤ 郑孝胥:《郑孝胥日记》(第五册),劳祖德整理,中华书局1993年版,第2626页。
⑥ 同上书,第2631页。

在吴梅日记里，也有大量与刻工和书坊联系的相关记载：

（1932年11月2日）付姜毓麟印《宋词三百首》《蕙风词话》工料，银洋二十元……①

（1932年11月3日）此次姜毓麟所书样子，正衬随意大小，谱字阔狭不等，校时点板，煞费周章。②

（1933年11月11日）及晚赴姜文卿处，将北词交刊，并付《三剧》印费六十元。（尚欠百元）③

（1934年3月10日）唐圭璋亦至，以足本《龙洲词》见示，盖罗子经（振常）重刻也。④

（1934年5月26日）苏州上艺斋主曾淦泉来，为《未园集略》事，要支付洋二百元，允之。⑤

（1934年7月4日）知上艺斋主曾淦泉曾来，竹林诗稿，即拟付渠刻也。⑥

（1934年7月7日）晚立如来，知竹林稿已誊清，上艺斋合同亦写就，先付定洋七十元。⑦

以上只不过选择两个具体的个人为例，其实在民国时期，个人刊刻的记录是大量的，不仅是那些受到旧学熏陶很深的旧派文人，就是那些留学国外多年的著名学者，也还保留着个人刊刻的习惯，如吴宓等人。传统手工作坊式的个人刊刻本身，有其优雅和非功利的一面。民国时期大量著名的旧文化人依然保持着历史的惯性，自己通过手工作坊来印行自己或亲朋故旧的诗文集，虽然这些诗文集本身没有销量，只能拿来送

---

① 吴梅：《吴梅全集·日记卷》（上），河北教育出版社2002年版，第229页。
② 同上。
③ 同上书，第364页。
④ 同上书，第400页。
⑤ 同上书，第423页。
⑥ 同上书，第434页。
⑦ 同上书，第436页。

人，他们依然我行我素，保持着较为传统的行为方式。值得进一步说明的是，对这种传统方式的坚守，并不仅仅是抱残守缺，还隐含着审美的内在因素在里面。由于这种私人刻书的行为是一种个人与个人的交往，刻主作为东家，那种亲自参与指导刻工或作坊设计字体，规定行数、边距，选择纸质、油墨等，也融入了自身的审美创造，与以冷冰冰的机器印制出来、大量发行的平装书相比，自然渗透了更多不可言明的快感、激情与审美感悟，而刻出来的书本，也是经过东家精心校对的，具有版本精美，品相上乘的优点。

二 文化是一种生意

在新旧文学/文化斗争共存的民国场域，新的印刷生产力和营销制度的引入所构成的新型书刊业，为一批文化企业的活跃提供了沃土，如商务、中华、世界等著名的书局，都应运而生，做文化的生意。管理这批企业的文化资本家在主观愿望上是以赚钱为目的的，这是经济规律决定的。

新型书刊业，作为一种中性的生产力和制度，天然的需求就是发挥自己急剧提升的生产和销售能力，换句话说就是要挣更多的钱，而并不在意所生产和销售的是新文化还是旧文化。而是新旧文化本身的读者量，才最终决定了新型书刊业巨大生产和营销能力为谁所用。就是说，无论白话、文言作为生意来说，是不问其自身如何，而是看能否产生效益，能否挣钱。以商务印书馆为例，对所要出的书籍成本和销售行情都有精细的评估，即使著名文化人也要接受经济天平的严格衡量。下面从张元济日记中摘录四条以供参考：

1916年8月26日，星期六

梦翁估《太炎丛书》价：

纸、印、订、二元三角。面子、套子、四角。全部二元七角。全书一千七百六十五页。

版税三千元。纸版千二百元。

计每部六元九角。

定价十二元，平均六折，七元二角。

初版一千部，每部余三角。再版每部余四元五角。

如改排三十字一行，每部成本可省五角。

小有光纸每令三元五，成本二元弱。

文录共五百五十二页。排工一百四十六元。

纸、印、订每部七角二分五。

详细研究，恐无如此销路。且右文社尚有书七八百部。不印为宜。遂复谢之。①

1917年11月7日，星期三

鹤颀又托翻印英文文学书。复以用数少，不值得，此外无销路。先请寄样估价。②

1918年1月19日，星期六

竹庄函，劝译印《佛学词典》。函复销路不多，为时尚早。③

1918年2月1日，星期五

《中国历史》续编与否，究难确定。因近来销数大减。④

尤其是第一条摘录，记下了精细的商业成本运算，精确到分，恰到好处地说明了"生意"（赚钱）在文化资本家心目中的决定性作用，那些不能挣钱的书籍在商业机制下遭到淘汰，即便鼎鼎大名如章太炎，其书籍一旦没有行情，也难免要吃闭门羹。商业的标尺严格制约着报馆书局的运营，因为商业利益是企业生死存亡的生命线。当社会需要与商业利益发生冲突的时候，文化资本家多是以商业利益为重的。例如当科学社因经费紧张谋求依托商务印书馆的时候，商务馆的态度也是纯商业的

---

① 张元济：《张元济日记》（上），张人凤整理，河北教育出版社2000年版，第147—148页。
② 同上书，第400—401页。
③ 同上书，第453页。
④ 同上书，第468页。

精打细算，张元济在日记中写道："科学会愿以所有版权让归于我，梦旦查版税书，约每年售一万五千元，版税一成，千五百元。寄售书每年约两千元，四五折归账，计九百元。全年两共两千四百元。如以一万元购入，五年中销数不减，可收回本息。余意可不购。"①

三　新文学/文化成为文化市场的大宗

必须说，以白话为工具的新文学/文化经过晚清以来的几十年酝酿，到文学革命之后已经是不可阻遏的潮流，成为文化市场的大宗。

白话文成为通行的书面交际工具，是近代中国社会转型的一部分。在思想启蒙，教育普及的压力下，语体的重心一再向白话倾斜，这一发展趋势获得了社会力量的广泛支持，正是借助了这种社会力量的支持，"以语统文"的原则才成为不可逆转的社会潮流，成为政治决策者必然要"附顺"的民情，这是非人力所能阻断的趋势。另外，值得重视的是，社会运动对白话文的支持，也是白话文的一个强大"护法"。秋桐（章士钊）在给邱垾柏的一篇答词中说："近湖南北为国语运动，大行示威，长沙列队游行者数千人。以后凡不为白话者，恐将统于威字范畴以内。"② 1925 年，苏浙皖三省各师范小学，在无锡开联合大会。12 月 3 日，是开会的第一天，特在无锡第三师范操场举行焚毁初级小学文言文教科书的仪式，认为文言文太繁难，小学不应该再教文言，应该遵守国家法令改教语体文。③ 这种群众性的运动，有时还直接威胁到主张复古的当政者本人，1925 年 5 月 11 日，郑孝胥在日记中有如下记载："学生入章士钊住宅，捣毁器物，且求免章。章长教育、司法者也。"④ 可见，社会力量的参与，保证了白话文大方向的贯彻，对于提倡文言者也不能不是一个强大的威慑。

---

① 张元济：《张元济日记》（上），张人凤整理，河北教育出版社 2000 年版，第 600 页。
② 《甲寅》第一卷第二十八号，见"通讯"栏。
③ 黎锦熙：《一九二五年国语界"防御战"纪略》，舒新城编《近代中国教育史料》（第三册），见《民国丛书》（第二编第 46 册），上海书店出版社 1989 年版，第 81—82 页。
④ 郑孝胥：《郑孝胥日记》（第四册），劳祖德整理，中华书局 1993 年版，第 2050 页。

应该说，真正让白话站稳脚跟，并成功抵御一次次复古逆流的，是白话文在生意上的成功，也即是金钱的力量。晚清，有一批仁人志士为了挽救民族危亡，曾经利用白话通俗易懂的特点进行启蒙工作，以彭仲翼为例，他在1902年春创办了《启蒙画报》，后来又出了《京话日报》，都以白话为书面语，但"求售非易，而成本顾甚重。自置印机，招募工人，聘日本匠师指教印刷，所费不赀。经年亏累，私财一空，房产折售，寻及妇孺衿饰"。① 可见，白话在晚清启蒙运动的潮流中是要赔钱的。胡适在总结晚清末年的经验时曾说："他们的失败在于他们自己就根本瞧不起他们提倡的白话。他们自己做八股策论，却想提倡一种简易文字给老百姓和小孩子用。殊不知道他们自己不屑用的文字，老百姓和小孩子如何肯学呢?"② 其实，胡适的总结里面忽视了关键的经济因素，即白话文赔钱的历史事实，这是在当时话语情境下所不容易发现的。当时间行进到五四新文化运动前后，发生了根本性转机，白话的商业价值日益显现，白话文赚钱的事实让出版商和发行家改弦易辙，纷纷采用。这个历史的事实表明，白话文已经在各种历史合力之下通过了历史的瓶颈。白话文由赔钱的买卖变成赚钱的生意，这一不争的历史事实标志着白话文成功成为通用的书面交流工具。

以白话为工具的新文学/文化在文化市场上所蕴含的巨大商业利益，理所当然得到有眼光的文化企业家的关注和侧目。新文化的发展使一批具有全新知识人格的人登上历史前台，成为引领历史趋势的人，与这批人保持良好关系，争取他们的服务，蕴藏着巨大商业利益。以商务印书馆为例，新文化运动中的弄潮儿就成为公司需要笼络的红人。张元济在日记中说："余等以为本馆营业，非用新人、知识较优者断难与学界、政界接洽。"③ 到1920年，商务馆筹划成立第二编译所，"专办新事。以重薪聘胡适之，请其在京主持。每年约费三万元。试办一年。"④ 由

---

① 梁济：《梁巨川遗书·年谱》，黄曙辉编校，华东师范大学出版社2008年版，第29页。
② 胡适：《所谓"中小学文言运动"》，《独立评论》1934年7月15日第109号。
③ 张元济：《张元济日记》（上），张人凤整理，河北教育出版社2000年版，第157页。
④ 张元济：《张元济日记》（下），张人凤整理，河北教育出版社2000年版，第958页。

第六章　民国时期新旧文学经济状况的考察　99

此可见,新文化强大的声势和茁壮的活力,使有眼光的文化商业机构愿意与其合作。

当时新旧文学/文化在商业上的利益到底如何呢?有很多一手资料可供参考。与当时以白话为交际工具的新文化刊物盈利相比,文言的刊物普遍亏本,已是不争的事实。以吴宓主持的《学衡》为例,常年亏欠,中华屡次去信告知不愿合作,陈寅恪、张歆海等人都以为不办最好,这在吴宓的日记里都有记载。如:1925年5月25日,吴宓不无心酸地写道:"歆海谓宓办《学衡》为'吃力不讨好',不如不办。乃谓《现代评论》,作者以文登其中为荣。又谓宓为'中世之圣僧'云。噫!"① 1926年11月16日:"寅恪并谓《学衡》无影响于社会,理当停办"② 1926年11月30日:"昨接中华复函,谓《学衡》五年来销数平均只数百份,赔累不堪,故而停办云云。"③ 与此相较,吴宓感慨颇深地在日记中写道:"中国近今新派学者,不特获盛名,且享巨金。如周树人《呐喊》一书,稿费万元以上。而张资平、郁达夫等,亦月致不赀。所作小说,每千字二十余元……若宓徒抱苦心,自捐赀以印《学衡》,每期费百金。"④ 白话赚钱的事实,使一些全国性的大报也接受胡适等人的倡导,顺水推舟,使用白话,以《大公报》为例,吴宓在1931年6月12日有如下记载:"晚归,阅《大公报》万号特刊,见胡适文,讥《大公报》不用白话,犹尚文言;而报中季鸾撰文,已用白话,且约胡之友撰特篇,于以见《大公报》又将为胡辈所夺。"⑤

"1917年文学革命的大旗举起之后,白话文声势浩大,一路攻城拔寨,很多刊物在'投稿简章'中标明'文言白话均可',给文言文造成

---

① 吴宓:《吴宓日记(1925—1927)》(第3册),生活·读书·新知三联书店1998年版,第28页。
② 同上书,第251页。
③ 同上书,第258—259页。
④ 吴宓:《吴宓日记(1928—1929)》(第4册),生活·读书·新知三联书店1998年版,第17页。
⑤ 吴宓:《吴宓日记(1930—1933)》(第5册),生活·读书·新知三联书店1998年版,第332页。

极大压力。只有少数刊物还顽固坚持不登白话文，如《学衡》，如《甲寅》，如《制言》等。《甲寅》周刊发刊时即宣布：'惟文字须求雅驯，白话恕不刊布'。《制言》在'本刊投稿简章'第三条有：'如系白话，概不登载'。但时代大势所趋，这些顽固派刊物的命运只有两条路供选择，要么停刊，要么接纳白话，如《甲寅》《学衡》只有倒闭，而《制言》到民国二十八年一月二十五日第四十八期《制言》由半月刊改为月刊后，投稿简章第三条'如系白话，概不登载'被划掉，不登白话的限制就被打破了。"① 从社会层面上说，新文学/文化与新型报刊业的成功结合，使新文学/文化成为社会文化的主流，从经济方面而言，新文学/文化亦成为文化市场的大宗。

四　旧文学/文化的生意

旧文学/旧文化在公共传媒方面遭遇的失败，使新文学/新文化占据了时代的主流。但旧文学/文化从喧嚣的公共媒介中隐退并不是退出了历史舞台，而是更多接续了传统的方式，零星分散地组织了大量社团，定期雅集，用私人刊刻的方式，来印行自己的创作，风气所向，依然保持着蓬勃的活力。旧文学/文化的创作和欣赏，需要大量的训练和积累，一般要有十年寒窗的工夫，才能有基本的理解能力和表达技巧，能够拥有这种能力和技巧的人，主要集中在社会的中上层。民国期间，有大量古体诗词曲的社团和雅集，在中上层社会中流行，鉴于民国时期新文学/文化的优势地位，旧文学/文化构成了民国时期文学/文化的潜在部分。

古典文化的活力，在公共传媒领域处于压抑的状态，在经济上处于尴尬的境地。但在公共传媒之外，还存在着一个虽然范围狭小，但购需两旺的旧文学/文化经济。这种经济的存在之所以为一般人所忽视，是因为这种经济的特点是私下的、零星的，有随机性，为公众视线所不及。这种旧文学/文化的经济，买和卖都是私下进行的，不可能有总体规模上的记录，但由于这种交易都是集中在社会中上层，虽然没有精确

---

① 尹奇岭：《教育实证研究在新文学形式制度建立过程中的作用》，《教育评论》2009 年第 3 期。

的总体记录，其总体的规模和数额推算起来是很庞大的。

具体考察民国时期一些著名旧派文人，除了他们从事社会职务取得的报酬之外，还有另外几种收入，也构成了其经济的重要来源。如黄侃、吴梅等从事教育的人士，在正常的学校教学之余还招收私淑弟子，这些人是要付给老师一定报酬的，即束脩，在黄侃和吴梅的日记中都有大量收取学生束脩的记录。如："向映富、王煜送来诸生束脩共百五十元"①"王煜、向映富十八人送束脩"②"诸生纷纷来送束脩"③"前潘生景郑馈岁修百洋，心感之至"④等。另外，稿酬和版税也是少数旧派文化人收入的一部分，与著名的新文化人相比，这方面的收入显然要少得多，构不成主要生活来源，旧文化在公共传媒空间的衰落，是造成旧文化精英稿酬版税不丰的主要原因。翻阅吴梅日记只能找到少量记录，如："振新书社交来《曲选》版税八十四元"⑤等。

下面以"润格"为例，来具体考察当时旧派文化人，利用自身古典文化修养和声望，将文化资本成功转化为经济资本的情况。润笔一说，起源颇早。宋人洪迈在《容斋随笔》中写道："作文受谢，自晋宋以来有之，自唐始盛。"宋人王楙和清人顾炎武都认为汉代已经有了"润笔"。⑥个别具有巨大文化号召力的旧派精英文人，在润格上创造了惊人纪录，吴梅在日记中有一条记录："公铎送来瑞安姚雁秋墓志铭，为太炎笔，酬金三千元"⑦，数额之巨令人惊叹。民国时期，有些著名文化人，甚至以此为谋生手段，其他有关卖字的记录也很多。以陈三立为例，郑孝胥在1926年12月5日日记中记载："至塘山路视陈伯严，疾已愈，将移居上海，以售字为业。"⑧1930年7月5日，"曹缵蘅来，

---

① 黄侃：《黄侃日记》（下），中华书局2007年版，第823页。
② 同上书，第835页。
③ 同上书，第860页。
④ 吴梅：《吴梅全集·日记卷》（上），河北教育出版社2002年版，第393页。
⑤ 同上书，第76页。
⑥ 袁进：《近代文学的突围》，上海人民出版社2001年版，第39页。
⑦ 吴梅：《吴梅全集·日记卷》（下），河北教育出版社2002年版，第566页。
⑧ 郑孝胥：《郑孝胥日记》（第四册），劳祖德整理，中华书局1993年版，第2126页。

示章行严奉天来信，云将往哈尔滨卖字"①。翻阅前人的日记和民国期刊，可以发现大量润例的广告，这些广告都有一些著名旧派文化人刊登的，明码标价，毫不含糊。下面选录两例：

一为夏敬观（剑丞）在《词学季刊》上登载的润例：

画例：
堂幅三尺五十元　　每增一尺加二十元，不足一尺以一尺论
条屏三尺四十元　　每增一尺加十元，不足一尺以一尺论
视四尺纸对裁加阔者照堂幅算
手卷每尺三十元　　高以一尺为限逾一尺者每尺四十元
册页每开见方一尺十六元，过一尺者作两开算
折扇廿元　　集锦扇每格十元纨扇十二元
以上山水润例，花卉松石减半，长题加四分之一，须题诗词者，照卷册
题跋例，青绿金笺点品均加倍
书例：
堂幅三尺二十元　　条屏三尺十二元
对联三尺二十元　　横幅三尺十二元，以上每加一尺加十元
册页每开一尺见方八元，过一尺者加四元
纨扇、折扇十元
寿屏墓志另议，匾额不书
文例：
碑传三百元　　序记二百元
册页题跋诗词四十元
润资发惠墨费一成②

---

① 郑孝胥：《郑孝胥日记》（第四册），劳祖德整理，中华书局1993年版，第2288页。
② 见《词学季刊》第一卷第四号。

二为杨云史在《青鹤》上所载的润格：

　　杨云史骈文画梅润单
　　骈文润格　寿文贰百元　短篇寿颂壹百元　代作或要本人落款注明　祭文贰百元　短篇哀诔壹百元　墓志碑文三百元　当代钜公另议　像赞题跋铭箴陆拾元　征文启寿启贰百元　传赞行述贰百元　序记贰百元　寿联挽联伍拾元　寿诗挽诗　长古壹百元　短章伍拾元　题诗题词　每首叁拾元散文骈文作者看题目自由取体惟寿文祭文如指定骈体者每篇叁百元期须一月　经手人九五扣酬　先润后文
　　画梅润格　磨墨加一成　堂幅　整张　三尺三十元　四尺四十元　五尺五十元　立轴半开　三尺十五元　四尺二十元　五尺廿五元　屏条　四幅为一堂一尺阔为限　每幅仝立轴　炕屏　二尺起每条十四元　每加一尺加四元　横幅及狭长小轴　三尺十二元　每加一尺加四元　纨折扇面每件八元　折扇过大者加半　红梅绘金牋加倍　喜寿装框用者　三尺以上暂不应　劣纸不画　先润后墨　约期取件　外埠缴件邮费概不另取　外埠寄纸不便但寄尺寸由邮人　奉送亦不取费
　　收件处　天津　日租界中原公司旁法租界绿牌电车道　静文斋日租界下天仙法租界绿牌电车道　利亚书局
　　北平　琉璃厂　荣宝斋　清秘阁　豹文斋　铭泉阁　萃斌阁　宜外
　　南柳巷六号福人德广告公司　东安市场丹桂商场内佩文斋　上海抛球场厚记九华堂①

　　就润笔的具体收入方面，可以参阅前人的日记等一手资料，找到大量可信的证据。以郑孝胥的日记记载为例，当时的润笔收入之巨，令人咋舌，稍稍摘引其日记中几条记录即可了然：

---

① 见《青鹤》第四卷第七期。

（1920年11月29日）夜，核卖字所入，自正月至今日已及七千一百零九元。①

（1921年6月11日）至都益处，狄楚青、陈子言之约，仅王聘三、曾士元及余三人。曾云："今年卖字，至端午节已得四千五百余元。"②

（1923年2月15日）伯平来，为庄得之求书盛宫保墓志，并送润笔一千元。③

（1926年8月6日）计此月售字已收者千九百余元，未收者犹七百余元。④

（1928年12月8日）徐挈如来，为王春榜求书寿屏，润八百元。⑤

其他著名文化人，有关润笔的记载也是大量的。黄侃在日记中有关润笔的记载比比皆是，甚至有人询问润格价码的记录："得藻荪书，询作文润格，告以传状、碑志篇二百元，题跋、序记篇百五十元，惟生人谀颂，劣书题跋断不肯为。"⑥须知，这种润笔的数额对比当时的生活水准来说，数额是多么巨大。沈雁冰初到商务馆开始上班的时候月薪才二十四元，平平淡淡一篇墓志就是百元左右，相当于沈雁冰当时五个月的收入总和。1926年8月郑孝胥家买了一部意大利轿车花了一千九百元，而他当月售字的全部收入为两千六百元。⑦从以上的摘引中可以发现，这种润笔的收入是经常性、日常化的，而且数额巨大，构成旧文化经济转化能力不容忽视的一部分。

---

① 郑孝胥：《郑孝胥日记》（第四册），劳祖德整理，中华书局1993年版，第1850页。
② 同上书，第1870页。
③ 同上书，第1938页。
④ 同上书，第2110页。
⑤ 同上书，第2211页。
⑥ 黄侃：《黄侃日记》（中），中华书局2007年版，第646页。
⑦ 郑孝胥：《郑孝胥日记》（第四册），劳祖德整理，中华书局1993年版，第2110页。

五 余 论

通过对民国时期新旧文学经济状况的考察,实际上就引出了一个问题,即新旧文化在总体趋势的分途,新文学/文化依托新型书刊业提供的强大生产力和先进营销手段,占领了大众文化市场,从而立于不败之地,在喧嚷的公共传媒中压倒了旧文学/文化,新型书刊业也成为新文学/文化的经济来源,成为大宗的文化生意。另外,旧文学/文化虽然相对于强势的新文学/文化在公共传媒中处于失语的境地,销售低迷,得不到书商报馆的青睐,但当其退回到自己中上层文化圈之后,在某些小范围内,依然保持着旺盛的经济能力,对于某些特定的个人来说,旧文化的经济转化能力实在达到惊人的地步。

新旧文化的代表人物在思想领域的斗争,当然会影响到社会上观念的认同,从某些特例看,大有水火不容之概。如郑孝胥在 1919 年 3 月 25 日的日记中有如下记载:"子经(罗子经,罗振玉胞弟。笔者注)自言,长女辄婿未定,托为物色读书人。自言:女孝甚,不愿以嫁新学生也。"[①] 在新旧文化斗争尖锐的地方,也是难免有人际倾轧的,比如吴宓就抱怨说:"胡适、陈独秀之伦,盘踞京都,势焰熏天。专以推锄异己为事。"[②] 但种种的隔膜和龃龉在一般社会状态下都不可能是常态的,常态的社会生活是正常交往和交流。很多研究者,将民国时期新旧文化之间的冲突描述为激烈尖锐的过程,其实这种紧张和尖锐只存在于少数场合下,更为日常的情形是两者之间的互相包容与共存。

从前人留下的记录上看,新旧文化人之间有着频繁的往来,互相包容,和谐共处,甚至互相推重,在个人交往方面,新、旧文人之间实际上是融为一体的。下面从郑孝胥、胡适、黄侃、张元济等人的文字里,随手摘抄几条新旧文化人之间互相来往、宴聚、论学的记录:

---

① 郑孝胥:《郑孝胥日记》(第四册),劳祖德整理,中华书局 1993 年版,第 1776 页。
② 吴宓:《吴宓日记(1917—1924)》(第 2 册),生活·读书·新知三联书店 1998 年版,第 161 页。

(1924年10月16日）胡适来访。①

(1924年10月18日）访胡适，不遇。②

(1928年4月21日）高梦旦与胡适之同来，胡求书其父墓碣。③

(1928年5月4日）夜，赴沈昆山之约，坐客为陈伯严及其子彦通、陈小石、胡适之、徐志摩、夏剑丞、拔可、贻书。④

(1928年5月6日）徐志摩、胡适之来观作字。⑤

(1928年12月1日）他老人家（夏剑臣，为上海古体诗词雅集的核心人物之一，上海的午社、沤社都有他。笔者注）把他的著作拿来，一定要我作序批评。⑥

(1929年11月27日）林植斋以酒席来，客至者：周梅泉，袁伯夔，胡适之，李拔可，夏剑丞，黄蔼农，赵叔雍等。⑦

(1929年11月28日）胡适之赠北京新出土《唐仵君墓志》。⑧

(1932年2月9日）夜赴衮甫招，以予为宾，众宾有胡适之、黄秋岳、孙子涵、夏蔚如、丁文江、吴□□、□□□，共九人，畅谈。⑨

(1937年3月21日）高君珊女士来，托探问胡适之写撰梦翁墓碑事。⑩

从这些密切交往中，我们看到新旧文化人生活于共同的历史时空之中，互相之间有着种种复杂的门生故旧等关系，其间并没有必然的鸿沟。新旧文人之间有着共同的舞台，共同的爱尚，互相推重。无论新文学/文化还是旧文学/文化，作为其代表的精英分子，其实在掌握文化资

---

① 郑孝胥：《郑孝胥日记》（第四册），劳祖德整理，中华书局1993年版，第2019页。
② 同上。
③ 同上书，第2180页。
④ 同上书，第2182页。
⑤ 同上。
⑥ 季羡林主编：《胡适全集》（第31卷），安徽教育出版社2003年版，第289页。
⑦ 郑孝胥：《郑孝胥日记》（第四册），劳祖德整理，中华书局1993年版，第2259页。
⑧ 同上。
⑨ 黄侃：《黄侃日记》（下），中华书局2007年版，第775页。
⑩ 张元济：《张元济日记》（下），张人凤整理，河北教育出版社2000年版，第1174页。

本这一点来说，是共同的。他们都是文化权力的拥有者，既有争斗和不能相容的一面，也有惺惺相惜、互相吸引和推重的一面。白话文作为一种社会事业，胡适等人为之鼓吹奔忙是毫不含糊的，与守旧势力的公开斗争也是勇猛尖锐的，但在私人交往场合，并不摆新文学家的架子，例如：1918年，胡适给梁启超的第一封信也是完全按照他的行文习惯来写的：

  任公先生有道：秋初晤徐振飞先生，知拙著《墨家哲学》颇蒙先生嘉许，徐先生并言先生有墨学材料甚多，愿出以见示。适近作《墨辩新诂》，尚未脱稿，极思一见先生所集材料，惟彼时适先生有吐血之恙，故未敢通书左右，近闻贵恙已愈……适后日（十一月二十二日）将来天津南开学校演说，拟留津一日，甚思假此机会趋谒先生，一以慰生平渴思之怀，一以便面承先生关于墨学之教诲，倘蒙赐观所集墨学材料，尤所感谢。①

从这封信可以看出，行文完全不脱古白话口吻，文言气味很浓。可知在上层交往中，胡适等新文化人并不完全以文学革命所倡导的白话文为交游的书面用语的。可见，文学革命之务求普及下层智识的目的，与其倡导者个人迎合上层文人的文笔趣味是并行不悖，而非截然分开的，以此可知历史真实的复杂性。新旧文学/文化之间关系方面的研究，可以开拓的空间还很大，是一个非常值得进一步追问和深思的问题。

---

① 丁文江、赵丰田编：《梁启超年谱长编》，上海人民出版社1983年版，第872—873页。

第七章　民国时期旧体诗词的刊印传播

民国时期还有大量没有进入新文学研究者视野的、分散的、私人化的刊刻活动，以及与之相关的旧书肆、书摊的存在。由于这方面资料的零散，还不能做到精确统计，但其广泛而普遍的存在是毋庸置疑的。还原历史真实，如果缺少了这一面的参照，所描述的历史场景无疑是失真的。揭开众声喧哗的表层历史，探入历史深层，有另一幕历史景观呈现——那些很少被人谈及的、代表传统延续一面的、大量的、分散的传统衍生物，虽被忽略，却是具有强大潜在力量的部分。

民国是一个过渡特征很强的时段，新旧杂糅，传统与现代之间复杂交织。处在这样纷纭的时代里，古体诗词这一古典文化中最有代表性的文学样式，依然是文人间大量唱和的内容，这些古体诗词唱和内容是如何传播的，正是本章要讨论的。传播的方式当然可以有很多种，这里就两种主要的方式加以探讨，一是古体诗词的私人刊刻，二是借助现代期刊刊登加以传播。

一　民国时期古体诗词刊刻

（一）刊刻的历史传统

从历史上看，中国是有刊刻传统的。官刻、坊刻、家刻三足鼎立，构成中国书籍生产的三种主要方式。大概到五代时期，在官刻之外，在士大夫内部已经出现了出资刻书的人。史料记载，前蜀有个叫任知玄的人，就用自己的俸钱，雇用工匠开雕杜光庭的《道德经广圣义》三十卷。五代时最著名的私家刻书人是毋昭裔，由于年轻时向朋友借看《文选》遭到拒绝，就决心发达后广印书籍，嘉惠后人。后来，他果然发达，做到了后蜀宰相，就实践了诺言，令门人句中正、孙逢吉书《文选》《初学记》《白氏六帖》，雕版印刷，还建议孟昶刊刻"九经"。① 这是最早的私家刊刻的记录。

以后的历代，都有不少著名私刻人。如明代江苏常熟的毛晋（1599—1659年），曾印行古书六百余种，选题广泛，包括多种多卷本的经、史、文集与丛书。据记载他所刊印"十三经"用版11846块，印"十七史"用版22293块，印《津逮秘书》收书140种用版16637块。毛氏的书坊在早期曾雇用刻工、印工约20人，书坊与书斋名为汲古阁，里面积蓄书版达10万块。② 到了清代，家刻达到巅峰时期，有钱有势的士大夫率喜刻书，如徐乾学刻《通志堂经解》、卢文弨刻《抱经堂丛书》、毕沅刻《经训堂丛书》，以及阮元等人都有大规模刊刻行为。卢文弨、阮元等为封疆大吏，财力雄厚，刻书有余力。对于有些学者来说，虽没有这么雄厚的财力，也喜拼力刻书，如孙星衍，平生最喜刊刻古籍，他在乾隆后期至嘉庆二十年刻有《平津馆丛书》5函43种二百五十四卷。③

刻书之风一直延续到民国时期，由于先进印刷技术的冲击，私人刊刻在规模上和数量上都小了很多，与历史上的情形不可同日而语。在西方先进印刷技术没有传入之前，所有的书籍都是采取传统的方式刻印的。19世纪末20世纪初，随着西方印刷企业在华设立以及中国自己新型现代印刷出版企业的崛起，雕版刻书之风，受到极大抑制，官刻基本停顿，坊刻和家刻还有延续，但总体上微弱了很多。这里说的微弱，是

---

① 张树栋等：《简明中华印刷通史》，广西师范大学出版社2004年版，第73页。
② 钱存训：《中国纸和印刷文化史》，郑如斯编订，广西师范大学出版社2004年版，第158页。
③ 王桂平：《家刻本》，江苏古籍出版社2002年版，第180页。

与历史上的情形相比较而言的,其实,分散而零星的私家刻书合起来而言,还是相当可观的。

(二) 民国时期的私人刊刻

传统具有惊人的活力,尤其在过渡时代,传统的连续性表现得尤为明显。私刻是传统的一部分,在民国时期仍然延续着,由于新型印刷出版企业的崛起,相比之下私人刊刻在量上很微弱,但毕竟还有很多私人书籍是通过私刻完成的,这对当时人来讲也是很普通的事情。但就对民国时期的描述来说,这一部分内容一直是研究者不太注意的,很有提出来加以认真研究的必要,对于全面理解民国时期文学/文化生产的状貌来说,这一部分也是必不可少的内容。

对于一些受传统文化行为习惯浸淫很深的文人来说,传统的东西已经超越了技术层面的考量,而进入情感和审美的依赖上,这是不能简单从技术角度分析和解释的。以伦明为例,孙耀卿说他:"先生嗜书,自朝至暮,手不停披。历年为先生抄书者二三人,修补书者一人,抄后校雠,昼夜不辍。先生每得一书,如获至宝,遇有衬纸者必撤纸,不衬纸者必加装潢,换好书皮,做好布套,改订厚册,甚至有三四册作一册者。先生修补书不用麦粉,独用广东寄来一种干菜,形似麒麟菜,以滚水浸烂补之,取其不耐生虫也。"① 这种对传统刊刻书籍的爱好与呵护就远远超越了日常世俗的考量,而进入一种情感和审美的层面。对于传统雕版的爱好,民国时期大有其人,如胡俊(翔冬)的《自怡斋诗》,在"己卯仲夏金陵大学文学院刊"行,门人高文(实斋)校订,就是由"成都宝墨轩杨子霖书镌"的。② 最为突出的是董康,仓石武四郎回忆董康到日本,有一段很有趣的描写:"他那儿养着许多刻工,就算他说要来日本,也得带着这些人。于是,一个三十人左右的队伍便来了。"③ 伦明在描述董康的时候也说:"武进董授经康,精究版本……近

---

① 伦明:《辛亥以来藏书纪事诗》,雷梦水校补,上海古籍出版社1990年版,第149—150页。
② 胡俊:《自怡斋诗》,刻本线装书,金陵大学文学院己卯年(1939),南京大学图书馆古籍部藏。
③ [日]仓石武四郎:《仓石武四郎中国留学记》,中华书局2002年版,第276页。

第七章　民国时期旧体诗词的刊印传播　111

岁又为刘翰怡编《藏书志》，尝聚工匠于法源寺刻书，数十年不辍"，"所刻书皆由北京文楷斋刘春生承办，其要求极为严格，尤以《五代史评话》为董氏刻本中之冠。"① 民国时期，像董康这样自己还养着很多刻工的现象并不普遍，但经常因刻书关系和刻工保持密切接触的事例是很多的。以吴梅为例，他日记中记录了很多与刻工、刻坊联系的相关内容：

（1931年阴历十月初七日）刻字铺姜毓麟亦在寓候我也。即将《惆怅爨》清样交彼，约初十日来取款。②

（1931年阴历十月初十日）姜毓麟来，持《惆怅爨曲谱》嘱校，即阅一过，并付刊资百元而去。③

（1932年6月21日）作书冀野，告以汸、怀两儿事，又托其催姜毓麟刻字铺，从速将《霜厓三剧》赶成。荏苒七年，尚未毕事，亦难矣。④

（1932年10月11日）姜文卿来，付校本去，并支票百元。⑤

（1932年11月2日）又付姜毓麟印《宋词三百首》《蕙风词话》工料，银洋二十元（共廿九元少九元）。⑥

（1932年11月3日）此次姜毓麟所书样子，正衬随意大小，谱字阔狭不等，校时点板，煞费周章。⑦

（1932年11月13日）姜毓麟来，交到《三剧》样本，余亦交《三剧》总叙及《惆怅》四谱，并付刻资百元。⑧

（1933年11月11日）及晚赴姜文卿处，将北词交刊，并付

---

① 伦明：《辛亥以来藏书纪事诗》，雷梦水校补，上海古籍出版社1990年版，第113—114页。
② 吴梅：《吴梅全集·日记卷》（上），河北教育出版社2002年版，第42页。
③ 同上书，第44页。
④ 同上书，第167页。
⑤ 同上书，第221页。
⑥ 同上书，第229页。
⑦ 同上。
⑧ 同上书，第233页。

《三剧》印费六十元。(尚欠百元)①

(1934年2月14日)上艺斋主曾淦泉来，将沈绥成文稿交付。计诗文集四卷，练纸印工、装订，费银洋五百八十元，约初四日先付百五十元，写样成，再付若干，交书始付清，立有合同。②

(1934年3月10日)唐圭璋亦至，以足本《龙洲词》见示，盖罗子经（振常）重刻也。③

(1934年5月26日)苏州上艺斋主曾淦泉来，为《未园集略》事，要支付洋二百元，允之。④

(1934年7月4日)知上艺斋主曾淦泉曾来，竹林诗稿，即拟付渠刻也。⑤

(1934年7月7日)晚立如来，知竹林稿已誊清，上艺斋合同亦写就，先付定洋七十元。⑥

(1934年8月10日)竹林稿全部校毕，即交淦泉上木。⑦

(1934年8月11日)校竹林稿割补后写样，即交淦泉。⑧

(1936年11月4日)是日姜毓麟送到《霜崖曲录》样本，冀野为我雕版者也。尚有缺遗，拟补足之。⑨

(1936年11月11日)上艺斋主曾淦泉，自吴来京，言《未园集略》五百部，如数交清，欲取馀款一百七十元。⑩

(1937年1月19日)曾淦泉来，付清《未园集略》印刻费八十五元，于是绥成集募款清矣。⑪

---

① 吴梅：《吴梅全集·日记卷》(上)，河北教育出版社2002年版，第364页。
② 同上书，第393页。
③ 同上书，第400页。
④ 同上书，第423页。
⑤ 同上书，第434页。
⑥ 同上书，第436页。
⑦ 同上书，第453页。
⑧ 同上。
⑨ 吴梅：《吴梅全集·日记卷》(下)，河北教育出版社2002年版，第804页。
⑩ 同上书，第806页。
⑪ 同上书，第835页。

第七章　民国时期旧体诗词的刊印传播　113

以上列举只不过是吴梅一个人的例子，其实，民国时期以传统方式刊刻的行为还是非常多的，有大量私人刊刻的书籍在朋友之间赠送或借观，依然沿袭着传统的行为习惯方式。这在郑孝胥、杨树达的日记里都有大量记载：

1. 郑孝胥

（1916年1月4日）过唐元素、郑尧臣，观所刻《洛阳伽蓝记钩沉》，元素所著也。①

（1916年2月9日）得叔伊书及新刻诗一本。②

（1916年5月1日）与陶子麟书，使重刻《考功词》。③

（1916年6月15日）陶子麟寄来《考功词》重刻本。④

（1917年12月2日）陈仁先来，遗所刻《诗比兴笺》《近思录补注》各一部。⑤

（1918年5月7日）罗叔蕴来，遗余《雪堂丛刻》一部。刘翰怡以书来，赠所刻书二十八种。⑥

（1919年12月27日）宗子戴送《瓶庐诗稿》一部，乃翁叔平遗集，邵松年、缪荃孙所校，武昌陶子林仿宋刻，凡八卷。⑦

（1922年7月16日）许季实来，赠丹徒冷士嵋《红泠阁诗集》一部，乃其裔孙冷遹所刊也。⑧

---

① 郑孝胥：《郑孝胥日记》（第三册），张人凤整理，中华书局1993年版，第1592页。
② 同上书，第1597页。
③ 同上书，第1607页。
④ 同上书，第1614页。
⑤ 同上书，第1696页。
⑥ 同上书，第1726页。
⑦ 郑孝胥：《郑孝胥日记》（第四册），劳祖德整理，中华书局1993年版，第1809页。
⑧ 同上书，第1915页。

2. 杨树达

（1925年3月12日）撰刘武仲先生《助字辨略跋》。三弟重刻此书，不日刻成也。①

（1925年6月1日）《古书疑义举例续补》二卷刻成。初，三弟欲刻书，问余以何种为先。余为言刘氏《助字辨略》及俞氏《古书疑义举例》。至是，二书同时刻成。②

（1927年9月15日）在清华，赵斐云（万里）来谈，云南新刻沈钦韩《王荆公文集注》，上海可得。③

（1930年1月8日）皮鹿门先生《师伏堂笔记》三卷止有铅印本，流传不广。余为付刻，且序之，是月刻成。④

（1931年5月30日）王君（王书衡【式通】，笔者注）告余云："傅沅叔近刻李文贞《榕村语录》……"⑤

（1932年1月16日）闵君（闵保之，笔者注）再续《碑传集》，告余，书即将刻成云。⑥

（1933年7月2日）命梓人削改《古书疑义举例续补》误说二处……⑦

（1933年12月2日）孙蜀丞（人和）来，赠所校刻《花外集》。⑧

（1936年6月26日）刘诗孙书来，以王力初刻《太岁考》见示。⑨

民国时期，由于科举早废，造成了大批游离于政治之外的知识分

---

① 杨树达：《积微翁回忆录》，上海古籍出版社2006年版，第25页。
② 同上书，第26页。
③ 同上书，第32页。
④ 同上书，第44页。
⑤ 同上书，第56页。
⑥ 同上书，第59页。
⑦ 同上书，第73页。
⑧ 同上书，第76页。
⑨ 同上书，第117页。

子,诗词唱和成了他们主要的日常活动,也是他们展示聪明才智的"强项",他们也急于传播个人和同侪们的诗名,热心刊刻诗集,收集先贤或师友的遗稿,刊刻行世。下面分两个方面来分别举例:

1. 刊刻他人诗文

(1932年4月10日)龙君(龙榆生,笔者注)为彊村弟子,知彊村身后,尚有各稿未刊,如《沧海遗音》《彊村语业》第三卷、《彊村诗》,已募集千金,行付剞劂,此足征师生风谊焉。①

《驳康书》文章古奥,议论深厚渊懿,利于承学文士;《革命军》则痛快犀利,而宗旨非常正大,便于通俗。于是我们想把这两部书同时印行出来,宣扬革命。我和亚槐,还有蔡姑丈,每人捐了几十块钱,就在一家大同书局出版了。②

寅卿先生还有《谏果书屋遗诗》一卷,我结婚以后,外舅式如翁命我代为整理作叙,由他出资印行。③

仪征刘申叔先生师培……沉默寡言笑,手不释书,汲汲恐不及。逾年病殁,年止三十八。遗稿散佚,余所得除印本外,令从友人家抄得十余种。南君桂馨,先生故友也,托郑友渔介于张次溪而识余,述南君意,余尽举所有与之。南君捐资十万,属友渔主任校事,已将次竣工矣。④

2. 刊刻自己诗文

民国时期,在前人的日记里有大量刊刻自己诗集送人或销售的记录,下面以郑孝胥和吴宓的日记里的内容为例,来感受一下这种赠送、筹划、刊刻或销售的历史现场。

---

① 吴梅:《吴梅全集·日记卷》(上),河北教育出版社2002年版,第121页。
② 柳亚子:《五十七年》,见柳无忌、柳无非编《柳亚子文集:自传·年谱·日记》,上海人民出版社1986年版,第154页。
③ 同上书,第165页。
④ 伦明:《辛亥以来藏书纪事诗》,雷梦水校补,上海古籍出版社1990年版,第65页。

(1) 郑孝胥

（1915年11月27日）陈仁先、李梅庵、曾士元、爱苍、怡书来。曾、李、陈皆索白纸《海藏楼诗》，以一部托仁先与子培。①

（1915年12月11日）以《海藏楼诗》遗聘三，又以一部留与古微。②

（1916年8月6日）晓耘乃莩楼之堂弟也，以诗正于余，且乞《海藏楼诗》。③

（1916年9月16日）刘澂如以湖绉一端、书四种润笔，索诗一部。④

（1916年10月8日）李审言来，遗余《丙辰怀人诗》一册，索诗二部及金墓志、高墓志各一通。⑤

（1916年12月28日）水野梅晓来访……以诗集及《赵焕文殉节纪》遗之。⑥

（1917年2月19日）复金于霖书，寄还东参，并赠诗二册。⑦

（1917年8月22日）森（森茂，日本同文书院教头，笔者注）日内将至京、津、大连，赠以《海藏诗》二册。⑧

（1917年10月16日）沈鲁青偕其侄雁南来……索诗一册，与之。⑨

（1917年12月10日）天津南开中学校有张兴周者致书于余，索《海藏楼诗》。⑩

（1918年10月29日）梁乔山来……求《海藏楼诗》，与之而去。⑪

---

① 郑孝胥：《郑孝胥日记》（第三册），劳祖德整理，中华书局1993年版，第1587页。
② 同上书，第1588页。
③ 同上书，第1621页。
④ 同上书，第1626页。
⑤ 同上书，第1628页。
⑥ 同上书，第1639页。
⑦ 同上书，第1647页。
⑧ 同上书，第1681页。
⑨ 同上书，第1688页。
⑩ 同上书，第1697页。
⑪ 同上书，第1751页。

第七章　民国时期旧体诗词的刊印传播　117

（1918年11月21日）余尧衢作七律一首寄余，乞《海藏楼诗》，并求和作。①

从以上征引来看，郑孝胥1915年至少赠送6册，1916年至少赠送5册，1917年至少赠送6册，1918年至少赠送2册。大概到1919年的时候，《海藏楼诗》已经不够赠送，于是重新筹划刊刻，并补入乙卯至壬戌新作的一百多首诗，到1922年11月4日，新诗集印成，共500部，刊刻过程在日记里也有不少处记录：

（1919年9月19日）昨午，吴石潜遣二人来检《海藏楼诗》板，须修补者多处。②

（1920年1月30日）西泠印社遣人来检《海藏楼诗》阙页。③

（1922年6月5日）子经来，商石印《三礼便蒙》，每石只排二开；拟以《海藏楼》缩小，挽入二开，则每石可印四开，以乙卯以后未刊之诗补入，仍以仿宋写定，石印后再付陶子林刻之。④

（1922年6月7日）检存乙卯至壬戌诗稿，仅一百三十余首。⑤

（1922年6月23日）子经来，携诗稿去，代觅写手。⑥

（1922年9月22日）许季实来送石印《三礼便蒙》及袖珍本《海藏楼诗》样张。⑦

（1922年11月4日）罗子经来，携示《三礼便蒙》《海藏楼诗》《叙古千文》样本三种，才十二日，印成《千文》一千部、《三礼》及《诗》各五百部，可谓速矣。⑧

---

① 郑孝胥：《郑孝胥日记》（第三册），劳祖德整理，中华书局1993年版，第1755页。
② 郑孝胥：《郑孝胥日记》（第四册），劳祖德整理，中华书局1993年版，第1798页。
③ 同上书，第1813页。
④ 同上书，第1908—1909页。
⑤ 同上书，第1909页。
⑥ 同上书，第1910页。
⑦ 同上书，第1923页。
⑧ 同上书，第1927—1928页。

(2) 吴宓

　　（1936 年 7 月 26 日）（王遵明，笔者注）并购（MYM1.20）宓《诗集》一部而去。①
　　（1936 年 8 月 7 日）汪懋祖来，索赠《诗集》一部。②
　　（1936 年 8 月 9 日）又遇郑颖孙君，索《诗集》。③
　　（1936 年 8 月 26 日）二女士（崔可石、翟宗沛，笔者注）购宓《诗集》一部携去。④
　　（1936 年 8 月 31 日）又顾宪良导物理系学生王遵明来，购去宓《诗集》一部（取价 MYM2.00）云。⑤
　　（1936 年 9 月 4 日）晚赵文凌来，购《诗集》及《碧柳遗书》。⑥
　　（1937 年 2 月 10 日）于是遂作一函致朱女士（朱崇庆，笔者注），并以《诗集》一部赠之。⑦
　　（1937 年 2 月 22 日）撰印《代售书籍》广告 300 份，值 MYM 0.80。⑧
　　（1937 年 2 月 27 日）伊（林慰君）向宓索《诗集》，宓允赠一部。⑨
　　（1937 年 3 月 4 日）下午，得林慰君复片，即以《诗集》一部赠之。⑩
　　（1937 年 3 月 10 日）函贝满校长管叶予君，以学淑故，捐赠

---
① 吴宓：《吴宓日记：1936—1938》（第 6 册），生活·读书·新知三联书店 1998 年版，第 23 页。
② 同上书，第 32 页。
③ 同上书，第 34 页。
④ 同上书，第 47 页。
⑤ 同上书，第 51 页。
⑥ 同上书，第 54 页。
⑦ 同上书，第 72 页。
⑧ 同上书，第 77 页。
⑨ 同上书，第 80 页。
⑩ 同上书，第 83 页。

《诗集》一部与该校图书馆。①

（1937年4月23日）陈国华赠宓其与汪君合著之《秾华集》诗集一册。宓乃报以《吴宓诗集》一部云。②

（1937年5月8日）上午接吕碧城女士，由香港山光道12号，寄来《晓珠词》20部，索宓《诗集》，遂又寄一部与之。③

（1937年6月22日）段铮来……是日宓留午饭（西餐），并以《吴宓诗集》一部赠之。④

（1937年7月2日）至欧美同学会，参加赵访熊、王繁婚礼。宓已送《诗集》一部以为婚仪。⑤

从以上的征引中可知，吴宓在1936年共赠送、自销了6部诗集，截至1937年7月2日，共赠送了7部。后来由于全面抗战的爆发，清华迁往西南，吴宓也跟着迁徙。在他的日记中，还清楚交代了让留在北平的表妹和姑母寄送《诗集》的事儿，他抱怨道："先是宓于四五月间，函芝润表妹，请寄来北平家中所存之《吴宓诗集》与《白屋遗书》若干部。……乃姑母与芝润表妹，未明宓索书之意为售卖而得钱，乃以《吴宓诗集》五部、《白屋遗书》二部、《审安斋诗集》三部，及糖一盒，致张奚若夫人黑白绒线若干组，同装一方尺之小木箱中，钉固。……计此箱内区区之书，由平至此，已花去运费近MYM40矣！……七月底，书箱始到蒙自。分配如下：《吴宓诗集》五部，赠周宝珙家一部，而托其代售出蒙自师范学校、蒙自中学各一部。收价四元八角。到昆明后，另购（MYM2.10）赠李尊三、李伴梅兄弟一部，而文康书局共售出二部容肇祖，姚从吾各购一部，二元。收价四元。"⑥

---

① 吴宓：《吴宓日记：1936—1938》（第6册），生活·读书·新知三联书店1998年版，第85页。
② 同上书，第114页。
③ 同上书，第123页。
④ 同上书，第152页。
⑤ 同上书，第160页。
⑥ 同上书，第341页。

必须加以说明的是，通过个人自费刊刻，以出售或赠送的方式加以流传，一般来说，以这种方式传播的范围较为狭窄，不过，凡是刊刻作品的诗人，在民国时期由于现代期刊的繁荣，一般也是在现代刊物上发表诗词作品的人，这样实际上就突破了其传播限制。还有，这时个人的出资刊刻行为，多数并不是完全手工作坊式的传统刊刻，而是传统与现代结合的方式，在不牺牲传统风格和个人爱好的同时也结合了快速、便捷的现代印刷技术。很多时候，这种刊刻印刷行为并不是针对市场的，完全是传统的延续，并不为盈利，只是为赠送亲友。张元济在1916年5月10日的日记中有一例："聂云台欲印《曾文正嘉言钞》千部，分送亲友。"[1] 正是传统遗风与现代印刷科技结合的例子。

二　古体诗词借助现代传媒的传播

19世纪下半叶以来，随着近现代印刷工业的建立和发展，近现代传播媒介形成，古体诗词作品也纷纷借助报刊等现代传媒形式刊载，以此获得更多的读者。民国时期古体诗词的刊载情况，非常明显地分为两个时段，一是1912—1917年，这是文学革命还没有倡导的时段，一般刊物上都有刊登古体诗词的栏目；二是1917—1949年，这是文学革命发生后的时段，情况发生了很大变化，登载古体诗词的刊物日渐减少，栏目日渐删减，白话诗和翻译诗大量增多。这是一个基本的情形。

（一）1912—1917年现代期刊登载古体诗词情况扫描

1912年后创刊的期刊，很多都设了登载古体诗词的栏目，名目五花八门，以"文苑"最为常见，其他诸如"文艺""文类""词林""艺海""艺林""文库""诗文""诗词"等栏目，有时在"杂俎"栏里也登载古体诗词创作。这样传统的手工作坊式的古体诗词刊刻以及赠送、传抄的模式就发生了新的变化，依托近现代的传媒手段，古体诗词的传播变得更为快捷。笔者以上海图书馆编撰的《中国近代期

---

[1]　张元济：《张元济日记》（上），张人凤整理，河北教育出版社2000年版，第76页。

刊篇目汇录》第五册和第六册为蓝本，对1912—1917年创刊的近现代期刊做了一次较为全面的扫描，对这些期刊登载古体诗词创作的情况，做了相关记录，总共有近90种刊物都设有刊登古体诗词的栏目，从娱乐性刊物到学术性刊物，从地域性刊物到全国性刊物，从域内刊物到域外刊物，从校园刊物到社会刊物，甚至从男性刊物到女性刊物，种种不同类别，都有对古体诗词的刊载。1917年文学革命开始之前的情况大致是这样，"泛文"的文化特性非常明显，古典诗词的渔歌晚唱在1912年至1917年期间，还是主要的歌调，构成那时的文学园地的主要内容。

（二）1917—1949年现代期刊登载古体诗词的情况扫描

进入1917年，当文学革命的风潮掀起之后，文坛发生了天翻地覆的变化，古体诗词在公共文学空间地盘急剧缩小，这从期刊扫描上，可以得到实证。1912—1917年五年里有大量刊物都是登载古体诗词作品的，笔者以上海图书馆编的《中国近代期刊篇目汇录》第六册和唐沅等编的《中国现代文学期刊目录汇编》上册为蓝本，只就1917—1922年初的刊物观察，这也是五年时间，但登载古体诗词作品的刊物大幅度减少，不及1912—1917年五年间的五分之一。古体诗词在1917年之后出版的期刊里，处于逐渐式微的趋势，有时沦为补白的地位（如在1923年1月创刊于上海的《小说世界》中的地位），专门刊登古体诗词的栏目在现代文学的期刊里是越来越少。有些刊物开始的时候还以古体诗词为主，但渐渐就改换成了以新文学为主了。如1917年3月创刊于上海的《太平洋》月刊，开始设有"文苑"栏目，刊登梅园、狷公、樊山、一厂、宁太一、演生、吕碧城、刘宏度、陈彦通等人诗词作品，后来这个栏目时常被删省。再如1919年1月10日创刊于北京的《国民》月刊，开始的时候设有"艺林"栏，刊载的"诗录""诗余"多为黄侃、汪东、吴瞿安、章炳麟、顾名等人的古体诗词作品。第2卷第1号就改"艺林"为"新文艺"，登载新文艺作品，如俞平伯、罗家伦、黄日葵、常乃德等人的作品。1917年文学革命之后，古体诗词明显减退,这在栏目设置上也可以看出,传统的"文苑""艺林"等日渐减少。这也从刊物的层面上反映了文学生态的实际情形。① 正如朱文华所观察到的,在"五四"文学革命蓬勃发展的情形下,"许多比较严肃和正经的报纸(俗称'大报')、杂志,即使编辑者一时未必认同新文学运动,但为顺应时代文化潮流,纷纷改用白话,一般也就不再发表旧体诗了。编辑者如果认同新文学运动的,那就表现得更坚决。例如:北京的《晨报》第七版,本是典型的旧式副刊,旧体诗占很大的篇幅,但自 1919 年 2 月 7 日起即实行改革,主要发表鼓吹新思潮的白话散文和新诗等。又如上海的《民国日报》,也是从 1919 年的 6 月 16 日起,取消黄色副刊(曾大量发表旧体诗),而代之以刊登新文学作品(包括新诗)的进步文学副刊。在这种情况下,许多旧体诗只能阵地转移,而在某些以娱乐消闲为主的软性报刊(俗称'小报')暂时栖身。"② 1923 年,胡适在《五十年来中国之文学》长文中已经宣称,白话文已经过了讨论的时期,宣告白话的完胜,从总体上说,这个宣告是成立的。但也不能不指出问题的复杂性,到 1931 年 4 月 9 日,龙冠海致胡适的信中还说:"请你看各地的报纸,还不是依旧的用文言文吗?有时我真想各个写信去骂他们。我觉得最为可笑的是去年我们的政府,一方面出布告令各机关通用白话文,而一方面我们政府主席先生的通电以及其他的文章却是用文言文,这岂不是自己打自己的嘴巴?"③

三 小结

从以上的举例和分析中,我们发现,从时代大势上来说,古体诗词在文学革命提出之后,在传播上从现代期刊上全线撤退,这在刊物栏目

---

① 这里需要说明的是:从 1917 年新文化运动兴起之后,古体诗词被认定为旧文化的载体,在权威的期刊汇编里,基本不收录专门的刊载古典文化的期刊。在不否认新文学主体地位的前提下,客观公正地说,在新文化和新文学铺天盖地、浪潮滚滚之际,旧文化和旧文学也是大量存在的,只不过潜伏地下了,不被人重视了,很多的大学期刊,都有古体诗词的刊载就是例子。
② 朱文华:《风骚余韵论——中国现代文学背景下的旧体诗》,复旦大学出版社 1998 年版,第 45 页。
③ 中国社会科学院近代史研究所中华民国史组编:《胡适来往书信集》(中),中华书局 1979 年版,第 57 页。

设置上表现很明显，这样古体诗词发表和传播的渠道无形中就失掉了大部分山河，剩下的也就是自留地了，即个人的刊刻和结集出版。正如旧文学/文化在经济上从公共文学空间败退后，还拥有其由中上层文化人士组成的保养生息的"小市场"一样，旧文学/文化从公共传播渠道溃败后，还有个人刊刻这样传统的方式可以退守，这对于伟大中华文化的保存和涵养无疑具有重大意义。

在新文化及其文学的凌厉攻势下，加之激进社会思潮的催动，旧文化及其文学失去了公共舆论的阵地，大有被全盘否定之势。新文化运动的激进走势，带来了很多负面的影响，其中之一就是对旧文化及其文学的过度否定，降低了民族的文化素质，使历次文化论争都达不到应有的深度。众所周知，陈寅恪、钱钟书等一批人都是以文言、古体诗词为基本书面语工具的，但都无一不是具有清明理智、能洞悉历史潮汐的人。简单抛弃与打击对立面的思想方法，与政治运动的简单粗暴相表里，共同酿成了20世纪中华民族更深的文化灾难。

需要补充说明的是，以个人刊刻这种传统方式来传播，除了新文化/文学压力之下迫不得已之外，还有另外属于情感和审美的非功利方面。如果简单地以"复古"或"顽固"等判词一棍子打死，是不能合理解释这一切的，实际上也就是远离了人文关怀立场，解释需要人文关怀来理解和解释的事物。虽说传统的方式有种种弊端，如"就经济效益而言，雕版印书费时费力，成本高而出书慢，不能大量生产"的种种不足，"但从美术及工艺观点而言，刻版印书自有其特点，不应抹杀。书体变化，赏心悦目；纸墨经久，可以长存；装订轻便，易于修补；板片存储，随需随印"。[①] 而且，"雕版印刷常能创造书籍的字体及格式上的多种不同风格及效果，印成的书页因而可以超逸脱俗，具有独特的风格与美感，这是单调一致的成套活字所不能及的。雕版印书每版两页，固定严整，使印成的书页整齐美观，优于活字排版的效果。有时书中直接以作者的手迹上版摹刻，更可以减少排植不工或校对不力而造成的各种

---

① 钱存训：《中国纸和印刷文化史》，郑如斯编订，广西师范大学出版社2004年版，第183页。

错误。"① 1899年11月30日，严复给张元济的信中就谈到写手："敝处写手李生和度（嘉壁）受书法于武昌张廉卿（裕钊字），号一时名手；今观所抄，固亦简靖朴穆，异于世俗，书摺卷者，即此上石，固甚不恶。鄙意上石时可将字格缩小，约得三分之二，而书之额脚，均使绰有余地，则尤合格好看也。"② 传统刻书往往可以将个人的意志参与到书籍的制作之中，融入了自身的审美创造，渗透了更多不可言明的快感、激情与审美感悟，刻出来的书本，也是经过精心校对，具有版本精美，品相上乘的优点。手工作坊式的刻本典籍，在美学上有特殊的意义，版本学家在描述古籍的时候，往往赞不绝口。例如有人描述康熙朝时的刻书说："在康熙朝软体字最为流行，武英殿和扬州诗局所刻的书，由于康熙皇帝的爱好与提倡，其字体多是圆润娟秀，加之洁白如玉的开化纸和晶莹乌黑的印墨，使人开卷赏心悦目。"③ 周一良先生购到一本光绪庚寅夏由东瓯郭博古斋刻字香海阁刊本的《三李词》，他在1935年的题识中说："蓝纸朱墨，此册刻工暨纸张皆精致可爱，足以副三李之词章。"（按：三李者，唐李白、南唐李煜、宋李清照也。）④ 无独有偶，1944年9月2日，邓之诚在读书札记中也愉悦地写道："阅《绝妙好词笺》，乾隆庚午刻本……纸椠精好，极可爱玩。"⑤

---

① 钱存训：《中国纸和印刷文化史》，郑如斯编订，广西师范大学出版社2004年版，第204页。
② 严复：《严复集》（第三册），王栻主编，中华书局1986年版，第536页。
③ 王桂平：《家刻本》，江苏古籍出版社2002年版，第40页。
④ 周一良：《周一良读书题记》（一），《中国典籍与文化》2004年第1期。
⑤ 邓之诚：《五石斋文史札记》（十四），《中国典籍与文化》2004年第4期。

第八章　民国时期旧体文学的创作及理论成就

几千年来很少变化的传统文学养成其僵化的一面，这是毋庸讳言的。旧体诗词在民国时期成为新文化人嘲讽的对象，种种可笑和迂腐被端上了台面。大华烈士编订的一则《塾师妙诗》，就以笑话的形式嘲讽了旧体诗词的晦涩，以及旧文化传承者的木讷和愚鲁：

吾邑东乡有欧阳塾师，设馆教启蒙学生糊口，授课之余，兼善吟咏。一日出其大作以示人，经其再三注释，闻者无不叹为古今绝调也。兹录之，以饷东风读者，并详其注释于后：

日出桌八脚，（注：桌本四脚，因日出有影，故曰八脚。）

清晨麻叫窗。（注：麻，麻雀也。窗，窗外也。）

四两眠床下，（注：塾师以四两银子买一猪，因无空地以作猪栅，蓄之卧床下，故云。）

三文弃道旁。（注：塾师曾于最近出门一次，出行归来，所着三文钱所买之草鞋已坏，因弃于道旁，惜之，因以入诗。）

骑驴思母面，（注：塾师有母，面甚长，故塾师于骑驴时见驴面而思及老母亲也。）

过渡想姨娘。（注：过河无钱而坐渡船，船宽而两端上翘，见之因想到姨娘的一双尊足也。）

隔壁王三嫂，鞋长一夜相。（塾师隔邻王三嫂为她丈夫王三做一双鞋子，因为做长了，故尔昨夜相骂一宵云。）

后有人见塾师妙诗妙释，乃以三句半诗赞之曰：塾师复姓阳，八句霸东乡；听他详诗意，断肠！①

这则笑话以戏谑的方式嘲讽了旧体诗是落伍的塾师，必将被淘汰。值得注意的是，大量的注在旧体诗中出现是较为普遍的现象。须大量旁注，外人才能勉强懂得诗词中的言外之意，即便如此，与作者不熟识者，仍觉懵懂。这样就造成了旧体诗词的圈子化、集团化、私密化的特点，使旧体诗词成为胸罗大量文史知识的人才能欣赏的艺术。这与启迪下层民众必需的通俗化语体要求形成矛盾。正是基于传统文学有不得不变的原因，加之泰山压顶般的外患内忧，五四新文化运动是以激进面目出现的，运动的领袖在很多问题上以必不许"有讨论的余地"的"海潮音""狮子吼"，催动了"文学革命"高歌猛进的发展。新文化运动的参与者创造了一些斩钉截铁，价值判断分明的话语，如胡适在给刘大白的《白屋文话》所作的跋中就赞赏地说："刘大白先生是痛恨死文学而提倡活文学的一个急先锋，所以他要更进一步，做点正名责实的工夫，把古文叫做'鬼话文'，把白话文叫做'人话文'……他的话都有历史的根据，说的又很痛快，我读了自然十分高兴，十分赞成。"② 这里"死文学"／"活文学""鬼话文"／"人话文"就以对立的，我对你错的话语技巧，简单易于接受的言说方式，宣告了自己主张的绝对正确。应该说，一种延续了几千年的文化传统和语言方式在变革的过程中没有雷霆万钧是撼动不了其基石的，五四新文化运动的攻击和撼动是强有力的和成功的，但随后的建设过程却并不能让人满意。这段历史已经过去将近一个世纪，当人们重新审视

---

① 大华烈士编订：《塾师妙诗》，见《逸经》半月刊"东南风"栏目，1937年第二十四期。
② 胡适：《跋〈白屋文话〉》，世界书局1929年版。

历史和现实的时候,不禁发出更深的追问。余英时说:"'五四运动'也成功地摧毁了中国传统的文化秩序,但是'五四'以来的中国人尽管运用了无数新的和外来的观念,可是他们所重建的文化秩序,也还没有突破传统的格局。中国大陆上自从'四人帮'垮台以后,几乎每个知识分子都追问:何以中国的'封建'和'专制',竟能屡经'革命'而不衰?何以在'五四'六十年之后,'民主'和'科学'今天仍是中国人所追求的目标?"①传统的幽灵,一直游荡在被称为现代的时空里,并不能一概而论地将其指认为"腐朽""落后",需要根据个案具体分析才稳妥。

一 民国时期旧体诗的潜意识表现

传统文化问题是一个深厚的问题,一种文化经过漫长的历史岁月形成,会在不知不觉中积淀为一个民族的内在规定性,化入潜意识,表现为一种不自觉的思维习惯和行为方式,贯彻在日常生活的点滴之中。例如旧历纪年,即使在今天,广大的农村还是很普遍的事,不少著名学者,进入1949年之后也还沿袭着农历纪年的习惯,如邓之诚1950年的日记还是旧历和新历共用的,在他的《五石斋文史札记》中,都是先写旧历,再写新历。②全盘的否定和彻底的改变,历史证明是不明智的,也是不可能的。旧体诗词作为传统文化的一部分,也是内化在民国时期文化人的精神结构里的东西,举凡新文化和新文学的开创者,包括陈独秀、胡适、鲁迅、周作人、沈尹默等人都有大量的旧体诗词的唱和,并不能自外于这一文化共性之外,就是一个明证。

以新文学中人为例,传统文化的力量还是制约着他们,他们会不由自主地采取传统方式来参与社会习俗。如刘半农死后,赵元任、钱玄同、黎锦熙、白涤洲等八人送了挽联,"刘半农先生挽词"如下:

---

① 余英时:《现代危机与思想人物》,生活·读书·新知三联书店2005年版,第69页。
② 邓之诚遗作,邓瑞整理:《五石斋文史札记》(三十),《中国典籍与文化》2009年第1期。

十载奏双簧，无词今后难成曲，
数人弱一个，教我如何不想他。①

  这个挽联虽然语句上很通俗，但使用对仗的形式还是旧体的，并没有用他们倡导的散体的方式来写。胡适1917年12月归里完婚，在写新诗《新婚杂诗》不久，1918年1月12日写下旧诗《游明末遗臣采薇子墓》："野竹遮荒冢，残碑认故臣。前年亡虏日，几个采薇人？"② 1921年7月31日，他又写下《贺叔永莎菲生女》："重上湖楼看晚霞，湖山依旧正繁华。去年湖上人都健，添得新枝姐妹花。"③ 鲁迅30年代曾为白话小说集《彷徨》以旧体诗的形式写了题词："寂寞新文苑，平安旧战场。两间余一卒，荷戟独彷徨。"④ 俞平伯也为自己的白话诗文集《燕知草》用旧体诗写了题词："换巢鸾凤去芳林，如画帘栊入梦心。微雨灯前宵漠漠，迟晖墙角昼惜惜。端居谁分销余念，繁笑何须约独吟。一别桃鬟高几尺，悄无人处倚春深。"⑤ 在文学革命中心北京大学，沈尹默等人还是不忘旧体诗词的唱和之乐，马叙伦在《金鱼唱和词》后的小序中说："九年旧历五月十一日，北京大学同人宴集于城东金鱼胡同之海军联欢社。沈尹默出示其生朝述怀之作，越日，余有继造，张孟劬尔田、伦哲如明复和余辞，余因集而名之曰'金鱼唱和词'。"⑥ 稍后，沈尹默以再次游学日本为契机，基本离开了新诗人阵营而重返旧诗家行列，1929年旧体诗词集《秋明集》由北新书局正式出版。⑦ 以学生运动领袖而闻名、文学革命中的新锐人物罗家伦，后来做到清华大

---

① 赵新那、黄培云编：《赵元任年谱》，商务印书馆1998年版，第192—193页。
② 《胡适来往书信选》（上），中华书局1979年版，第11页。
③ 胡明：《胡适诗存》，人民文学出版社1989年版，第244页。
④ 鲁迅：《题〈彷徨〉》，见《鲁迅全集》（第七卷），人民文学出版社2005年版，第156页。
⑤ 见许宝驯书法插页，俞平伯后来改填词调《换巢鸾凤》而没有用诗。俞平伯：《燕知草》，上海书店1984年版。
⑥ 周德恒编，周振甫校：《马叙伦诗词选》，文史资料出版社1985年版，第188页。
⑦ 朱文华：《风骚余韵论——中国现代文学背景下的旧体诗》，复旦大学出版社1998年版，第80页。

学和中央大学校长,他也写了旧体诗集《罢耕集》和《滇黔寄兴》。他在《罢耕集·自序》中说:"持钢笔作语体文、白话诗之貌翫,岂解作旧诗实亦不足以言。旧诗惟性灵之所至,常求有所寄托。寄托之方式不一,苟与旧诗方式适合,此方式足以表现最恰时,又何必深闭而固拒耶?"①

南社巨擘柳亚子在1942年曾写文说:"我从前打过譬喻,认为中国的旧文学,可以比它做鸦片烟,一上了瘾,便不易解脱。我自己就是这样一个人。所以,虽然认定白话文一定要代替文言文,但有时候不免还要写文言文;虽然认定新诗一定要代替旧诗,但对于新诗,简直不敢去学,而还是做我的旧诗,这完全是积习太深不易割舍的缘故。"②旧体诗词那种沁入骨髓的妥帖感,似乎发自心灵深处而不用去找的感觉,郭沫若是体会很深的:"进入中年以后,我每每作一些旧体诗,这倒不是出于'骸骨的迷恋',而是当诗的浪潮在我心中冲击的时候,我苦于找不到适合的形式把意境表现出来。诗的灵魂在空中游荡着,迫不得已只好寄居在畸形的'铁拐李'的躯壳里"。③柳亚子、郭沫若站在新文学的角度反思,对旧体诗形式在心灵中顽强的表现描述为"大烟瘾""铁拐李",并没有去深入追问为什么。陈寅恪在清华试卷风波中曾有对汉语独特性方面的揭示,可惜也没有更深入地进行下去,依旧是一个悬而未决的问题,有待学人去深入探讨。

最能体现旧体诗词内化为潜意识的例子,莫过于在前人的日记材料中大量梦中作诗的记录:

    醉后酣睡,梦中得"无田差免吏催租"句,醒后足成七律一首。④

---

① 罗家伦:《耕罢集》,民国二十七年罗氏线装铅印本,南京大学古籍部藏书。
② 柳亚子:《新诗与旧诗》,《新文学史料》1979年第3期。
③ 郭沫若:《新潮·后续》,收入《新潮》,中国文联出版公司1992年版。转引自朱文华《风骚余韵论》,复旦大学出版社1998年版,第63页。
④ 周星誉:《鸥堂日记·卷一》,见周星誉、周星诒,刘蔷整理《鸥堂日记·窳櫎日记》,河北教育出版社2000年版,第16页。

二我云：梦中得诗，醒犹记二句云：青皮妆鱼袋，红藕嫁秋塘。下句绝佳，上句不可解。二我梦中自云：鱼袋二字出《汉书》。①

        （二我，笔者注）又云：梦中忽为家人书五言联句云：摘叶不窥马，为书可汗牛。句殊奇兀。②

        余久无梦，昨晚梦至一园，似苏州钟社同人，值课作诗。余成诗极多，迨醒不复记忆，仅记二语云："独自一人明月下，倚阁决眦对江山。"③

        昨夜梦至四川定慧寺作方丈，颇事吟咏，有"城外青山半入楼"之句，觉后奇甚，因记之。④

        《梦中为诗觉而但记"莫嗤临老入花丛"一句遂续成之》："莫嗤临老入花丛，达观曾修等假空。不信池头亲验看，亭亭秋水立芙蓉。"⑤

        《梦中诗廿四年七月十五日晨梦中得句，补首二句可成五言律诗》："庙堂无善策，清野有遗贤。丝发回翔地，江湖浩荡天。乾坤终日战，何事小儒悁。"⑥

        《二月十三日梦中得句》："尽日垂杨拂逝波，穿帘双燕尚相过。徘徊踏遍蘼芜院，青草绵芊红泪多。"⑦

        清晨睡眼朦胧中得诗一句云："霜叶从教耐晚林"。⑧

这方面的例子很多，以上只不过稍列举了几条，但已经足以证明旧体诗词在晚清民国的知识阶层的潜意识里还有根深蒂固的势力。今天，

---

① 孙宝瑄：《忘山庐日记》（下），上海古籍出版社1983年版，第1146页。
② 同上书，第1197页。
③ 吴梅：《吴梅全集·日记卷》（上），河北教育出版社2002年版，第30页。
④ 同上书，第350页。
⑤ 周德恒编，周振甫校：《马叙伦诗词选》，文史资料出版社1985年版，第30页。
⑥ 同上书，第51页。
⑦ 同上书，第134页。
⑧ 杨树达：《积微翁回忆录；积微居诗文钞》，上海古籍出版社2006年版，第292页。

在梦中作旧体诗的人已经很少听闻了，至少笔者周围的人没有一个有类似的经历，而对民国时期的文化人来说还是很普遍的事。若以1949年为界，到今天才不过60年的时间，几千年的诗词梦已经不在了。

民国时期的旧体诗词的梦境，在新文学的鼙鼓声中，不仅没有被惊破，甚至新文学家也有同样的梦境，不能不说是历史的真实。造成民国时期旧体诗词不衰的局面，是与民国这一历史场域也是一批传统文化精英们的活动时空相关，由他们形成的传承传统文化的链条还在，他们言传身教的影响无疑维持了局部，或者，至少可以说私人空间的旧体诗词的小环境，应该说这是民国时期旧体诗词依旧繁盛的最主要原因。晚清封建帝国的衰败并最终灭亡，垮掉的只是帝国的政治，一批文武大臣和接受私塾书院教育的传统知识分子并没有随之逝去，其中的优秀分子在历史时空中仍具有很大影响。古典文化因他们而传承，旧体诗词因他们杰出的创作而魅力不减，各自都形成了无形的团体，有追随的门生故旧，营造了古典文化和旧体诗词的氛围。举凡冯煦、沈曾植、皮锡瑞、陈三立、张謇、陈衍、郑文焯、朱孝臧、夏孙桐、易顺鼎、康有为、况周颐、夏曾佑、陈诗、曹元忠、张元济、冒广生、梁启超、钱振锽、瞿启甲、王季烈、狄葆贤、夏敬观、陈衡恪、李宣龚、陈敬第、王国维、汤涤、陈曾寿、吴庠、谭延闿、袁思亮、叶恭绰、张继、刘承幹、章士钊、吕碧城、陈树人、吴梅、溥儒、汪东、汪国垣、曹经沅等。构成这批传统文化精英的数量很多，以上的列举很粗略，只不过一个大概的情形，可以说是挂一漏万。儿时所受的教育对人的心灵来说，是有深刻的、抹之不去的印痕的，吴梅回忆儿时读书的情景，满怀深情："夜阅《朱子诗经集传》，出自宋刊，字大悦目，四十年前读过，回忆儿时况味，一灯呷唔，如在目前"。①

二 民国时期旧体诗词活动的特点

五四文学革命的迅速发展，新文学占据了公共文学空间的主流地

---

① 吴梅：《吴梅全集·日记卷》（下），河北教育出版社2002年版，第791页。

位。旧体诗词的阵地在社会潮流的挤压下，占有的公共文学空间日渐狭隘。但不能因此推论旧体诗词就寿终正寝了，与这种主观臆测相反，旧体诗词在私下空间里，依然保持了葱茏的活力，并依然葆有相当的经济力，这是湮没在现代文学史经典话语下的真实文学生态的一部分。[1] 清帝国的覆灭，造成了大批清遗民，这批通过科举上升到社会上层的佼佼者，成为民国时期旧体诗词重要的创作集团，他们中的很多人由于自己为官或家世的显赫而有丰厚的家产，不事产业也可衣食无忧，动荡的时代也给了他们足够的感怀忧叹的书写内容，在私家亭苑，郊野胜地，或佳节良辰，或友朋远来，都有大量旧体诗词唱和的记录。这些人往往成为雅集与结社的中心，是组织者或重要成员。还有大量受古典文化熏陶甚深的人，也都习惯于用旧体诗词来表情达意，这里包括漂洋过海留学海外的一批人，如学衡派，都基本是以旧体诗词的创作为主。甚至包括一些新文学中的人，也对旧体诗词的写作情有独钟，如郁达夫就是很少写新诗，而以创作旧体诗词为主。所有这些人共同组成了民国时期旧体诗词唱和繁茂的局面。

民国时期，由于近代以来城市化的迅速发展，城市为人们提供了更为便捷舒适的生活条件，尤其是交通和通信的现代化发展，为人们相互之间沟通信息、互相来往，提供了前所未有的便利。这些有利的因素，使各种背景的文化人都倾向于居留大城市，从而自然形成文化群体的集结。以旧体诗词的作者群来说，主要集中在大城市，以京津和沪宁最为集中。这就为雅集和结社提供了方便，因此，民国时期旧体诗词活动的一个很大的特点是雅集的频繁和结社的众多。就雅集和结社的特点来说，主要有下面几点：

1. 雅集的制度化

旧体诗词的吟咏，在传统中已经由于习惯势力形成了制度化。如佳节良辰，包括上巳修禊，重九登高等，或遇到古代著名诗人、词人的诞辰等，都是雅聚唱和最为集中的时间点。以纪念苏东坡诞辰为例，到民

---

[1] 尹奇岭：《民国时期新旧文学经济状况的考察》，《人文杂志》2009 年第 6 期。

国依然延续着，戴正诚在《丙子嘉平十九日青溪社友例寿苏文忠公分韵得老字》中有句："世人学仙期寿考，几人啖得安期枣？坡公旷达号髯仙，千古事业凭文藻。胜流年年为公寿，直欲比公花长好。……文宴借公作诗题，清唫应不招公恼。忆昔元丰七年秋，公来金陵已垂老。"①下面略举三例，来见证一下这种诗词雅聚的情形：

（1926年2月1日，阴历十二月十九日）今日为苏文忠公生日，感赋一诗。

十二月十九日为苏文忠公生辰，感赋二十八字。

人间三绝诗书画，玉局千秋是大师。名士风流今日尽，低头几辈拜公祠。②

（1927年1月22日）郭侗伯集拜东坡生日于郭啸麓斋中，弢庵携《苏斋图》共观，王麓台、孙少迂、罗两峰各作一图，题者甚多，取坡公"鹤南飞"绝句拈韵赋诗，余得"游"字。③

（1941年1月26日，庚辰十二月十九日）苏东坡生日，午社集于廖恩焘之半舫斋。陈运彰、胡士莹做东。④

除了苏东坡之外还有陆游生日（阴历十月十七）、黄庭坚生日（阴历六月十二）等常常成为人们雅聚唱和的时间点。这也构成了中国诗教的一部分，无形中形成文化传承中的制度化仪式。

2. 上巳修禊、重九登高的大型化

上巳修禊，重九登高，是传统民俗的重要内容。民国时期，借助修禊和登高活动，集结大量文人墨客进行旧体诗词的唱和是这个时期旧体诗词活动的突出特点。这些活动的组织主要是在大城市。下面就上海和

---

① 刘子芬等：《石城诗社同人诗草·第二集》，线装本（1935年），南京大学古籍部藏书，第66页。
② 金毓黻：《静晤室日记》（第三册），辽沈书社1993年版，第1530页。
③ 郑孝胥：《郑孝胥日记》（第四册），劳祖德整理，中华书局1993年版，第2131页。
④ 陈谊：《夏敬观年谱》，黄山书社2007年版，第177页。

北京的有关情形，各举一例。1913年4月9日，正是旧历三月初三日，为上巳日。梁启超给女儿梁令娴的信中，激动地描述了这天万牲园修禊的盛况：

> 今年太岁在癸丑，与兰亭修禊之年同甲子，人生只能一遇耳。吾昨日在百忙中忽起逸兴，召集一时名士于万牲园续禊赋诗，到者四十余人（有一老画师为我绘图），老宿咸集矣。（尚有二十年前名伶能弹琵琶者，吾作七言长古一篇，颇得意，归国后第一次作诗也。）竟日游宴一涤尘襟，归国来第一次乐事。园则前清三贝子花园，京津第一幽胜地，牡丹海棠极多，顷尚未花。①

与北京遥遥相对的上海，在4月9日这一天淞社同人也有一次大型的修禊活动：

> 淞社同人上巳日修禊徐园，"会者二十二人，周梦坡与刘翰怡为主席，是为淞社第一集。先后入社者有金粟香、许子颂、缪艺风、沈瞀斋、钱听邠、吴仓（昌）硕、叶鞠裳、王息存、刘谦甫、杨诚之、王旭庄、褚稚昭、李梅盦、郑叔问、李审言、刘语石、施琴南、汪渊若、李橘农、戴子开、吴子修、金甸丞、钱亮臣、潘毅远、汪符生、朱念陶、恽孟乐、李孟符、曹揆一、唐元素、崔盘石、张让三、宗子戴、冯孟馀、姚东木、刘葆良、李经畲、程子大、况惠风、吕幼舲、陆纯伯、刘聚卿、张砚孙、胡幼嘉、潘兰史、孙询如、徐仲可、钱履樛、张石铭、费景韩、王静安、王叔用、洪鹭汀、陆冕侪、吴颖丞、缪藕甫、白也诗、长尾雨山、喻长霖、曹恂卿、章一山、恽季申、陶拙存、杨仲庄、胡定丞、徐积徐、杨芷畦、童心安、赵叔孺、恽瑾叔、俞瘦石、诸季迟、姚虞琴、孙益庵、褚礼堂、夏剑丞、赵浣孙、胡朴安、刘

---

① 丁文江、赵丰田编：《梁启超年谱长编》，上海人民出版社2008年版，第432页。

翰怡、张孟劬、白石农、沈醉愚、戴畺皋、许松如、王蕴农、黄公渚诸先生。"①

这两次雅集都发生在1913年，北京万牲园的雅集是由思想界骄子梁启超发起，上海徐园的雅集是由社会贤达周梦坡和刘翰怡发起的，可见上巳修禊传统在共和时代依然延续着。上巳日、重阳日修禊、登高的传统，在整个民国时期从来没有中断过。下面引述几次较为著名的大型雅集活动，以为证明：

  1914年，湖南长沙碧湖诗社禊集：甲寅上巳湘中重开碧湖诗社，海印上人招同王湘绮、吴雁舟、陈澄初、曾重伯、梁璧园、程子大、徐实宾、易由甫、傅美矱、袁叔舆、姚寿慈、陈天倪、王秋航、周梦公、曾星笠、陈仲恂诸公开福寺禊集，是日与者二十余人。②

  (1927年10月4日) 沪上文人集于华安高楼，举行重九登高会，到会者有：王秉恩（雪澄）、秦炳直（子质）、陈三立（散原）、余肇康（尧衢）、王乃澂（病山）、朱祖谋（古微）、金镜蓉（甸丞）、汪颂年（诒书）、潘飞声（兰史）、曾广钧（重伯）、吴庆焘（宽仲）、曾熙（农髯）、程颂万（十发）、钱葆青（仲仙）、黄庆曾（笃友）、余明颐（绥臣）、沈卫（淇泉）、徐珂（仲可）、陈棠（荫轩）、陈曾寿（仁先）、邹景祺（适庐）、夏敬观（剑丞）、严家炽（孟蘩）、谢凤荪（复园）、宗舜年（子戴）、赵世梱（叔孺）、褚德彝（礼堂）、王体仁（绥珊）、叶尔恺（伯皋）、李厚祁（云书）、商言志（笙伯）、高明显（欣木）、丁仁（辅之）、袁思亮（伯夔）、袁思永（巽初）、谭泽闿（瓶斋）、陈宝书（豪生）、莫永贞（伯衡）、关炯（炯之）、何遂（叙甫）、吴迈（东

---

① 陈诒：《夏敬观年谱》，黄山书社2007年版，第70页。
② 见《公言》1914年10月第一卷第一号。

迈)、恽毓珂（觐叔）、沈焜（醉愚）、王贤（启之）、吴敬铭（肃丹）。又期而未至者恽毓龄（季申）、徐乃昌（积余）、陶葆廉（拙存）、张元济（菊生）、王震（一亭）、冒广生（鹤亭）、李宣龚（拔可）、蒋汝藻（孟苹）、王蕴章（西神）、聂其杰（云台）、吴熙年（引之）、汪景玉（璇书）、主人吴昌硕（缶庐）、周庆云（梦坡）、狄葆贤（楚青）、姚景瀛（虞琴）、诸宗元（贞壮）等。①

（1930年4月1日）至中央公园水榭，赴北平诸名士修禊之会（是日为阴历庚午上巳）。主人凡十：王式通、徐鼒霖、赵椿年、陈庆龢、吴祖鉴、卓定谋、江庸、黄濬、曹经沅、李宣倜。其招邀忞者则为曹、李二君（李字释戡，住弓弦胡同三十号）。到者八十余人。签名，分韵，忞分得方字。照相，聚餐。忞诗则未作。②

民国时期，就大陆而言，最为轰动的一次雅集应是发生在1936年的嘉禾曲会，这次曲会盛况空前，合袁化、震泽、杭州、嘉善、碛石五个地区的人才荟萃一处。吴梅是亲历者，他在日记里有生动记录：

（1936年8月23日）晴。早赴禾中，出城遇王昕东，询之，亦往禾中。继而仲培至，坐未定，而贝侣英、顾公可、许石安、吴昂千亦至，方知嘉禾曲会，四出邀人，合袁化、震泽、杭州、嘉善、碛石各处，成一大会，可云豪举。此日之叙，由上海啸社发起，而禾中怡情社，遂应之，合两省人才，同日奏艺，自民国以来，尚是第一次也。十时至嘉，以渡船至烟雨楼。楼四面皆水，旷望爽胸，新修才五年。奏曲在楼下，尽一日一夜，共唱曲四十四折，曲毕，天大明矣。③

---

① 黄孝纾：《丁卯九日集华安高楼记》，载《青鹤》第二卷第三期，又见陈诒《夏敬观年谱》，黄山书社2007年版，第119—120页。
② 吴宓：《吴宓日记：1930—1933》（第5册），生活·读书·新知三联书店1998年版，第46页。
③ 吴梅：《吴梅全集·日记卷》（下），河北教育出版社2002年版，第766页。

第八章　民国时期旧体文学的创作及理论成就　137

在隔海相望的台湾，1924年4月25日，举行的全台诗人大会，就参加的人数之众而言，更是盛况空前，下面把《台湾诗社大会记》中相关的描述摘录如下：

> 台湾诗学之兴，于今为盛，吟社之设，数且七十。各处一隅，以相提倡。春秋佳会，迭为宾主。扢雅扬风，诚可欣慰。曩年瀛社大会时，连雅棠氏曾以联合全台诗社之议，商诸颜云年氏，并拟刊行杂志，藉作鼓吹。盖以今日之台湾，汉学式微，群德沦落，文运之延，赖此一线。自非纠集多士，互相勉励，不足补弊起衰。云年深题其说，二顾虑经费不敢举行，其议遂止。本年春初，台中开中嘉南联合吟会。北部诗人亦有至者，乃议联合全台吟社，岁开大会一次，以孚声气，众皆赞同。于是瀛社遂邀各社，以四月二十有五日，假台北江山楼开会，至者百七十余人。推南社赵云石，钟社林小眉二氏为左右词宗，题为八角莲五律真韵，人各一首，选后发表。①

伴随着新文学的进军号角，属于旧文学形态的修禊、登高等旧体诗词活动，相对只在个人或小团体的空间里繁荣，在大的公共文学空间里是微弱的，这是大变革时期的特殊现象。正因如此，今天重新来收集、整理民国时空里发生的大型雅集的资料的时候，就发现了一个有趣的现象，凡是有资料可凭的雅集与结社，就会因其资料的齐全，带来征引的方便而被突出，另外一些盛极一时的雅集，由于缺少相关的资料，只好付之阙如了，如乙亥（1935年）南京清凉山乌龙潭上巳修禊就是一次盛举，由于资料的不足，对其了解就很不够。这里历史的被建构性非常突出，对于追求寻找历史真实的人来说，未免太过残酷，但也只好满足于所谓历史描述的相对真实了。

---

① 《台湾诗社大会记》，见《台湾诗荟》第四号（大正十三年五月）。摘录自陈支平《台湾文献汇刊》（第四辑第十五册），厦门大学出版社、九州出版社2004年版，第407页。

3. 雅集和结社的数量很多

民国时期，旧体诗词雅集和结社的数量很多，是一个突出特点，所有在修禊和登高中出现的人员都是雅集和结社的当然成员。旧体诗词活动的唱和性质是一个值得深入研究的课题，这是与新诗不同的。民国时期的新诗结社很少，举凡湖畔诗社、新月社等也是寥寥可数的，另外新体诗的创作活动，一般也不在唱和过程中产生。民国时期的旧体诗词的雅集与结社以南京来说，数量就很多，举凡潜社、如社、上巳诗社、梅社、青溪诗社、白下—石城诗社等，另外还有紫霞等曲社。就具体个人来看，有些人还身跨几个甚至十几个结社，以吴梅为例，他是南京中央大学和金陵大学的教授，在南京的时候，参与了潜社、如社、上巳、紫霞等几乎所有的重要结社，而回到家乡苏州，他又是琴社、适社、道和、三九诗社、幔亭曲社、折枝社、钟社、正社等社的成员或客串者。

上海是民国时期遗老最多的城市之一，也是旧体诗词唱和最为活跃的城市。以1930年冬成立的沤社为例（其成立时间有争议），几乎囊括了上海所有重要的诗家词客。这个社是夏剑丞和黄孝纾倡议成立的，先后加入者29人，包括朱古微、潘飞声、周庆云、夏敬观、叶恭绰等。[①] 重要的结社还有30年代末到40年代初的午社，这个社从1939年一直到1942年都有活动，开始有十五人，后来时有增减，后结有《午社词》一卷。[②]

在抗日烽火中，徙居大后方的文化人，旧体诗词的结社亦复不少，以吴宓为例，他在1939年与友人结了椒花社，1947年又有击钵吟社。以学术称扬海内的杨树达在抗日烽火中也增多了旧体诗的吟唱，1938年，湖南大学播迁辰溪，杨树达与曾星笠、曾威谋、王疏庵、熊雨生诸先生结五溪诗社，蒿目时艰，以吟咏宣其忧思。即便在抗战最艰苦的抗日根据地，在40年代，也有不少旧体诗社团活动，如朱德、董必武、

---

① 陈谊：《夏敬观年谱》，黄山书社2007年版，第131—134页。
② 同上书，第168页。

林伯渠、吴玉章、徐特立、谢觉哉、李木庵、陶铸、吕振羽等参与的怀安诗社（1941年9月成立于延安），部分作品发表在延安《解放日报》和重庆《新华日报》上。由彭康、李一氓、范长江、王闻西、阿英等参与的以旧体诗为主的湖海诗文社（1942年10月苏北抗日根据地发起成立），作品主要发表在盐阜出版的《新知识》杂志上的"湖海诗文选"专栏。聂荣臻、成仿吾、刘仁、马致远、田间和沙可夫等参加的燕赵诗社（1943年2月由邓拓在晋察冀抗日根据地发起成立），作品发表在《晋察冀日报》和《边区文化》等报刊的"燕赵诗社录"不定期专栏。①

在台湾，与大陆民国时期对应也是旧体诗词繁盛期，连雅棠在《台湾诗社记》中有明确的统计，共66个。②

三 民国时期旧体诗词创作的几个走向

民国时期，认定一代有一代之文学，文学随时代之变迁而变迁，成为一般学人的共识，很少有人表示不同意见。

蔡元培在《白话唐人七绝百首·序》中说："诗句的长短，与时代有点关系。周以前的诗，除少数例外，全是四言。到了汉魏，觉得四言不够发舒了，就盛行五言。从此作四言诗就少了。偶然作的，也没有什么大趣味了。到了南北朝，又觉得五言还不够发舒，渐渐地有七言。（汉时虽然有柏梁体、急就章等，但很少。）到唐代，七言就盛行了。那时候还有王、孟、韦、柳几家擅长五言，以后就没有了。所以现在觉得七言比五言是有趣一点儿。七言诗还有七古、七律等体。七律要讲究对句，不免拘束一点，又大半是用典的。七古长篇居多，也大半免不了用典。七绝是比较的自由，比较的白话体多一点，所以单选七绝。"③

---

① 朱文华：《风骚余韵论——中国现代文学背景下的旧体诗》，复旦大学出版社1998年版，第86—87页。

② 连雅棠：《台湾诗社记》，见《台湾诗荟》第二号（大正十三年三月）。摘录自陈支平《台湾文献汇刊》（第四辑第十五册），厦门大学出版社、九州出版社2004年版，第224—225页。

③ 蔡元培：《蔡元培全集》（第四卷），浙江教育出版社1997年版，第106页。

胡先骕也说："一代有一代之诗……今又须更觅新世界，开新埠头。"①持诗歌必随时代而变迁的观点的人很多，柳诒徵、曹经沅等人都持有这样的观点。

但到底如何来变，却是人言人殊的，各有不同和侧重。梁启超认为形式如何变化无所谓，但诗是应该重视韵的。1925 年 7 月 3 日，他给胡适的信中说："韵固不必拘定什么《佩文斋诗韵》《词林正韵》等，但取用普通话念去合腔更好。句中插韵固然更好，但句末总须有韵……我总盼望新诗在这种形式下发展。"② 与很多人注重形式上的革新不同，吴芳吉更重视诗歌的内容，他说："常者，规律，变者，解放，互为消长，而诗之演进无穷。余于此乃有说焉，旧诗体制不能谓其非佳，今之新人以其规律过严，视若累梏重囚。余以为过。盖自不解诗者言之，虽无规律未必竟能成诗，而伟大作家每有游艺规律之中，焕采常情之外，规律愈严，愈若不受其限制者，故余于历代体制不轻弃之不重视之，但因我便而利用之。然以今世事变之繁，人情之异，必非简单之体所能尽纳，此体制之不能不变者也。"③

从具体的创作上来看，纷繁复杂之中，大体上可以从以下三个方面来讨论：

1. 恪守古法，讲究师承

晚清民国的旧体诗坛是遗老们挂帅的天下，汪辟疆的《光宣诗坛点将录》，所排定的座次上，陈三立为"天魁星及时雨宋江"，诗赞曰："撑肠万卷饥犹餍，脱手千诗老更醇。双井风流谁得似，西江一脉此传薪。"郑孝胥为"天罡星玉麒麟卢俊义"，陈宝琛为"天机星智多星吴用"，陈衍为"地魁星神机军师朱武"。④

---

① 张大为、胡德熙、胡德焜合编：《胡先骕文存》（上卷），江西高校出版社 1995 年版，第 507 页。
② 梁启超：《与适之足下书》，见丁文江、赵丰田编《梁启超年谱长编》，上海人民出版社 2008 年版，第 673 页。
③ 吴芳吉：《白屋吴生诗稿自叙》，见《吴白屋先生遗书卷十九·杂稿一》，南京大学图书馆古籍特藏部，铅印线装本。
④ 汪辟疆：《光宣点将录》，程千帆整理，南京大学油印本 1983 年版。

第八章 民国时期旧体文学的创作及理论成就

讲究师承，尊崇家法，是中国诗教的特点。由于时代的变迁而要求文学有不得不变的因素之外，厚重的传统诗教的影响力是巨大的。民国旧体诗坛上，学古派的势力是很大的。虽然尊崇的对象不同，但在崇古这一点上是共同的。民国时期最大的学古派应该是同光体的余绪，同光体的大佬陈三立、陈衍、沈曾植、郑孝胥等人都活跃在民国舞台上，周围都有一批追随的人，他们也高踞在旧体诗坛的裁判席上，很多旧体诗词作者结集的时候，都愿意找他们来作序言。同光体以外，其他的学古诗派和诗人还有以王闿运、邓辅纶为代表的提倡汉魏六朝和盛唐的湖湘派，有以张之洞、樊增祥、易顺鼎为代表的兼采唐宋的一派，有以李希圣、曾广钧、曹元忠、汪荣宝、张鸿、孙景贤为代表的崇尚李商隐的西昆派。①

讲究师承的一派，需要有很高的古典诗学的学养，不是凭空说说就能算的。以陈寅恪为例，他是以史学名世的，一般人都忽略了他在旧体诗方面的高深修养。他在诗学方面也是讲究师承和家法，有很高的诗学造诣。1938年7月7日，陈寅恪作了一首《七月七日蒙自作》七律，诗如下：

> 地变天荒意已多，去年今日更如何。
> 迷离回首桃花面，寂寞销魂麦秀歌。
> 徐骑省李后主挽诗：此身虽未死，寂寞已销魂。
> 近死肝肠犹沸热，偷生岁月易蹉跎。
> 南朝一段兴亡影，江汉流哀永不磨。

吴宓对这首诗在技巧和用词上有精彩的分析，他说："按寅恪诗学韩偓。音调凄越而技术工美，选词用字均极考究。如右诗，中两联对仗已工，而末二句以影字与流字互相照应，然后江汉之关系始重。更于影上，着一段字，则全神贯注矣。"②

---

① 钱仲联编选：《近代诗钞·前言》，江苏古籍出版社1993年版，第14—17页。
② 吴宓：《吴宓日记：1936—1938》（第6册），生活·读书·新知三联书店1998年版，第338—339页。

只要不打破旧体诗词的形式规范，学古派就永远有市场，这是可以肯定的。正如俞平伯所言："中国古诗的年寿，由萌芽而长成而老死，非常长久，中间却有无数的天才，极美的作品，像死文言这样笨拙的器具，他们居然也能使用得很便利。"① 那历史上"无数的天才，极美的作品"总有让人"惊服"的地方和值得借鉴之处的，这是"学古"最为自然的原因。民国时期，词学大家况周颐谈到自己学词经历时说："继与沤、尹以词相切磨，沤、尹守律綦严，余亦恍然向者之失，斳斳不敢自放，乃悉根据宋、元旧谱，四声相依，一字不易"②；另一位词学大家朱古微，回忆学词经历时说："予素不解倚声，岁丙申，重至京师，王幼霞给事时举词社，强邀同作。王喜奖借后进，于予则绳检不少贷，微叩之，则曰：'君于两宋途径，固未深涉，亦幸不睹明以后词耳。'贻予四印斋所刻词十许家，复约校梦窗四稿，时时语以源流正变之故。旁皇求索为之，且三寒暑，则又曰可以视今人词矣。示以梁汾、珂雪、樊榭、稚圭、忆云、鹿潭诸作。会庚子之变，依王以居者弥岁，相对咄咄，倚兹事度日，意似稍稍有所领受……"③ 以上两位词学大家以一种前人特有的神秘笔调，道出了模范前人的必要，那种浸润其中，与古人完全融合无迹的修养工夫，那种慢工出细活，那种对前人体贴的理解，是今天很少有人能够体验和了解的。对某些人来说，师古、学古也是其政治观念所致，在看似顽固的文化观念背后，其实寄托着其政治道德的深意。民国诗坛那批以晚清遗民为代表的学古派的存在，即使以今天的眼光来看，也是那个时代最有魅力的一部分，他们所承载的诗学修养几乎都是及身而没了，但这个价值在当时时代环境里是无法被充分认识的。

2. 通俗化的走向

旧体诗词通俗化的走向，在民国诗坛是最为明显的趋势，构成这一

---

① 俞平伯：《社会上对于新诗的各种心理观》，《新潮》1919年第二卷第一号。
② 徐珂：《近词丛话》之《况夔笙述其填词之自历》，见唐圭璋编《词话丛编》（第五册），中华书局1986年版，第4228页。
③ 同上书，第4228—4229页。

时代诗风最为显著的特色。朱文华说:"中国古典诗歌的形式演变,还蕴含着另一趋势,即诗歌语言(遣字用词)在整体上趋于通晓近俗,越来越与口语接近,由诗而词,由词而曲,大抵如此。所以尽管不断有聱牙佶屈的作品出现,但同时也不断有人以俚语俗词入诗,且作理论上的某种提倡。"[1] 到晚清民国,旧体诗词的通俗化走向更为明显,黄遵宪提出了"我手写我口",梁启超发起的"诗界革命"在其纲领中有"新意境""新语句"的标准(《夏威夷游记》),都是指向通俗化的,因此,钱仲联在总结"诗界革命"的时候,认为"他们在诗歌通俗化方面所作的努力,也为五四运动前后掀起的白话诗运动架起了桥梁"[2]。

五四文学革命运动为白话文奠定了地位,确立了其成为通用的书面交际工具的优势地位。无论有些人如何抵制,通俗化的语体导向,其影响都是压倒性的。无论是否宣称接受这种语体的变化,都不能不受其影响。这表现在旧体诗词的创作中,真是俯拾皆是。

以梁启超为例,他与新文学领袖胡适的频繁来往,使他的旧体词创作更为通俗了。1925年6月22日,在给胡适的一封信中,即用白话写了一首《沁园春》:

顷为一小词,送故人汤济武之子游学。(此子其母先亡,一姊出家,更无兄弟,孤子极矣。)即用公写法录一通奉阅,请一评,谓尚要得否?(下阕庄语太多,题目如此,无法避免,且亦皆心坎中语也。)

沁园春
送汤佩松毕业游学

可怜!阿松:

---

[1] 朱文华:《风骚余韵论——中国现代文学背景下的旧体诗》,复旦大学出版社1998年版,第10页。
[2] 钱仲联编选:《近代诗钞·前言》,江苏古籍出版社1993年版,第11—12页。

万恨千忧，

无父儿郎。

记而翁当日，

一身殉国，

血横海峤，

魂恋宗邦。

今忽七年，

又何世界？

满眼依然鬼魅场！

泉台下，

想朝朝夜夜，

红泪淋浪。

松！已似我长；（适按：此四字原稿为"躯已昂藏"）

学问也爬过一道墙。

念目前怎样，

脚跟立定？

将来怎样，

热血输将？

从古最难，

做"名父子"，

松！汝镞心谨勿忘！

汝行矣！

望海云生处，

老泪千行。①

---

① 梁启超：《与适之足下书》，见丁文江、赵丰田编《梁启超年谱长编》，上海人民出版社 2008 年版，第 669—670 页。

这种以白话入词的通俗化的走向，成为梁启超主动的词学实践。在给梁思成的《自题小影》中，表现了相同的旨趣：

鹊桥仙（自题小影寄思成）

也还安睡，
也还健饭，
忙处此心闲暇。
朝来点检镜中颜，
好象比去年胖些？

天涯游子，
一年恶梦，
多少痛、愁、惊、怕！（此语是事实——作者注）
开缄还汝百温存，
"爹爹里好寻妈妈"。（末句用来信语意）①

胡适是旧体诗词白话倾向很早的人，在美国留学与梅光迪等人争论文学革命的时候，已经在有意尝试。如他在1916年9月12日给朱经农的《虞美人·戏朱经农》：

先生几日魂颠倒，
他的书来了！
虽然纸短却情长，
带上两三白字又何妨？

---

① 梁启超：《与适之足下书》，见丁文江、赵丰田编《梁启超年谱长编》，上海人民出版社2008年版，第673页。

可怜一对痴儿女,
不惯分离苦;
别来还没几多时,
早已书来细问几时归。①

旧体诗词通俗化的走向,使一部分没有多少诗学修养的人也可以自由出入,这就导向了打油诗的方向。最为鲜明的例子是冯玉祥将军在30年代后期所作的《乡村纪事诗》②,在浓郁的爱国情调和乡土风味中,难免露出打油诗拼凑字句和韵脚的痕迹,下面略举一例:

《水声》

乡村四野静无声,
隔窗惟闻水汩汩。
夜半起坐眠不得,
默念同胞正被屠。
四省土地劫夺去,
三百万枪敌收储。
救国若不趁今日,
眼看就要灭民族。

当然,通俗化走向也有作得非常成功的作品,如1946年1月6日,谭佛雏补送杨树达的祝寿小曲:"但凭那数茎白发,换取了摩天声价。一领旧宽袍,两只粗布袜,拄杖儿不怕溜滑。叔重以来几万家,都吃这杖儿一顿打煞。"杨树达赞赏地说:"用小曲作学问事,新颖可喜。"③

---

① 胡明编:《胡适诗存》,人民文学出版社1989年版,第131页。
② 冯玉祥:《乡居纪事诗》(二),见《逸经》第三十期。
③ 杨树达:《积微翁回忆录 积微居诗文钞》,上海古籍出版社2006年版,第233页。

这首小曲的确是能熔通俗与高雅于一炉，诙谐中寓庄重，举重若轻，浑然天成。新文学运动的开启者胡适，是惯写打油诗的老手，有很多打油风味的篇什，如《寄叔永觐庄》①：

> 居然梅觐庄，要气死胡适。
> 譬如小宝玉，想打碎顽石。
> 未免不自量，惹祸不可测。
> 不如早罢休，迟了悔不及。

3. 介于学古与通俗之间

民国时期，多数旧体诗词的创作都是可以归为学古和通俗之间的中间状态，既继承了旧体诗词的形式规范，同时又在时代影响之下加入了通俗的新因素，借用梁启超的话说，就是"新语句""新意境"。这些时代性因素的加入，构成了鲜明的时代特色，也易于为时人所接受和了解，如沈祖棻的《浣溪沙》："碧槛琼廊月影中，一杯香雪冻柠檬。新歌争播电流空。风扇凉翻鬓浪绿，霓灯光闪酒波红。当时真悔太匆匆。"② 词里的新事物有"广播""电扇""霓虹灯"等现代的物像。这是用新事物造新语句，以表达现代生活的生动例证。这与学古不同，也不同于完全通俗的打油诗，恰好代表了一种中间状态。

在《吴宓诗集·金陵集》（卷五）中，多为译诗，以旧体诗歌的形式译介西人诗歌。这些译诗虽为旧体，但词句中的白话痕迹已很明显。旧体诗词的通俗倾向确有加速发展的趋势。如《译酒店主人歌》："眼前一位老军官，似从印度刚生还。旁坐小儿笑缩肩，最好回家床上眠。"③ 以吴宓为代表的"学衡派"的旧体诗词创作，在笔者看来是最能代表学古与通俗之间道路的。与其思想文化的态度相适应，在诗学观

---

① 胡明编：《胡适诗存》，人民文学出版社1989年版，第134页。
② 沈祖棻：《沈祖棻诗词集》，程千帆笺注，江苏古籍出版社1994年版，第108页。
③ 吴宓：《吴宓诗集》，吴学昭整理，商务印书馆2004年版，第105页。

念上，吴宓等人也是秉持一种继承融合的态度的，吴宓译法国解尼埃的《创造》诗第一八一行至第一八四行，说明其诗集作成之"义法"时说："采撷远古之花兮，以酿造吾人之蜜。为描画吾侪之感想兮，借古人之色泽。就古人之诗火兮，吾侪之烈炬可以引燃。用新来之俊思兮，成古体之佳篇。"① 已能见出其诗学倾向，即强调继承，但这种继承因加入了新因素而不同于"学古派"。吴宓的诗学观念前后是有变化的，变化的支撑点在于重视"情感之真"。正是在强调诗歌传达情意之真这一点上，吴宓在后来的诗论中超越了敌视白话的故态，对白话诗有所肯定，在《论诗之创作》一文中，他说："每一作者，应按照己之性情、嗜好、才学、经验等，为自己选择最适宜之一途。……吾意徐志摩君既择丁途，则丁途必最适合于徐君者"。②

检视民国时期文人言论，可以发现，他们对于自己时代的旧体诗词创作也是赞赏有加。以梁启超为例，他评价黄遵宪的诗"精思渺虑，盘礴而莫测其际。平生所作，逾千首，自哀集得六百首，曰《人境庐诗集》。自其少年稽古学道，以及中年阅历世事，暨国内外名山水，与其风俗政治形势土物，至于放废而后，忧时感事，悲愤伊郁之情，悉托之于诗。故先生之诗，阳开阴阖，千变万化，不可端倪，于古诗人中，独具境界。"③ 称赞谭嗣同的诗"独辟新界而渊含古声"④。品评陈三立的诗"不用新异之语，而境界自与时流异，浓深俊微，吾谓于唐宋人集中，罕见伦比"⑤。

四 民国时期诗词之学的发达

民国为一过渡时代，封建政治体系在历次革命中分崩离析了，传统

---

① 吴宓：《吴宓诗集》前插页，吴学昭整理，商务印书馆2004年版。
② 吴宓：《论诗之创作——答方纬德君》，《大公报·文学副刊》1932年第八版第210期。
③ 梁启超：《嘉应黄先生墓志铭》，见《梁启超全集》（第十八卷），北京出版社1999年版，第5195页。
④ 梁启超：《梁启超全集》（第十八卷），北京出版社1999年版，第5295页。
⑤ 同上书，第5301页。

第八章 民国时期旧体文学的创作及理论成就

文化也在新学的声浪中陷于被动,但对于传统文化的研究,在民国时期并不弱,一批文化精英的存在为国学研究开辟出了新的天地。就诗词研究,钱仲联先生说:"至于民国,为时亦非太短,操觚之徒为诗话者,殊不乏人,或出专书,或散见于期刊,视前修或且过之"。① 张寅彭也认为旧体诗的创作在民国时期并未见削弱,而是"旧体诗与新诗分占半壁江山",并认为,"新诗使用白话,主要以欧西诗与本国民谣为肇兴之源,这是它的优势所在,却也是它的先天的不足。因为只要是以汉字作诗,便决不应回避乃至割舍拥有悠长而又丰厚实绩的古典诗的文言语汇,及其派生的一系列表现原则。旧体诗的形式经过上千年的发展,积淀着汉民族的审美特性。这一形式至清末民初,又恰好遇上帝制倾覆、西夷入侵的社会大变动,从而现成地成为这一时期的主流知识分子运用来抒发黍离之感的主要形式。清末民初旧体诗记录时代风云、表现人性悲欢所达到的沉郁而又酣畅的审美高度,既是这一艺术形式已有的成熟性使然,也是这一时期的旧体诗诗人群体的特殊遭际及其天才的创作的又一个毫无愧色的高潮期。"②

民国时期对于诗词的研究非常繁盛,取得了重大成绩,唐圭璋曾以个人之力编订了五巨册《词话丛编》,包括民国时期 17 种词话。诗话方面,以当代张寅彭先生主编的《民国诗话丛编》六巨册,收罗最富,包括民国时期 37 种诗话。以上只是民国时期诗话和词话中很少一部分,唐圭璋先生曾说他的《词话丛编》未收的词话尚多。张寅彭先生在《民国诗学书目辑考》③ 一文中,以 1912—1949 年为时间段,就收录了一百多种,所录仅为成书及载于文集而独立成卷者,还有连载于报纸杂志而未成卷者没有收入。正如钱仲联先生所言,民国时期持续时间虽短,但诗话词话方面"视前修或且过之"。

综上所述,民国时期还有如此大量的传统文化精英在场,还有如此

---

① 钱仲联:《序言》,张寅彭主编《民国诗话丛编》(一),上海书店出版社 2002 年版。
② 同上。
③ 张寅彭:《民国诗学书目辑考》,蒋寅、张伯伟主编《中国诗学》(第七辑),人民文学出版社 2002 年版,第 62—74 页。

众多精湛的传统文化研究著述，在创作和理论两方面都有辉煌的成就，虽然新文学的势头迅猛，但仍然无法完全阻断传统文化顽强的表现。在某些时段和某些地域，旧体文学的繁盛更因其历史和时势的因缘而表现强劲，旧体诗词的雅集和结社依然是中上层文化人日常生活的常规部分。民国时期，旧体诗词虽是落日余晖，但也绮丽绚烂。

第九章　文言与白话的同根共生

　　白话文学革命口号在1917年被喊出来之后，白话文势力进展迅猛，速度之快，连文学革命的首倡者胡适都惊叹说："白话文学运动开始后的第三年，北京政府的教育部就下令改用白话作小学第一二年级的教科书了！民国十一年的新学制不但完全采用国语作小学教科书，中学也局部的用国语了！这是白话文学运动开始后第五年的事！"① 1920年，北洋政府教育部规定小学课本用语体文，表明白话文已经成为政府用强制力保证实施的语体，而且是从教育着手，从基础动起，白话文的主体地位无可动摇地确立了。此后，虽有文言的反弹势力，但已经是秋后鸣蝉，声息微弱了。这么快的发展，若没有晚清就开始的国语统一运动的铺垫、社会力量的推动以及政权力量的参与是根本无法达成的。在大众媒介这一文学的公共空间里，文言的消减与白话势力的大涨，是一个时代不可逆转的潮流。新文化、新文学与社会运动结合，与新式书刊业结合，以浅俗为原则，以白话为工具，获得了商业上的成功，获得了公众舆论的支持，成为压倒性的一翼。与之相应，旧文化、旧文学的公共空间急剧缩小，被迫退居个人空间，得不到公众，这一翼在商业上的失败，和群众运动的脱节，使之成为被压抑的一翼，承载的文化功能也在哄哄嚷嚷的时代环境中被忽略了。但此一翼却甚为重要，是中华民族文

---

① 胡适：《所谓"中小学文言运动"》，《独立评论》第109号。

化命脉的组成部分,新文化领导者们既是从这一翼中叛逆出来的,也是掌握旧文化、旧文学的佼佼者。此翼在此起彼伏的群众运动和社会思潮中被掩盖,实为历史最惨痛的一页。时至今日,经济要补上一课,文化也不得不补上一课。

一 白话文成为语体工具是历史必然

在思想启蒙,教育普及的压力下,语体的重心一再向白话倾斜,这一发展趋势获得了社会力量的广泛支持,正是借助了这种社会力量的支持,"以语统文"的原则才成为不可逆转的社会潮流,成为政治决策者必然要"附顺"的民情,这是非人力所能阻断的趋势。白话文的实行,是历史潮流使然,从历史进程看,无论是政府还是民间,都有一些支持的力量推动这一运动的进展。

光绪三十二年十月,中国提学使黄绍箕等人游日本考察教育时,就向其帝国教育会提出培植教材,语言统一等问题,伊泽修二代表该会专门写了一篇答复的文章——《呈中国提学使意见书——论中国语言及中日韩三国文字之宜统一》[①]。此后,国语统一运动一直没有间断过,一批进步知识分子认定这是一件富国强民的基础工作,必须完成,因此一直在推动着这一运动的进展。1913年2月,民国政府设立了读音统一会,制定了注音字母,开办了注音字母传习所,会员王璞等在传习所传授生徒付出了很大努力,但收效并不大。之所以如此,正如黎锦熙说的:"因为这种革命运动,实实在在牵涉了几千年来的文化和社会生活,要以人力办到,政府的力量和社会的潮流必须合拍……大凡一种关于历史文化与社会生活的改革事业,要不是社会自身受了惊心动魄的刺激,感着急切的需要,单靠政府底力量,虽难起秦皇于地下,迎列宁于域外,雷厉风行,也不见得能办得通",因此,"直到民国七八年间(一

---

① 舒新城编:《近代中国教育史料》(第三册),《民国丛书》(第二编第46册),上海书店出版社1989年版,根据中华书局1933年版影印,第44—48页。原文载《教育世界》光绪三十二年134期,《东方杂志》第十二期,题为《中国提学使东游访问记》。

九一八——一九一九），欧战结局，全世界发生一种新潮流，激荡着中国底社会，于是这'国语运动'才算水到渠成，政府和社会互助而合作，三五年工夫，居然办到寻常三五十年所办不到的成绩。"① 1918 年，胡适在《建设的文学革命论》一文提出"国语的文学，文学的国语"的根本主张，正与国语研究会主张的国语统一运动合拍，这样由教育部主要人士参与的国语研究会所代表的官方力量与以《新青年》为思想机关的社会力量联合在一块，两大潮流合二为一了，"于是轰腾澎湃之势愈不可遏。"② 仅仅几年之后，便"如火燎原，一发莫遏。"③

　　商业的成功和社会的广泛支持，是白话文站稳脚跟，成为不可动摇的历史趋势的根本原因。晚清以来一度兴盛的白话报热潮可以看作是白话文在书刊市场上的最初亮相，虽然晚清提倡白话报的时候，白话和文言是各行其是的，并没有威胁到文言正宗的地位，但从后续的历史进程看，晚清白话报可以说是做了文学革命"地下党"的工作，在无形之中，为白话文争得了商业上的地盘。商业上的成功，为白话文体争取了经济力量，按照马克思的经典理论来说，经济是最终的决定力量。白话刊物赚钱，文言刊物赔钱，这是文言保不了正宗位置的根本原因。当然，白话和文言之间一直有斗争，社会力量的支持是白话文立于不败之地的另一个关键因素。《甲寅》第一卷第二十八号，在"通讯"栏里，秋桐（章士钊）在给邱堉柏的答词中说："近湖南北为国语运动，大行示威，长沙列队游行者数千人。以后凡不为白话者，恐将统于威字范畴以内。"在黎锦熙的文章里，也有一则报道：1925 年，苏浙皖三省各师范小学，在无锡开联合大会。12 月 3 日，是开会的第一天，特在无锡第三师范操场举行焚毁初级小学文言文教科书的仪式。事后，他们发了

---

① 黎锦熙：《一九二五年国语界"防御战"纪略》，第75—76页，见舒新城编《近代中国教育史料》（第三册），《民国丛书》（第二编第46册），上海书店出版社1989年版，根据中华书局1933年版影印。
② 黎锦熙：《国语运动史纲·卷二》，《民国丛书》（第二编第52册），上海书店出版社1989年版，第71页。
③ 唐庆增：《新文化运动平议》，《甲寅》第1卷第34号。

一个宣言书，大意是：硬教儿童学文言文，实在和硬把幼年女孩缠足是一样地不人道。文言文太繁难，小学不应该再教文言，应该遵守国家法令改教语体文。① 可见，社会力量的参与，保证了白话文大方向的贯彻，对于提倡文言者也不能不是一个强大的威慑。

二　文体之间的借鉴和融合

文言和口语的分离，是由种种历史必然性造成的，"大抵上古之世，言文相去不远。惟汉字象形，又皆单音，故言则繁而文可简。且简重绢贵，传写维艰，自必力求简便。至于高文典策，尤必矜慎谨严。凡此皆使言文渐趋分离。"② 长期以来，这种分离的现状并没有引起社会生活的特别不便，文言和白话相遇而安，只是到了近代，这个问题才凸显出来。西方势力入侵带来的社会结构变迁和奋起直追西方文明的迫切需要，是言文一致诉求最内在的动力。但问题是，1917年文学革命后掀起的反对文言的运动，有把文言和白话的关系对立起来的倾向。文言和白话在历史上本来血脉相连，并没有深仇如海。白话运动实际上把近代以来落后挨打的罪责，没有经过认真的研讨，就完全算到了文言文及其所代表的传统文化身上了，使白话文在建设的过程中一再被政治运动拉动、牵引，偏离文化的轨道，对文言人为的排斥，甚至影响到了民族文化本身的丰富与发展。历史上，文言和白话之间一直处于互动之中，白话文和文言文互相吸收对方的合理因素，这种沟通和交流在历史上从来就没有停止过。"文言和现代汉语虽然差别很大，却又有拉不断扯不断的关系。一方面，两者同源异流，现代汉语，不管怎样发展变化，总不能不保留一些幼儿时期的面貌，因而同文言总会有这样那样的相似之点（表现在词汇和句法方面）。另一方面，两千年来，能写作的人表情达意，惯于用文言，这表达习惯的水流总不能不渗入当时通用的口语

---

① 黎锦熙：《一九二五年国语界"防御战"纪略》，见舒新城编《近代中国教育史料》（第三册），《民国丛书》（第二编第46册），上海书店出版社1989年版，第81—82页，根据中华书局1933年版影印。
② 江亢虎：《钱秉如味道腴斋文稿序》，《民意》1941年第一卷第10期。

中，因而历代相传，到现代汉语，仍不能不掺杂相当数量的文言成分。"① 这种取长补短的状况，形成文言和白话之间的文体间性，即你中有我，我中有你。下面分别举古代、近代和现代三个时段的例子来证明文体之间复杂的间性关系。

1. 古代文白区别不明显的例子。吕叔湘写过一篇文章，叫《文言和白话》，他说："曾经有人说过，文言是'古语'、'死语'，白话是'今语'、'活语'，文言是古代的拉丁语，白话是现代的意大利语。这个说法未免把这个问题看得太简单了"②，他举例说，他从古文里找出来十二个例子，找朋友判别哪些是文言哪些是白话，结果分歧很大。下面把吕先生举的例子摘录出一条：

（3）臣以今月七日预皇太子正会，会毕车去，并猥臣停门待阙。有何人乘马当臣车前，收捕驱遣命去。何人骂詈，收捕咨审欲录。每有公事，臣常虑有纷纭，语令勿问，而何人独骂不止，臣乃使录。何人不肯下马，连叫大唤。有两威仪走来击臣收捕……（宋书·孔琳之传，奏劾徐羡之）③

从上面的例子中，文言和白话的界限问题有时候并不是截然分明的，两者有交融的中间地带。文言从白话里吸取营养，历史上一直是文学新变的一个重大资源，而白话受文言的牵引，受其制约更是明显的，因为作家都是在文言的培养下成长起来的。这种情况，说明历史上白话和文言之间的间性关系，两者不是尖锐对立的。

2. 近代文言的新变。晚清民初是中国历史文化发生巨变的开端，作为交流的工具，文言文也自然发生了变化，这个变化是文体在自身范围内的调整，也是文体之间交流融合的结果。胡适对这个时段文体的变

---

① 张中行：《文言和白话》，中华书局2007年版，第2页。
② 吕叔湘：《文言和白话》，《吕叔湘语文论集》，商务印书馆1983年版，第57页。原载《国文杂志》第3卷第1期。
③ 同上书，第59页。

化有敏锐的观察,他说:"古文学的末期,受了时势的逼迫,也不能不翻个新花样了。"① 他称之为"古文范围以内的革新运动",指出章士钊一派是受了欧化的影响,"他的欧化,只在把古文变精密了;变繁复了;使古文能勉强直接译西洋书而不消用原意重做古文;使古文能曲折达繁复的思想而不必用生吞活剥的外国文法"②。罗家伦也指出,章士钊的文章以文体论,"既无'华夷文学'的自大心,又无'策士文学'的浮泛气;而且文字的组织上又无形中受了西洋文法的影响"③。梁启超接受了白话文的影响,将古文变得浅近,"最能运用各种字句语调来做应用的文章。他不避排偶,不避长比,不避佛书的名词,不避诗词的典故,不避日本输入的新名词"④。从上面的描述中,我们注意到在文学革命开始之前,文言文已经开始加速变化,无论是欧化的倾向还是向白话文的借鉴,可以看到以文言为主体的文体间性情况,文言顺应时代潮流也在调整和变化。

3. 文学革命之后,短短的几年时间,白话文就站稳了脚跟,成为社会通用的工具。但并不存在一种纯而又纯的白话文。张中行在《文言和白话》一书里,对文言和白话之间关系作了精辟分析,认为白话文受到不同文体的影响,有的是套着文言的枷锁在脖子上,想白白不了,有的是穿着长袍马褂勉强学引车卖浆者流,也用的了吗啦,就是味道不对,有时时处处设想口语怎么说,写出来却没有口语的活泼也没有应该有的典重味。下面从他所举的例子中节录三个来说明:

(1) 世界愈文明,则学术新理愈多。一个人的精力那里能彀尽读世界各国的书,又安能遍学各国的文字。若定要学外国文字,才能彀研究外国的学问,则学英文者不能研究法、德、俄等国的学问,学法、德、俄文字者亦然……(张寿朋《文学改良与礼教》,

---

① 胡适:《五十年来中国之文学》,《胡适全集》(第2卷),安徽教育出版社2003年版,第260页。
② 同上书,第305—306页。
③ 罗家伦:《近代中国文学思想之变迁》,《新潮》第2卷第5号。
④ 胡适:《五十年来中国之文学》,《胡适全集》(第2卷),安徽教育出版社2003年版,第286页。

《中国新文学大系·文学论争集》）

（2）我国近年来的新文化运动，把我国人底知识欲望增高了。敬杲深信，学问做那少数特权阶级装饰品的时代，由着这个运动，已经宣告终止。……（唐敬杲：《新文化辞书叙言》）

（3）以上所说的话，没有一句不是真的。不要说别个，就是我自己所教的，也是如此。那么，照着方才所说的"既知即行"这句话，岂不是"自相矛盾"吗？……（熊兆盛：《论文学改革的进行程序》，《中国新文学大系·文学论争集》）①

综上所述，文体之间的间性关系，即指文体之间吸收和借鉴的关系，这种关系是客观存在、不以人的意志为转移的。但这种间性的达成，又会因为社会思潮等因素的介入而受到干扰。一种被历史淘汰的文体与一种历史选择的新文体的间性关系，主要是使新文体能承载旧文体所承载的历史文化传统中优美崇高的部分。在文言被白话所取代的历史进程中，文言和白话之间的间性关系并没有能很好解决这一继承历史文化遗产的关系，之所以如此，主要是因为应该以文化为导向的历史过程过多被社会政治运动牵引，偏离了语言科学的轨道，从而使白话和文言之间的间性没有得到很好发育。

三　白话文建设的三种资源

郭绍虞说："历史上的事实，于一种新的运动兴起之时——尤其是有革命性的运动，总不免带些幼稚病的。矫枉过正，不过正也不足以矫枉，这原是任何运动在初期时所不能避免的现象。现在假使仍袭以前一套老话，以反对文言，则甚觉无谓。"② 在新旧文体发生冲突的时候，代表不同阵营的人都习惯于抬高自己的文体价值，各自强调自己的主体

---

① 张中行：《文言和白话》，中华书局2007年版，第278—280页。
② 郭绍虞：《语文通论》，《民国丛书》（第三编第49册），上海书店出版社1989年版，根据开明书店1941年版影印，第116页。

性，以凝聚文化群体的信念，取得支配权。这种不自觉强调自己主体性的行为，主要弊端是限制了文化视野，隐含着排斥对方合理价值的"看不见的暴力"。因此，在新旧文体之间，必须建立一种良性机制，发展良性的文体间性，打破那种你死我活的一元化思维方式，清除意识形态加予的狭隘观念，是白话文建设应有的认识。

白话文成为通用文体后，白话文的建设就提上了日程，如何建设白话文呢？傅斯年说："文言合一之业，前此所未有，是创作也。"[①] 大体上有三种资源可供白话文建设的借鉴，一是口语，二是欧化语，三是文言文。

第一种以口语为源泉，是白话文最基本的走向，是"言文一致"的根本要求。向浅俗的口语靠拢，是从晚清以来一直要促成的语体发展方向。五四文学革命将白话文推上了前台，延续到 30 年代的大众语运动，继续推动向这一方向发展，到 40 年代延安时期，"赵树理方向"正是文体浅俗口语化方向的具体体现。五四新文化运动开启后，白话文形成了巨大声势，尤其是获得了青年一代的拥护，对白话的支持与否几乎成为社会上判断进步和落后的标准，任何人都无法遏制其发展趋势。白话文符合民众的利益，获得商业的成功，受到各种政治宣传家的青睐，语体问题除了开启民智，普及教育的原初意义外，有意无意被附加了政治含义在里面。底层民众在思想启蒙的运动中被赋予了道德优越性和解放的合理性，他们所使用的语言自然也被拔高了。在白话文建设过程中，由于这些无形中被附加进去的政治性因素的介入，无形阻断了文化层面合理因素的继承和借鉴。瞿秋白在《学阀万岁》等文章中，以猛烈攻击的态度对待五四文学革命，认为"差不多等于白革"，因为只是"产生了一个非驴非马的新式白话"，"不人不鬼，不今不古——非驴非马的骡子文学"。他之所以对五四白话文持如此激烈的反应，是建立在阶级分析的基础上的，在他看来，新式白话是资产阶级民权革命的一部分，这个革命不彻底，是失败的，才有了这样"非驴非马"的新

---

① 傅斯年：《言文合一草议》，《新青年》1918 年第 4 卷第 2 号。

式白话,"这五四式的白话仍旧是士大夫的专制,和以前的文言一样",这样的言语被革命党里的"学生先生"和欧化的绅商使用着,和"市侩小百姓"的语言差别很大,"简直等于两个民族的言语之间的区别"。[1] 这实际上是认为语言问题带有阶级性,在思想上为白话文对文言的借鉴设置了障碍。

第二种是对西方文体的借鉴和吸收,就是"欧化"的趋向,包括大量的外来词和语法结构的欧化等。王力认为,欧化是大势所趋,不是人力可以阻隔的,他在《中国现代语法》一书中专门列了一章——第六章《欧化的语法》,分六节来谈,分别是:"复音词的创造";"主语和系词的增加";"句子的延长";"可能式,被动式,记号的欧化";"联结成分的欧化";"新替代法和新称数法"。王力在此章第一节开始就说:"最近二三十年来,中国受西洋文化的影响太深了,于是语法也发生了不少的变化。这种受西洋语法影响而产生的中国新语法,我们叫它做欧化的语法。"[2] 随着对西方书籍的翻译的繁盛和留学生大量归国,西方的语法习惯和表达方式,也在这个过程中逐渐融入白话文的建设中。这个欧化的趋向直到今天还在逐渐扩大影响,尤其是论述文体,欧化的现象更为显著。

第三种是文言文。前两个资源都被认作合法的资源,对于欧化虽有不同意见但反对的力量亦不大,而对于最后一种资源——文言文,反对的声音是最大的,维护者往往被贴上复古的标签,无人理会。五四文学革命不久,胡适及其支持者提出"整理国故"的主张,从近现代的文化史来看,这一取向一直是受到压抑的,重视不够。"整理国故"带有救偏补弊的积极意义,转文学革命激进的破坏为稳妥的建设方面,通过系统整理古籍,来发掘传统文化中宝贵的东西,潜藏着提升白话文文化涵养,继承传统文化精华的内在意愿。胡适等一批文学革命的倡导者,

---

[1] 瞿秋白:《学阀万岁》,《瞿秋白文集·二卷》,人民文学出版社1954年版,第596页。
[2] 王力:《中国现代语法》(下),商务印书馆1947年版,《民国丛书》(第四编第49卷),上海书店出版社1989年版,第299页。

是有全局眼光和敏锐文化直觉的,他们努力避免使白话文走向偏执。傅斯年说:"言文分离后,文词经两千年之进化,虽深芜庞杂,已成陈死,要不可谓所容不富。白话经两千年之退化,虽行于当世,恰合人情,要不可谓所蓄非贫。"① 白话在历史上长期处在受压抑的地位,被认为是引车卖浆者的下等语言,得不到充分发展,转化为书面语言的白话文必须有种种改进。至少,在傅斯年心里,书面的白话文应该是"以白话为本,而取文词所特有者,补苴罅漏,以成统一之器"② 的。但实际上,对文言的借鉴和吸收是非常薄弱的。在新文化运动所造成的社会舆论环境下,承载中国文化传统的文言文处于尴尬境地,得不到很好整理。然而,文言文实在是具有让人预想不到的力量的,这种力量可以从显和隐的两方面来说,显的方面说,是历史中各代作家所创造出来的辉煌经典。隐的方面说,是来自文化无意识,这其实是更强大的力量,是一种文化密码,甚至是无法克服的。霍尔认为,"无意识文化",是一种"心中"的文化,一种已经与民族或个人行为模式浑然一体的"隐藏着的文化"。③

四 结语

文体问题,其实并不单纯是文体问题,而是文化取向的选择,文体间性问题,是要在不同文化选择之间实现综合与互补,避免文化选择过程中过于偏执的走向。就白话文在建设过程中所可能出现的几种间性关系来说,白话文与欧化语体之间有着现代的亲缘关系,白话文和文言文之间有着过往的血缘关系,文言文和欧化语体之间本来是没有亲缘关系的,因为白话文的关系交汇在近现代的时空里。从实际的文体间性看,主要是以白话文为中心,与有着古老血缘关系的文言文和有着现代亲缘关系的欧化语体之间发生的。白话文建设的总原则只有一条,就是

---

① 傅斯年:《言文合一草议》,《新青年》1918 年第 4 卷第 2 号。
② 同上。
③ [英]斯图亚特·霍尔:《表征:文化表现与意指实践》,商务印书馆 2003 年版,第 236—240 页。

"以语统文",在这个总原则下,必须考虑白话文精密化、表现能力和文化含量问题,达到白话文的精密化,提高其表现能力,增大其文化含量,就必须重视白话文向文言文和欧化语体的借鉴和吸收,也是说重视文体间性的良性发展。

今天看来,白话文的欧化倾向的内容都成为习焉不察的了。而对传统文化和文言文的借鉴从五四新文化以来就成为一个问题,一直得不到很好解决,白话文和文言文之间的间性关系一直不能良性运行。白话文发展过程中在通俗化的走向上过分强调,阻碍了白话对文言的借鉴和吸收,白话和文言之间在正常交流过程中所能完成的文体间性得不到实现。白话文充分吸取文言的优点和长处,实际上是要提高白话文的文化含量,使语言的变革不会影响到传统文化中优美崇高部分的继承,不会因为过火的革命毁坏了民族后续生长发展的根基。值得注意的事实是,提倡要学习一点文言的人,往往被戴上复古主义的大帽子,学理性问题被很快替换为价值选择问题,使这一问题无从深入探讨。

白话和文言的间性问题,这实际上是现代性与传统性对接的问题,对传统的过分贬斥而没有进行过一番充分的研究,很容易陷入传统的泥潭而不自知,必须要打破这种文化无意识,对传统做足一番研究的工夫。正如余英时先生告诫的,"'五四运动'也成功地摧毁了中国传统的文化秩序,但是'五四'以来的中国人尽管运用了无数新的和外来的观念,可是他们所重建的文化秩序,也还没有突破传统的格局。"[①]因此,我们必须重视对传统的研究和继承,必须保证白话文体的建设能够传承和容纳民族文化中博大精深的内容,这样,才能使未来社会发展少走弯路、错路。

[①] 余英时:《现代危机与思想人物》,生活·读书·新知三联书店2005年版,第69页。

第十章　民国时期旧体诗词的流风遗韵

民国是短暂的历史时段，然而这却是几千年来中国历史上最富变动性的时期之一。生活于这个时段的中国人，忧患交集，思想虽空前解放，但与把国家从割据纷争、外敌侵略中解救出来的必然要求的一体化思想形成对立和矛盾。新文化宣讲人决绝的反传统态度，不仅造成了社会思想层面上的分裂，也引发了新文化宣讲者自身的内在紧张，加之社会改造的艰难险阻，都加剧了民国人思想上的痛苦。一位西方学者观察说："猝然的政权更迭和紧张的时代步伐使得民国时期的改革者们成为清醒的、但又常常是沮丧的实验者……尽管西方的模式主宰着他们的思想，然而运用起来却遇到重重困难，又有民国时期政治上无政府状态所造成的困难。"[①] 民国虽然短暂，却是异常复杂。表现在文化领域，主要是新旧文化的纠葛，尤其是五四文学革命对白话文地位的抬升，使此前新旧文化问题进一步复杂化。此前的新旧文化问题，基本不包含语言工具问题，晚清的白话报运动，对发起者而言，只是抱着一腔热血来开启民智，并不具有本质的意义，当时的新旧文化之争还是共用文言工具的内容之争，严复等人传播西方政治、法治思想等新文化内容，完全是用典雅的文言来进行，以争取上层文化人思想转变为目

---

① ［美］夏绿蒂·弗思：《丁文江——科学与中国新文化》，丁子霖等译，湖南科学技术出版社1987年版，第1页。

的，完全不同于1917年文学革命后的情形。白话文这一语言工具的加入，使新旧文化的问题更为复杂，最大的偏颇在于把新旧文化之争简单化为语言工具之争，而偏离了问题本身。再者，白话文一再成为社会动员工具，标语口号化倾向突出，使一批国学深湛的精英学者抵触情绪严重，依然保持传统的语体习惯不愿改变。这些都加剧了新旧文化问题的复杂化。

其实，无论社会思想发生何等变化，短期看来，历史文化的延续性依旧是主要的，对于这一点，由于长期以来"革命"话语的主导地位，真正认识到的人并不多，研究也远不够充分。民国时期的中国还是农业为主的经济形态，占国土面积95%以上的面积还是"日出而作，日入而息"的小农天地，天翻地覆的思想风雷虽然在大城市上空涌动震响，并不能广泛影响到中小城市，更遑论广漠辽阔的内陆乡土了。新文学研究中广泛呈现的空疏状况，限制了研究的成就，其中的表现之一，就是在新文学研究中盲目地排斥相关旧文学内容。在研究态度上缺乏中立，在研究方法上理论预设状况严重。对于旧文学（主要是旧体诗词）的爱好和延承在民国时期构成一个巨大的文学场，这是一个无法抹杀的文学事实，但新文学史的叙述大多阉割了这方面的内容。虽然胡适在1922年，就单方面宣布了白话文的胜利，其实这个胜利也只是趋势上的胜利，并不是社会生活中角角落落里都完成了的胜利，事隔七八十年之后，邓云乡先生谈及民国时，还将其命名为"文言时代"，理由是：

第一、公私文书及报纸当时还都是文言行文。第二、考中学、大学，大多还是用文言文，小学教作文，首先教的是文言文。"七七"事变以前，南方交大、东南大学和圣约翰、东吴等著名教会大学，入学考试都是文言文，白话文卷子是不看的。第三、大部分人文学科学术著述，大多都是用文言文写的，如一九三七年商务版《中国文化史丛书》，只四十种，大多用文言文写成。第四、正式的碑文、寿文、序、跋等也都是文言文写的……第五、这些白话文大师从小都是熟读四书、五经，写文言文——但也往往是有意为文时，才写纯粹的白话。而随便写什么时，比如记日记、写信，也还多是用随便的文言文，看诸前辈日记、书信集便可知……①

以上理由不能说不充分，因此，我们有必要离开"革命"的宏大话语，真正探入民国的日常生活来考察文学表现和状况。民国时期有大量的旧体诗词的雅集与结社活动，重要的诗人集中在几个核心大城市里，主要是京、津、沪、宁，尤其是上海及周边地区是传统文化精英人物最为集中的地域，这是与上海城市化程度最高，能提供最为便捷和优越的生活条件相关。以南京为例，由于其首府的地位，无形中更多政治文化所赋予的保守色彩。② 南京政治文化与传统文化之间有着种种微妙的共谋关系，由于传统文化的强大，加之国民政府精英政治的性质，吸纳了不少学界精英参政，这里面就包含了传统文化的精英人物，因此在文化指向上呈现中庸保守的取向，就是说南京旧体诗词创作与唱和并没有来自政权的压力，由于地处首府，新文化激进锋芒反而是受到压抑和打击的，这样传统文学受到新文学的冲击并不严重，南京的传统文学传播基本处于自由状态。

一　关于雅集

文人间的雅集起源很早。根据《四库全书》电子版全文检索结果，发现"雅集"一词最早频繁出现文人诗文之中的，皆在北宋以后。在《文选》卷五十六《石阙铭》中虽然有"开集雅之馆，而款关之学如市"，与"雅集"意义相通而词序颠倒，而且不是一个结构稳定的常用词汇。之所以如此，王标认为："中国传统知识分子从士阶层的崛起到文人集团的形成和群体意识的张扬，宋代是一个重要的

---

① 邓云乡：《云乡话书》，河北教育出版社2004年版，第360—361页。
② 高华先生在课堂上论述过这一问题，大凡在野的革命政党，一般都鼓吹先锋艺术与文化革命，一旦成为当政的政党就立即退回到传统，抵制甚至仇视先锋艺术与文化革命，因其对政权的稳定不利。这正与国民党对左翼文化的压制情形相符。

转折点。"① 他用社会学理论把"雅集"理解为一种仪式化的行为——"文人雅集活动撇开它的文学性机能不说,但从它的社会性机能来看,它确实也起到了强化集团统合和一体化的作用"。② 他把雅集大致分为两类,一是娱乐型雅集,二是仪式化雅集。这个划分基本是合理的,值得指出的是,雅集的娱乐性是基本功能,其仪式化的成分往往在大型雅集里表现才较为突出。在民国场域,文人雅集的传统依然延续,仪式化特征明显的大型雅集也时有发生。由于新文学的突飞猛进,旧体文学渐渐在公共文学空间里成为弱势的文类,这种状况反过来也刺激了旧体诗词在小团体空间里的繁荣。这里需要加以说明的是,前人的雅集并不一定以诗词曲吟咏为内容,而是一种文人间聚会的通称,下面摘录一则日记为证:

> （1898 年阴历 11 月 13 日）于忘山庐中设长案,置饼果花橘,如西餐式,待雅集诸同志。晴,至者七人,为经甫、鹤笙、稷朦、仲逊、仲宣、燕生、志三,暨余与坚仲共九人,茗谭,抵暮各散,是为重立雅集第一期。③

这则日记描述了雅集情形,并没有谈到作诗作词,可见雅集就是志同道合的朋友一块进行娱乐性的活动,并不一定要写诗词。这种雅集形式,类似于清代的"文宴",邓云乡说:"清代京官,常有饮馔聚会,这种聚会因参加者多是文化较高,甚或学有专长的人,或辞章,或金石,或考据……种种不一,都是文化气氛极浓,因而号为'文宴'。外放的官,到了地方上,尤其府县官,便很少有讨论学问的朋友。这样给京中朋友写信,便常常回忆京中友朋'文宴之乐'。"④ 民国时期,这种

---

① 王标:《城市知识分子的社会形态:袁枚及其交游网络的研究》,上海三联书店 2008 年版,第 202 页。
② 同上书,第 207 页。
③ 孙宝瑄:《忘山庐日记》（上）,上海古籍出版社 1983 年版,第 282 页。
④ 邓云乡:《云乡话书》,河北教育出版社 2004 年版,第 210 页。

以茗谈为主的雅集也是很多的，只不过留心的研究者不多，如1922年5月，杨树达、程笃原、吴检斋、洪泽丞、孙蜀臣等人在北京成立的思误社（后改为思辨社）也是以倾谈为主的结社，后来又有邵次公、朱少滨、尹石公、陈援庵、高阆仙、陈匪石、徐森玉等加入。① 需要说明的是，本章主要讨论的是以旧体诗词创作为内容的雅集和结社活动。

二　旧体诗词的魅力

旧体诗词的咏唱传统深厚，到晚清民国，这一传统依然延续着。旧体诗词、联语的精致与魅力，以及相关的传奇故事，在前人的日记及札记里有大量记录，置放于床头案牍，依然是民国人的精神食粮。下面从前人日记里摘录几条：

> 晨起与寄公闲话，寄公诵其友也颠和尚绝句，甚有致，为录于此，亦无使其无闻焉。诗云："我昔山中居，结屋云深处。喜得脚跟牢，不共云来去。"②

> 昔有无名氏女子，颇擅才誉，工诗词，偶行桥上，为绝对云：人立小桥，形影不随流水去。苦思不能属对，以是病死。后每夜桥上辄闻人朗诵此语。未及，有学使舟过，夜泊其地，闻之，询于舟子，悉其故，乃晤为鬼。因为对云：客宿孤艇，梦魂曾自故乡来。自此其声遂绝。此语传之久矣。余亦曾戏为对云：客穿曲径，屐声如逐落花来。已而，嫌其上联形影二字似太凄冷，近鬼语，为改孤影，云：人立小桥，孤影不随流水去。余下复为对云：鸟来闲院，低声疑为落花啼。亦佳联也。③

> 忆前年由杭至苏，偶游留园，顾见其偏一堂上横额书曰：振衣千仞冈，濯足万里流，大丈夫不可无此志趣。月到天心处，风来水

---

① 杨树达：《积微翁回忆录；积微居诗文钞》，上海古籍出版社2006年版，第16页。
② 周星誉：《鸥堂日记·卷一》，见周星誉、周星诒著，刘蔷整理《鸥堂日记·窥横日记》，河北教育出版社2000年版，第3页。
③ 孙宝瑄：《忘山庐日记》（上），上海古籍出版社1983年版，第16—17页。

面时，大丈夫不可无此胸襟。海阔从鱼跃，天空任鸟飞，大丈夫不可无此度量。珠藏川自媚，玉韫山含辉，大丈夫不可无此蕴藉。此殆见《格言联璧》及《呻吟语》等书中，余甚爱之，谓丈夫生世间，果能尽得此数语，亦极人生之乐趣焉。①

磨砺以需，问天下头颅几许？及锋而试，看老夫手段何如？咏剃头联也。连床醉倒非因酒，满屋生香不是花。鸦片烟联也。又有医生善属对，然不离医书中语，如：避暑最宜深竹院，对伤寒须用小柴胡。丹桂香飘遍满三千界，对梧桐子大每服二十丸。②

前闻花农言：某地一小村落，有板屋数椽，设坐买茶且鬻酒焉。门外悬一联极佳，句云：为名忙，为利忙，忙里偷闲吃杯茶去；劳心苦，劳力苦，苦中作乐拿壶酒来。③

从以上引用可见文字技巧的表达和应用，完全融入柴米油盐的日常生活中去了，成为日常化生活诗意的描绘和表达，构成生活意义的一部分。尤其是那些对于日常生活描述的联语对句，带有人情的温暖和职业的特别印迹，更为可亲，这真可谓是一个"泛文"的社会，文情渗透了每个角落，处处熏染着人文的氤氲气息。

民国时期，与精致的联对相关的记录也是大量的，散见于报刊和日记里，传诵于人口，古典文学的雅致情韵不绝如缕，下面引述四则：

其一：

客岁往湖北羊楼洞调查，该地有义兴茶庄，大门前书缠绵不断之对联。现（疑为"观"，笔者注）之颇觉有趣，兹录之以供阅者一笑。

看人情多少，真来多少，从古到今，都是一样。厚者厚，薄者

---

① 孙宝瑄：《忘山庐日记》（上），上海古籍出版社1983年版，第24页。
② 同上书，第589页。
③ 孙宝瑄：《忘山庐日记》（下），上海古籍出版社1983年版，第1180页。

薄，不管是谁，到后来是长是短，好歹各有榜样；很可以退一步，能享几多安闲，实在是好；当平是福，来学圣贤恭宽信敏惠，倒是不差。

关此事治乱，时有治乱，返今复古，概无二致。兴的兴，亡的亡，无论那家，准归是有凶有吉，善恶都无错差；倒不如忍几番，试看多少纷争，真个无味；以和为贵，去习先师温良让俭恭，却也无妨。①

其二：

诗钟眼字须无痕迹，方称作手。前人有集句者，尤费苦心。曩时榕城有以女、花二子为燕颔格者。其一人云：青女素娥俱耐冷，名花倾国两相欢。众以为工。复一人云：商女不知亡国恨，落花犹似坠楼人。众更以为巧。已而一人云：神女生涯原是梦，落花时节又逢君。众皆搁笔。此两句原属名句，深思缥缈，情意缠绵，以之自作，犹无此语，乃出于集句，且系嵌字，真是天衣无缝，巧逾织女矣。②

其三：

早为徐悲鸿妻蒋碧微书册页两幅，昨席间所求也。因记席间谈对联二，颇堪发噱。为录于此。

易君左闲话扬州，惹起扬州闲话，易君左矣；

林子超主席国府，联任国府主席，林子超然。

余谓易君如姓叶更佳，因对林字尤工也。其二云。③

其四：

往者杨杏佛亦喜为打油诗，如在南京中央研究会开会时得一律云："龙行虎步上楼房，雀噪鸦鸣入议场。儿女成行谈节育，望梅止渴闹分赃。皱眉都叹先生胖，掉舌难当博士刚。最是天文台上

---

① 王文湛：《一付缠绵不断的对联》，《金陵大学校刊》民国二十四年四月二十九日。
② 棠：《余墨》，《台湾诗荟》第二号（大正十三年三月）。摘录自陈支平主编《台湾文献汇刊》（第四辑第十五册），厦门大学出版社、九州出版社2004年版，第226页。
③ 吴梅：《吴梅全集·日记卷》（下），河北教育出版社2002年版，第854页。

雨，鸡林个个落泥汤。"先生胖谓傅孟真，博士刚谓胡刚复也。杏佛又挽徐志摩坠机而殒云："红妆齐下泪，青鬓早成名，最怜落拓奇才，遗爱虫吟双不朽；上小别似今朝，高谈犹昨日，共吊飘零词客，天荒地老独无还。下"胡刚复每与人谈，则剌剌不休，而赶汽车每迟误时刻，杏佛以诗嘲之云："一说二三句，拖谈四五时。乘车六七秒，八九十回迟。"此诗系套用"一去二三里"四句之调，而语意尤隽妙。①

对句联诗，是文化身份的象征，同时也是一种智力游戏，在不少人那里，常常表现为纯粹的逸乐价值。逸乐作为价值，李孝悌曾为之正名，他说："要为逸乐这个软性、轻浮的，具有负面道德意涵的观念在学术史上争取一席之地……在主流之外，如何发掘出非主流、暗流、潜流、逆流乃至重建更多的主流论述，也是我们必须面对的课题。"② 超越于逸乐价值之上，以超功利的美学眼光来看，旧体诗词联对所体现出来的高超精妙的语言技巧，所内蕴的审美价值之深醇独特，带给人美妙的审美享受，也不能不让人惊叹不已。连雅棠分析杜甫和李商隐的诗时说："少陵之星垂平野阔，月涌大江流。平野之阔，大江之流，人能想到，而用'垂'字、'涌'字，则非初学所能。又如玉溪之庄生晓梦迷蝴蝶，望帝春心托杜鹃。蝴蝶之梦，杜鹃之心，人能想到，而用字梦晓（疑此处排版有误，笔者注），心字用春，又下'迷'、'托'二字，以见晓梦之迷，春心之托，则蝴蝶、杜鹃非空语矣。"③

民国时期，有不少痴迷对句联诗的人。吴梅日记里有如下记录：

邹树文至，苦邀联句，遂拈尧峰集诗题，得花下招客成二十

---

① 金毓黻：《静晤室日记》（第六册），辽沈书社1993年版，第4698页。
② 李孝悌：《序——明清文化研究的一些新课题》，李孝悌编《中国的城市生活》，新星出版社2006年版，第8页。
③ 棠：《余墨》，《台湾诗荟》第二号（大正十三年三月）。摘录自陈支平主编《台湾文献汇刊》（第四辑第十五册），厦门大学出版社、九州出版社2004年版，第226页。

韵，录下。

　　只怕春芳歇，王孙可少留。为君招近局，（树文）相约醉高楼。布席莺窥客，（瞿安）巢梁燕觅俦。同昏悲八表，（树）雅集许千秋。投辖拼轰饮，（瞿）衔杯忆旧游。花开年又换，（树）酒赌令初周。入眼纷红紫，（瞿）吾见任拍浮。南窗延旭日，（树）午鸟试轻喉。列座皆尊宿，（瞿）新盘进庶羞。无能容借箸，（树）射覆每藏阄。独有墙东土，（瞿）偏怀冀北忧。金堂嫌不免，（树）玉斧倩谁修。儿戏燕云割，（瞿）郎潜岁月遒。白头卿莫笑，（树）青盖势将侔。上蔡重牵犬，（瞿）彭城几沐猴。何时见明月，（树）一旦破金瓯。好趁斜阳在，（瞿）还期壮志酬。壶觞消块垒，（树）圭荜傲王侯。失计乘轩鹤，（瞿）忘机狎海鸥。晚来人酩酊，（树）芳意动河洲。（瞿）①

　　以上邹树文"苦邀"吴梅联句的例子，真可谓是有"诗瘾"的。二十天后，两人又在青溪小姑祠再次联句，得二十韵。② 这种对诗艺的痴迷，也是达成艺术超越的阶梯，古人"吟妥一个字，捻断数根须"的流风遗韵，在晚清民国也不乏其例，1908 年阴历八月十四日，孙宝瑄在日记中记道："余前得雨洗碧天高，无以属对，艰苦思索，殆一月馀矣。是日无意得之，曰：风来黄叶下。二我极赞，以为句若绝不费力，何以成之若是之难。"③ 与苦吟习尚相伴随的，是品评诗人和诗作的得失，所谓文章千古事，得失寸心知，吴梅曾在日记里记道："晚间为陈石遗招饮……又见太炎寿联云：'仲弓道广扶衰汉；伯玉诗清启盛唐。'暗隐姓氏，微嫌纤仄，且又可赠散原。吾知此老，亦才尽矣。"④

---

① 吴梅：《吴梅全集·日记卷》（上），河北教育出版社 2002 年版，第 264 页。
② 同上书，第 270 页。
③ 孙宝瑄：《忘山庐日记》（下），上海古籍出版社 1983 年版，第 1239 页。
④ 吴梅：《吴梅全集·日记卷》（下），河北教育出版社 2002 年版，第 561 页。

三　新旧文学的纠葛

新文学和新文化的蓬勃发展日渐成为一种强制性的潮流，夹裹之下，使正值求学期的青年子弟欣然从风。新文学风气所至，形成了一股社会潮流，使一批青年改弦易辙，报道了时代文学变更和改换的春信。钟敬文先生回忆说：

> 到了高小时，老师又增加了经史典籍方面的功课，如读《左传》《纲鉴发凡》等，让学生懂得了一些知古鉴今的道理。除此而外，虽然不是开课，但在老师和高年级的同学中，还兴起一股风气，就是作旧诗，我也被卷了进去，并且很感兴趣。
> ……
> 我接触新文学运动是在 1921 年前后，即五四运动爆发后的一两年。当时国内各地的报刊大都改成了白话文，所刊载的作品也大都是白话创作。使用文言的或半文半白文体的报刊，虽然尚未绝迹，但到底不是主流了。这些刊物影响了我，使我抛弃了读古文、作旧诗的习惯，开始改而从事新文艺的创作。[①]

时代风气所向，具有一种强制的性质，而要从过去习惯势力中走出来是要发生情感上的很大苦痛的，这从当事人的回忆中可以探知一二：

> ……大家都知道，这运动是对于传统的文化、伦理、政治、文学各方面的全面攻击。它的鼎盛期正当我在香港读书的年代。那时我是处在怎样一个局面呢？我是旧式教育培养起来的，脑里被旧式教育所灌输的那些固定观念，全是新文化运动的攻击目标。好比一个商人，库里藏着多年辛苦积蓄起来的一大堆钞票，方自以为富足，

---

① 钟敬文：《我生命中的五四》，见《沧海潮音》，黑龙江人民出版社 2002 年版，第 98—99 页。原载《人民日报》1999 年 5 月 3 日第 4 版。

一夜睡过来，满市人都宣传那些钞票全不能兑现一文不值。你想我心服不心服？尤其是文言文要改成白话文一点于我更有切肤之痛。当时许多遗老遗少都和我处在同样的境遇。他们咒骂过，我也跟着咒骂过。《新青年》发表的吴敬斋的那封信虽不是我写的（原注：天知道谁写的，我祝福它的在天之灵！），却大致能表现当时我的感想和情绪。但是我那时正开始研究西方学问，一点浅薄的科学训练使我看出新文化运动是必须的，经过一番剧烈的内心冲突，我终于受了它的洗礼。我放弃了古文，开始做白话文，最初好比放小脚，裹布虽扯开，走起路来终有些不自在；后来小脚逐渐变成天足，用小脚走路，改用天足特别显得轻快，发现从前小脚走路的训练功夫，也并不算完全白费。①

很多新文学的研究者，是以断裂的观点来看待新旧文学的，吉川幸次郎就认为"中国文学呈现出与以往文学剧烈断绝的样式"②。这个观点在今天看来，无疑值得进一步追问。新旧文学之间是泾渭分明、判若两样的吗？已经有学者对此有质疑，如胡晓真说："对后来的文学史家而言，如何界定旧派文学与新文学，标准其实是很暧昧的。作家的背景是不是留学生，使用的文体是不是白话文，拥护的立场是不是自由民主与革命，作品发表在1921年之前还是之后的《小说月报》等条件，真的可以决定作家及作品的新或旧吗？"③ 对一个在一种文化里熏染已久的人来说，改变谈何容易。虽然在口头上或理智上会承认新文学的必需和必要，但在潜意识里，在情感世界里，古典文化和文学的影响是祛除不掉。钟敬文说："我幼年即学作旧诗。稍后因新文化运动兴起，此事被认为迷恋骸骨，遂弃去改作新诗。然旧习难忘，诗境当前，时亦偶

---

① 朱光潜：《从我怎样学国文说起》，《朱光潜全集》（第3卷），安徽教育出版社1987年版，第444—445页。
② [日]吉川幸次郎：《我的留学记》，钱婉约译，光明日报出版社1999年版，第216页。
③ 胡晓真：《新理想、旧体例与不可思议之社会——清末民初上海文人的弹词创作初探》，李孝悌编《中国的城市生活》，新星出版社2006年版，第256页。

一为之。"① 臧克家也表示：我是一个两面派，新诗旧诗我都爱；旧诗不厌百回读，新诗洪流声澎湃。②

仔细考察五四文学革命之后的一批新文学家，我们会发现，古典文化及文学作为他们思想深处的背景其实依然是相当深厚的。以一些著名新文学作家的全集为例，《郁达夫全集·诗词》收录了郁达夫数百首旧体诗词，只有八首新诗和歌词（《最后的慰安也被夺去》《〈蔦萝集〉献纳之辞》《〈寒灰集〉题辞》《金刚音乐团团歌》《义安女校校歌》《树人学校校歌》《培群学校校歌》《民众义校校歌》）和一首德文诗。③《老舍全集：曲艺·诗》中，该卷共有新诗72题，旧体诗共123题，远远多于新体诗〔《老舍全集：曲艺　诗》（第十三卷），人民文学出版社1999年版〕。④ 在《老舍全集：日记·佚文》（第19卷）中，还附有大量的旧体赠答、纪事诗。《田汉全集》收录了田汉1919—1946年创作的旧体诗词、新诗、歌词共468首，其中约一半都是旧体诗词。⑤《茅盾全集》，收录了茅盾写于1940—1980年11月的各类旧体诗词共145首（诗123首，词22首），其中多数为1949年后的创作。⑥

有些新文学作家，在旧体诗词方面是得到旧派文人承认的，只不过新文学的名声遮蔽了其旧体诗词创作上的成就。宗白华在现代文学史上以"小诗"闻名，和冰心的诗作一块体现了新文学中新诗创作的实绩。宗白华也是写旧体诗的，而且写得很好，他的《律诗四首》在1944年8月的《中国文学》第1卷第3期发表时，汪辟疆在诗后面写有如下题记："白华以《流云》蜚声艺坛，世多知之。然其律诗之工，世人不能尽知也。曩同居金陵珍珠桥时，望衡对宇，过从最密。一日写示出四律，皆往年游上虞东山寺所作，余叹赏不置，当即题一诗于纸尾。此稿

---

① 钟敬文：《〈天风海涛室诗词钞〉跋语》，见《沧海潮音》，黑龙江人民出版社2002年版，第157页。
② 臧克家：《新诗旧诗我都爱》，初刊《文艺报》1962年第5、6期两期合刊。
③ 吴秀明主编：《郁达夫全集·诗词》（第七卷），浙江大学出版社2007年版。
④ 《老舍全集：曲艺　诗》（第十三卷），人民文学出版社1999年版。
⑤ 《田汉全集》（第11卷），花山文艺出版社2000年版。
⑥ 《茅盾全集·补遗》，人民文学出版社2006年版。

久已忘之矣。今日检讨行箧，忽得此纸，即录之以实本刊。东坡诗云：'春江有佳句，我醉堕渺莽。'诗为白华诵之。"① 另一个著名的例子是俞平伯。20世纪80年代，孙玉蓉先生要为俞平伯辑录其旧诗词，定名为《俞平伯旧体诗钞》，俞平伯在《自记》中说："自'五四'以来，提倡新诗，余或偶做旧体，聊以自娱，刊布者稀。……节编自一九一六至一九五九，共前并计得一百九十二首，殆所谓'存什一于千百'者。"② 他曾在1936年编印过《古槐书屋词》，由叶遐庵作序，1948年3月北平彩华印刷局出版了他的五言长诗《遥夜闺思引》。

　　新旧文学纠葛的状况，是民国文学史最为真实的一幕。胡适的《淮南鸿烈集解序》，鲁迅的《河南卢氏曹先生教泽碑文》，周作人的"先母事略"，刘半农《浑如篇题记》《校点香奁集后记》等，都是古文的，而且都是写于五四文学革命之后的。邓云乡先生说："钱玄同、胡适、鲁迅、周作人、刘半农等位五四运动提倡白话文的健将、大师，在五四运动之后，二三十年代之间，甚至直到四五十年代时，偶然根据需要，或为了方便，随手写篇文言文，甚至骈文，这是很普通的事。"③

　　新旧文学的纠葛还表现在新旧文学家之间的关系上。新旧文化的代表人物在思想领域的斗争当然影响到观念上的认同，从某些特例看大有水火不容之慨。但返回到日常交往和生活，新旧之间的分界就模糊和暧昧了。比如从胡适与梁启超的交游来看。1918年，胡适给梁启超的第一封信完全按照梁的行文习惯来写的，这封信行文完全不脱古白话口吻，文言气味很浓，可知在交往中，胡适等新文化人并不完全以文学革命所倡导的白话文为交游的书面用语的。文学革命之务求普及下层智识的目的，与其倡导者个人迎合上层文人的文笔趣味是并行不悖，而非截然分开的，以此可知历史真实的复杂性。金毓黻曾说："廿载以往，北都学者主以俗语易雅言，且以为治学之邮，风靡云涌，全国景从。而南

---

① 宗白华：《宗白华全集》（第一卷），安徽教育出版社1994年版，第1页注①。
② 俞平伯：《俞平伯全集》（第一卷），花山文艺出版社1997年版，第382页。
③ 邓云乡：《云乡话书》，河北教育出版社2004年版，第360页。

都群彦则主除屏俗语,不捐雅言,著论阐明,比于诤友,于是有《学衡》杂志之刊行。考是时与其役者多为本校史学科学系之诸师,吾无以名之,谓为史学之南派,以与北派之史学桴鼓相闻,亦可谓极一时之盛矣。今校长罗君治西史有声,曾为北派学者之健将,嗣则来长吾校,将满十年。向日以为分道扬镳不可合为一轨者,今则共聚一堂,以收风雨商量之雅。"①

---

① 金毓黻:《静晤室日记》(第六册),辽沈书社1993年版,第4629页。

第十一章　民国时期安徽概况与旧体诗词活动

民国时期，安徽和其他各省份一样，百废待兴，面临除旧布新的困难和机遇。文化上的新旧之争，价值观上的分歧纠结，使国人心灵深处充满焦灼与困惑，但无论如何各项新兴事业都在推进之中。参阅安庆市1928年刊登在《市政月刊》第一期的《安庆市暂行条例》可知：公安局负责管理警察行政，编练消防队，取消不规范营业。工务局规划新市街道，建设及修理道路桥梁弯沟水道，经理公园并计划各种公共建筑，等等。卫生局负责清除市街垃圾，管理公立市场、屠场、浴场及取缔酒楼妓馆肩挑食物小贩戏院厕所，监督私立医院，等等。公用局职责如下：关于现有商办公用事业之收回及其管理，经管监督电话、电力、电车、自来水、煤气及其他公用事务，取缔自动车、马车、人力车、肩舆及市内小轮民船码头，等等。教育局：管理市内市立及私立各学校及感化院，取缔各种戏院及公共娱乐场，经营市立慈善事业并监督各慈善机构，管理市立阅报室、图书馆、讲演所，等等。如上所示，各项事业都在有条不紊地进展中。王德威说"没有晚清，何来五四"，讨论民国安徽同样需要简述一下安徽历史，才能更好解释民国时期的安徽。

一　安徽省名由来及地理状貌

查阅辞典，综合各种说法，以安徽省政协文史资料委员会编撰的

《安徽近现代史辞典》①为底本，描述如下：

在清初，安徽各州县均隶属江南省，康熙六年，即1667年，改江南省左布政使为安徽布政使，安徽省始正式成立。"安徽"这一名称，是取安庆和徽州两府的首字"安"和"徽"组成。清代以至民国，安庆得长江水运便利，是全省的政治文化中心，徽州则商业发达，徽商遍及全国，为皖南重镇，所以分别取其首字合为省名。安徽省简称为"皖"，也是有其现实根据和历史渊源的。皖，在《集韵》中解释为"明貌"，有美好、明媚的意思。从历史渊源上看，春秋时期，曾建立过皖国，有所谓皖山、皖水。皖山，即今天的天柱山，汉武帝曾有登临，并册封为南岳；皖水，源出岳西天堂山，在潜山境内与潜水并流入江。

安徽地处华东，北连山东，东边与江浙接壤，西南与江西毗连，西部与河南、湖北交接。东距大海160—600公里，总面积约13.96万平方公里。春秋时期，安徽地处吴、楚两国边缘位置，有"吴头楚尾"之称，在历史上是许多军事纷争之地。从地理地貌上看，安徽大致有五种地貌区：1. 淮北平原区；2. 江淮丘陵区；3. 皖西山区；4. 沿江平原区；5. 皖南山区。既有广袤的平原，起伏的丘陵，也有葱茏的山陵，密布的河湖港汊，为农林牧副渔全面发展和多种经营提供了可能性。安徽境内的山脉主要有三条：1. 大别山脉；2. 黄山山脉；3. 天目山。大别山脉连绵200多公里，是长江、淮河分水岭；黄山山脉蜿蜒160公里，是长江、新安江两大水系分水岭；天目山大致沿着安徽、浙江边界延伸200多公里。安徽境内的水系丰富，主要有三大水系：1. 淮河水系；2. 长江水系；3. 新安江水系。除三大水系外，还有三十多个湖泊，较大的有巢湖、龙感湖、武昌湖、瓦埠湖、女山湖等。

二　安徽近现代人口

根据历史记载，清朝乾隆年间全省人口大约为2157万人，到嘉庆、

---

① 陈德辉主编：《安徽近现代史辞典》，中国文史出版社1990年版。

道光年间人口已增长至 3659 万人。到了晚清咸丰、同治时期,太平军和捻军相继而起,反抗与镇压,屠杀与流亡,加之瘟疫的侵扰,人口大量减损,至宣统三年,即 1911 年,人口只有大约 1407 万,相较道光年间的人口,减少了 2252 万。1912 年民国建立之后,人口开始有所恢复,1949 年新中国成立,全省人口大约 2786 万,略高于道光年间的人口数。

若想更为具体了解民国时期安徽人口总数、男女比例以及户均人口数,可参考著名人口学者侯杨方的著作《中国人口史》①中列举的数据(见表 11-1)。

表 11-1　　　　　　　　民国时期安徽人口

年份	地区	户	男	女	人口	户均口数	性别比
1916	安徽省	3424840	11247315	9270181	20517496	5.99	121.33
1928	安徽省	3830315	12211581	9503815	21715396	5.67	128.49
1931	安徽省	3789348	12125716	9474475	21600187	5.70	127.98
1936	安徽省	3541155			23265368	6.57	
	婺源县	36669			195730	5.34	
	英山县	28783			217842	7.57	
	合计	3606607			23678940	6.57	
1946	安徽省	3428149	11577014	10265025	21842039	6.37	112.78
	婺源县	30933	72717	70709	143426	4.64	102.84
	英山县	29615	113548	100899	214447	7.57	112.54
	合计	3488697	11763279	10436633	22199912	6.36	112.71
1947	安徽省	3412482	11501405	10203851	21705256	6.36	112.78
	婺源县	30828	72049	70040	142089	4.61	102.87
	英山县	29421	114966	101388	216354	7.35	113.39
	合计	3472731	11688420	10375279	22063699	6.35	112.66
1948	安徽省	3595732	11869001	10593216	22462217	6.25	112.04
	英山县	29454	110940	105405	216345	7.35	105.25
	合计	3625186	11979941	10698621	22678562	6.26	111.98

---

① 葛剑雄主编,侯杨方著:《中国人口史》(第六卷),复旦大学出版社 2005 年版,第 165 页。

尽管人口统计是一项复杂、系统的工程，无论清代的人口统计数据还是民国时期的人口统计数据，虽都不能做到精确（虽然有政府或民间组织推动的人口普查，鉴于人口普查工作者的敬业精神差异，或客观情况的错综复杂，有些数据还是源于推测），无疑可以大致反映当时的人口状况。

从民族构成上看，安徽是多民族聚居的地区。以1982年人口普查的统计数据看，全省共有37个民族，总人口为4940万，其中汉族构成了安徽人口的主体，占到总人口的99.47%。少数民族总数为26万多人，回族25.4万人，满族2813人，畲族1112人，壮族1104人，苗族641人，布依族618人，其他少数民族共1692人。[①]

三　安徽近现代以来的文教

从清代至民国时期，安徽在文教事业上一直不弱，从全国范围的省级行政区划来看一直处于中上位置。相比较江浙沿海开埠较早的地区有明显差距，而相较更为内陆的省份又有优势。下面结合近现代以来的旧体诗词总集，以列表对比的方式直观地考察一下皖籍诗人在数量上所占比重。

首先，以叶恭绰1930年在广东国立暨南大学所做的国学讲演中，为学生们开列了一份《清代词人产地表》，除了不明籍贯的600多人，叶恭绰列举了4237位词人的籍贯分布（见表11-2）。

表11-2　　　　　　　　清代词人产地[②]

地区	人数	地区	人数	地区	人数	地区	人数
江苏	2009	满洲	58	山西	26	蒙古	3
浙江	1248	直隶	58	云南	18	绥远	0
安徽	200	山东	53	广西	18	察哈尔	0

---

① 陈德辉主编：《安徽近现代史辞典》，中国文史出版社1990年版，第442页。
② 花宏艳：《晚清女诗人地域分布的近代化》，《海南大学学报》（人文社会科学版）2010年第2期。

续表

地区	人数	地区	人数	地区	人数	地区	人数
广东	159	四川	34	陕西	13	吉林	0
福建	87	河南	34	奉天	11	黑龙江	0
江西	71	贵州	32	顺天	10	新疆	0
湖南	60	湖北	32	甘肃	3		

从表 11-2 中看，安徽籍词人数位列第三，共 200 位，占全部人数 4.7% 多，远远少于江苏和浙江，但高于广东和福建。

随着时代的发展，越接近沿海，运输越便捷，教育越发达，诗人词人所占比重越大，这是历史潮流使然，非人力所能强制。胡文楷《历代妇女著作考·附编》收录了近代女诗人 168 位，除去籍贯不详的 25 人不算，则其空间分布（见表 11-3）。

表 11-3　　　　　近代女诗人空间分布状况（共 145 名）

籍贯	人数	占诗人总数百分比/%	排名	籍贯	人数	占诗人总数百分比/%	排名
江苏	44	30.3	1	江西	5	3.4	7
浙江	28	19.3	2	广西	4	2.8	8
安徽	15	10.3	3	山西	3	2.1	9
福建	12	8.3	4	山东	2	1.4	10
湖南	10	6.9	5	河北	1	0.7	11
广东	9	6.2	6	陕西	1	0.7	11
湖北	5	3.4	7	天津	1	0.7	11
四川	5	3.4	7				

从表 11-3 中看，安徽女诗人共 15 位，占人数的 10.3%，排名第三，虽远远低于江浙，却较其他省份为多，说明安徽在近代文化上还保持前列的地位。

晚清以降，革命思想在各地传播，湖广之地为兴盛革命思想的区域，在革命思想鼓动下，革命诗词昌盛，革命思潮传播的区域性差异，也影响到诗人的地域分布和占比。以南社为例，女诗人的空间分布（见表 11-4）。

表 11-4　　　　　南社女诗人空间分布状况（共 62 名）

籍贯	人数	占总人数百分比/%	排名
江苏	22	35.5	1
浙江	12	19.4	2
广东	12	19.4	2
湖南	10	16.1	3
安徽	2	3.2	4
四川	2	3.2	4
福建	2	3.2	4

资料来源：柳亚子的《南社纪略》和《柳亚子文集》（上海人民出版社 1985 年版）。

不仅在南社女诗人的地域分布中安徽籍诗人的比重降低，落在广东、湖南之后，在严迪昌《近代词钞》和叶恭绰《全清词钞》中，也存在相似情形（见表 11-5）。

表 11-5　　　　　晚清词人占籍分布比较　　　　　（单位：人）

地区	《近代词钞》	《全清词钞》
江苏	89	669
浙江	47	369
广东	12	114
湖南	10	78
安徽	5	84
福建	5	50
广西	4	20

花宏艳指出："在经济、藏书、教育、文化、启蒙思潮等多种合力的作用下，近代女诗人的分布呈现出从江浙等传统文化优势地区缓慢而平稳地向岭南等近代化程度较高的地区流动之势。"[①] 在此过程中，地处华东内陆的安徽从诗人的人数占比上渐趋落后，为湖广赶超，这是不以意志为转移的客观历史进程。不仅是民国时期，即便今天，安徽籍的

---

① 花宏艳：《晚清女诗人地域分布的近代化》，《海南大学学报》（人文社会科学版）2010 年第 2 期。

杰出学人，也多不在本省服务，而被吸引到京沪、江浙等发达地区。

　　文化传播与教育的发达与否直接关联。晚清五四以来，安徽地区的文教事业经历了一个转型发展时期，尤其是芜湖、安庆在长江沿岸，水路交通便利，得风气之先，在文教事业上有更大发展。中国在教育上的重大变迁发生在晚清戊戌变法时期，为实现富国强兵，抵御外侮，必然要在培养人才上下功夫。传统社会的那套四书五经为内容的教育模式已经培养不出适应新形势的人才，即便面临断裂的钻心阵痛，变革教育也是政治家们必须下定的决心。

　　光绪二十四年，即 1898 年，清政府下令各省改书院为学堂，省城书院改为高等学堂，各府、直隶州、厅的书院改为中等学堂，各县书院以及民间祠堂改建为初等学堂。自 1902 年起，安徽中小学堂在各地纷纷创立，到 1908 年，共设 3 所高等学堂，21 所中学堂，497 所小学堂，14 所中等师范学堂，4 所实业学堂。安徽第一个高等学堂，是 1898 年在安庆敬敷书院原址开办的求实学堂，这是安徽第一所近代高等学堂，1902 年改名为安徽高等学堂，1906 年该学堂聘请严复做监督（校长）。[①]

　　科举制度废除，学堂兴起，引进新的社会生活内容，尤其在阅读方面，由传统的四书五经向经世致用转变。在《安徽俗话报》第十四期的"调查"栏，有如下调查报告："庐州一府，管的是四县一州——合肥、庐江、舒城、巢县、无为州。据这四县一州来买书的人数比较起来，要算合肥顶多，庐州、舒城次之，巢县、无为州的人顶少。合肥是个首县，我们赶考的书店，又在合肥城里，所以就是不考的，与那些做买卖的人，都要买几部教科书，拿回家给儿子念念。买书的人，自然是要多些。庐江的人，何以比各属也要多些呢，听说是有一位姓卢的绅士，在他们县里很尽了点开通的义务，办那些开学堂、阅报社的事，所以有这点文明的效验。舒城确是难为以前那位万大爷，就是现任含山县的，开了一个斌农学校，县里读书的人，受了些暗里熏陶也就渐渐的明

[①] 陈德辉主编：《安徽近现代史辞典》，中国文史出版社 1990 年版，第 265 页。

白了。可见地方上的官和绅士，于地方上的文化，很有关系哩。无为州与巢县，没有人提倡，读书的人平时总是株守在家里，吸不著文明空气，又是深居内地，买不著甚么报章看，那里晓得有什么历史、地理、理化、生理、农工理财、政治各种切实有用的学问哩。"① 这段文字就庐州府四县一州的书市情形，说明了地方文明风气的开通。合肥是庐州首县，享有地缘的优势，各种书店很多，因此文化事业发达。而庐江和舒城则由于人缘的关系，也都比巢县和无为州风气开通，前者是一个姓卢的绅士，后者是万大爷的提倡。在同期《安徽俗话报》② 上有一个调查表，把读者的购书类型和数量进行了统计，如表11-6所示。

表11-6　　1904年庐州府（合肥）读者购书类型与数量统计

书类	历史	地理	政法	教育	教科	外国文	理财	小说	卫生	哲学	算学	杂书	总计
种数	57	26	42	27	65	19	14	17	15	22	3	38	345
销量	128	67	16	23	440	32	18	44	44	16	6	110	944

从这个统计表来看，当时在庐州府销售的书籍在构成上已经涵盖了现代社会人文领域的方方面面，尤其是"教科"一类最为突出，这和当时正在进行的废科举、推行现代教育体制是大有关系的。但总量之少也让人颇有感触，让我们发现风气开通之始的萌芽情形。

晚清以后，除了在北京设立京师大学堂，各省设高等学堂以培训高级人才，更为方便快捷的培养方式是去发达国家留学。当时的留学方式主要两种，一种是公费，一种是自费。清末派遣的留学生在甲午战争后大量进入日本，"一以全国朝野，对于日本的骤然强盛，非常欣羡。政治教育实业军事，都要仿效日本。一以日本是中国的近邻，留学费较多低廉，况且日本又时刻装着亲善的面孔，向中国要好。"据高正方的统计，"清末安徽日本的留学生，真多到了大得。就我们现在还可以查出来的，尚有七十七名。"按学习科目分类，"习法科的二十八人，习商

---

① 科学图书社社员：《庐州书市的情形》，《安徽俗话报》第十四期（甲辰年九月十五日发行），第23—24页。

② 同上书，第26页。

的十八人，习工的八人，习农的五人，习医的六人，习军的七人，习警的一人，习文科的二人，习艺术的二人，进高师的六人"①（相加之后不等于77，而是83，就是说查不出的尚有6人——笔者注）。

文化传播总是与基础设施的建设、经济利益的纠葛等物质性因素紧密相关，以往很少有人注意这些。美国学者达恩顿的经典名著《启蒙运动的生意》论述了交通、经济利益对于启蒙运动思想传播的重大意义，带给我们不少研究方法的启示。有关民国时期文化传播与基础设施建设以及背后经济利益驱动方面的研究，总体还很薄弱。笔者对新文化背后的经济利益追逐做过相关考察，但由于资料方面的原因，在基础设施建设与新文化传播方面的研究尚未涉及。民国时期即便在内忧外患的时代环境中，安徽的路政建设在条件许可的情况下也取得了一定成就。王炳南1943年撰写的《成长时期之驿运》描述说："驶运时期所办之驿运路线，仅限于少数之干线，今则不惟干线之里程增加至八六四八公里，且扩展至全国各省，计浙、皖、赣、湘、鄂、闽、粤、桂、川、贵、黔、康、陕、甘、新、青等十六省，里程达三万三千二百余公里，干支分布，水路纵横，脉络贯通，自成交通线网蔚为壮观。"并且"由于环境需要，驿运运输路线之范围，已由国内而展长至国外，例如三十一年四月间拟定举办之保山至八莫干线及腾冲至密支那之中印干线"。②公路、铁路、水路甚至空运的发生、发展以及升级换代，使文化的传播成为可能，进而更为快速便捷，对于文化传播的意义至为深远、重大。

晚清民国以来，近代出版发行业兴起，期刊报纸成为传播文化的重要途径。胡适、陈独秀鼓吹的白话新文学，没有新型出版业的支撑是不可能这么快就压倒旧文学的。安徽各地在民国时期创办了大量各种类型的期刊，成为传播新文化、宣传新思想的重要载体。除了被学者研究很多的《安徽俗话报》，安徽各地在不同时期创刊了大量报纸期刊，这些刊物基本未被学者关注过，更不用说研究过，甚至有的连名字都很陌生。

---

① 高正方：《清末安徽的新教育》（下），《学风》第二卷第十期（民国二十一年十二月）。
② 王炳南：《成长时期之驿运》，《安徽驿运》1943年第七期（民国三十二年十月十三日）。

这是一块民国时期安徽地方史研究的蛮荒之地，很值得重视。据民国二十二年十一月（1933年）出刊的《学风》统计，当时出版期刊最多的是安庆，有15种刊物。该刊在"安徽文化消息"栏，有一篇题名《本省新闻界的新进展》①的文章，列举了当时安徽各地的报刊情形如表11-7所示。

表11-7　　　　　　1933年安徽省各地报刊概览

地名	报名
安庆	《皖报》《新皖报》《民岩报》《大同报》《民报》《国事快闻》《商报》《皖江晚报》《安庆晚报》《皖国春秋》《安庆新报》《皖声》《玲珑小报》《华报》《午报》
芜湖	《芜湖导报》《皖江日报》《工商日报》《中江日报》《芜湖新报》
蚌埠	《皖北日报》《皖北时报》
合肥	《皖中日报》《民声报》
庐江	《庐江三日刊》
太和	《太和通俗日报》
阜阳	《阜阳日报》
六安	《民国日报》
来安	《来安周报》
当涂	《当涂日报》
大通	《新大通日报》
宣城	《宣城日报》
歙县	《徽州日报》
寿县	《寿光日报》
凤台	《民众周报》
临淮关	《淮声日报》
亳县	《亳民导报》
泗县	《泗县民报》
颍上	《民众周报》

四　民国时期的文言白话

民国时期，新与旧，善与恶，科学与愚昧，先进与落后，保守与激

---

① 见《学风》第三季第九期（民国二十二年十一月1933年）"安徽文化消息"栏。

进，你中有我、我中有你，混杂在一起，很难清晰地分辨，思想和行为悖逆的事几为生活常态。如胡适和鲁迅同为新文化运动的健将和领袖，在家庭婚恋问题上有大量意见发表过，无非婚姻自主、恋爱自由，反观他们自己的婚姻，无不为了孝心，不违逆母亲意愿，不愿让母亲伤心，选择了妥协。在社会思想方面，个性主义的倡导，科学、民主的提倡，很快为现实政治吞噬，传统极权的幽灵与现实困境一拍即合，以集体主义为名的思想很快以党派为扭结，成为社会主流，李泽厚曾以"救亡压倒启蒙"来解释其原因，固然精警，然而启蒙岂不是为了救亡？民国就是这样一个充满冲突和迷茫、痛苦与激情同在的时代，具体到新旧文学的纠结与交葛，我们看到新旧之间一方面似乎泾渭分明，营垒立判，似乎以"新"为名的就指向正确、正当、先进、有前途；另一方面，新与旧之间又模糊难辨，从学理层面尤难判然区分，进步与落后、保守与激进、稳健与浮躁很难分割清楚。民国时期有各种混杂的情形，以刊载文学内容的报纸副刊或期刊的"文艺"栏或"文苑"栏来看，会经常看到新旧文学的"同台演出"。很少有刊物只登载白话文不登载文言诗词，也很少有刊物只登载旧体诗词不登载白话文，况且古白话与文言文之间的界限何在，也没清晰界限，而古白话与今白话之间也不能区隔明白。文学是社会生活的反映，当社会生活处于转型期，旧事物尚未褪去、新事物已经萌芽，文学的表现必然是新旧杂糅的。即便新文化运动的倡导者和践行者，也要依托社会生活，必然为适应社会而做出取舍，绝不会为了理想的正确就冒险将自己陷入孤立的境地。1917年提出"文学革命"后，社会上一些开明人士是接受的，但整体的氛围还是古文的，主要因为社会上是以古文来评价学业，周有光先生回忆说："那时候读古书很重要，我的老师是教古文，但是提倡白话文，又不能教白话文，写文章主要写文言文，白话文写得好不算数。"[①]

文言之所以在社会上有强大势力，与传统力量密切相关，沉浸日久，自然熟能生巧。晚清五四时期，很多读书人都有过将文言译为白话

[①] 周有光口述，李怀宇撰写：《周有光百岁口述》，广西师范大学出版社2008年版，第18页。

的经历，并不是如我们现代人所预想的那样，文言写作是将白话通过凝练成为文言。姚鹏图曾写道："凡文义稍高之人，授以纯白话之书，转不如文话之易阅。鄙人近年为人捉刀，作开会演说、启蒙讲义，皆用白话体裁，下笔之难，百倍于文话。其初每倩人执笔，而口授之，久之乃能搦管自书。然总不如文话之简捷易明，往往累牍连篇，笔不及挥，不过抵文话数十字、数句之用。固自以为文人结习过深，断不可据一人之私见，以议白话之短长也。"① "无竟生"与吴士毅合译的《大彼得遗嘱》用了文言，原因是"如演成通行白话，字数当增两倍，尚恐不能尽其意，且以通行白话译传，于曲折之处俱不能显，故用简洁之文言以传之"（《大彼得遗嘱》前"译言"，光绪三十年十月二十五日《时报》）。20世纪20年代中期，刚刚开始文学活动的萧军，还是东北吉林省城兵营里的一个士兵，他回顾说："老实说，那时我正迷恋于古诗和古文，对于新体诗和语体文既不感兴趣，也有些轻视的情绪，觉得它们不够'味儿'，也看不出知识、学问来……"② 当然不是萧军一人如此，臧克家在一篇回忆文章中说："有位守旧的国文教师，反对白话文、白话诗。他说，白话诗，直口白说，我一天可以作几十首。有的同学说，请老师作首我们看看，他不假思索，立即出口成章：'鹊华桥上望望，大明湖上逛逛，掉下去湿了衣裳，拾起了晾晾。'"③

正由于民国时期还有强大的传统力量，白话文虽然从民间、从"小道"崛起成为社会交际的主导文体，但传统文言文体样式依然保持着相当的力量，从而构成文白夹杂的文体时代。我们知道民国时期安徽曾有很多报纸期刊，在文艺栏或补白的地方，经常登载诗词短篇，多数报刊都是不避文白，兼收并蓄的。安徽省教育厅编印的《新学风》在1946年创刊号上有《编者的话》指出："文艺是从多方面而发展的，各有它本身的美和价值。"从编辑的内容看，也是文白兼顾的。《新学风》

---

① 姚鹏图：《论白话小说》，光绪三十一年正月三十日《广益丛报》第六十五号。
② 萧军：《鲁迅给萧军萧红信简注释录》，金城出版社2011年版，第7页。
③ 臧克家：《新潮澎湃正青年》，《新文学史料》1980年第1期。

第一卷第三、四期合期，民国三十五年六月号（1946年），在"学生园地"栏，集中刊载了学生创作，新诗和旧体诗同时登场，旧体诗有省立池州师范学生万新明的《从军行》《流亡》《山居》《步冈村宁次原韵》《倭奴归去》《闺怨》《何日买舟归去》《故人一去无消息》。新诗有省立合肥中学初中三年级学生吴瑞英《古城之夜》、省立池州师范学校学生孙谦《江上》、亳县县立初中二年级学生丁鹏举《儿时梦痕》。

五　民国时期安徽旧体诗词活动

民国时期，安徽旧体诗词活动和全国其他地区一样，既有以雅集和结社为形式的稍显正规的活动，更有日常大量抒情言志为形式的个体写作。（其实两者分别不大，雅集与结社使个体写作具有公共交往性——限定题目、规定用韵、定期交流、互相品评等，使旧体诗词的写作既有个体性又具有公共性。同时值得注意的是，举行定期雅集和结社需要一定的物质条件，从流传下来的资料看，往往局限在中上阶层的知识精英们，这或许缘于他们有能力和手段通过出版结集或在报刊上刊发，因此得以保存，从而为后人所知。）限于资料，很多雅集和结社已不可考，至于个体的旧体诗词书写在灾难频仍的时代大量遗失，留存下来的亦是其中微小部分。从目前的研究看，旧体诗词研究比较充分的是京津沪以及南京、苏锡常地区，安徽区域民国时期旧体诗词活动研究基本在初始阶段，远没有深入，其中重要原因在于资料欠缺。

选取一个期刊为例，具体观察旧体诗词的刊载情况，可以相对避免资料不充分的弊病。下面就以笔者在复旦大学图书馆查阅的《安徽大学月刊》为底本，描述和说明有关旧体诗词的创作情形。《安徽大学月刊》第一期刊有"诗""词""曲"栏目，"诗"刊载了李大防的两首长诗——《论汉人诗示安徽大学文学院诸生》《送周癸叔归蜀主讲重庆大学文学院》。"词"刊载了李大防、何鲁、宗志黄三人的词；"曲"则是宗志黄的三首套曲。《安徽大学月刊》第一卷第三期（民国二十二年四月，即1933年4月），在"词"栏目里有宗志黄的一首《西湖》，前面有题记：癸酉上巳，莫愁湖胜棋楼禊集，以梁武帝河中之水歌分韵，颖公代拈早字，因寄留京诸公。该词透露皖地词人与南京词人声息相通，吟唱不辍，保持着联系。全首词如下：

  青溪道。恰喜今年春早。江天烟树碧迢遥。每怀逸少。白门觞咏兴偏饶。胜棋楼上吟眺。
  意未了。人语小。几重云水缥缈。莫愁艇送往来潮。石城环抱。柳眉桃脸总妖娆。此景私愿长好。
  最可恨雨懊风恼。满琼阶花落谁扫。转使燕飞莺杳。更原头野火曾烧。新绿又西郊。离离草。

在该刊上，还有潘季野、陈慎登、李大防诗多首。《安徽大学月刊》第一卷第六期（民国二十三年四月，即 1934 年 4 月），改栏目为"文苑"栏，有徐英《重阳社集》诗：

  又到重阳把酒杯，江楼烂醉日千回。桂花开后鞠花好，旧雨樽前今雨来。绣虎自夸无敌手，掣鲸谁是出群才。傥容余事称诗霸，郁勃风云亦快哉。

该栏还有《重阳社集分韵得将字》（徐英）：

  佳节重阳候，登楼共举觞。寒飚生迥野，细雨湿秋光。岁月来还去，茱萸晚更芳。何时重载酒，高咏一相将。

另有一首《九日澄宇宴集东兴楼陈鹤柴夏映庵两先生均在座风韵得吹字》（陈家庆）：

  海国逢重九，西风竟日吹。花开微雨后，酒醒薄寒时。觅句多佳客，扶轮有大师。六街灯火盛，归去未嫌迟。

《安徽大学月刊》第二卷第一期（民国二十三年十月，即 1934 年 10 月），在"文苑"栏，徐英《自题百花亭集》有句"平生到处张诗帜"，可见诗词创作之盛。另有《皖江中秋社集次范之先生诗均》（徐英）：

凭栏舒远目，浩气欲吞江。负势凌孤独，吟篇绝等双。林中金背小，坐里白眉庞。胜日逢佳会，何辞玉斝撞。

紧接上诗，还有一首《叠前均》：

南楼高会日，诗意满秋江。佳士宁无偶，髯公自有双。（座中王李二君最美须髯）槛前飞社燕，花下走灵龙。灯火迎归月，六街暮毂撞。

另有《旧历中秋之夕假宾吕南楼续开吟社赋呈宾吕兼柬同社诸子》（李大防）：

韵事逢佳节，危楼瞰大江。道高人抱一，（宾吕习静坐十年）波静月成双。轰饮惊栖鸟，狂吟起吠厖。归来千户寂，但听寺钟撞。

再有《和范之先生秋节南楼雅集原韵》（陈家庆）：

胜日多佳咏，生花笔梦江。举杯月有偶，惊座句无双。云外飘香粟，墙阴守骏龙。晚来负手立，隔水听钟撞。

从以上诗歌的内容判断，是一次名为"南楼雅集"的合刊，集中了当时安徽大学几个教授的创作，沿承传统，涵养性灵，锻炼辞藻。其后在《安徽大学月刊》第二卷第二期（民国二十三年十一月，1934年11月）"文苑"栏，有李大防《题陈恒青印谱后》《题董逸沧蒙园雅集图园在张家口》。陈家庆《为汪君题水仙卷子》五言八句。还有一首《海上第四次社集集定盦句》："江左吟坛百辈狂，连宵灯火宴秋堂。东南不可无斯乐，郁怒清深两擅场。"（雅集的方式也是多样的，可以集句）再有陈家庆《水调歌头凌叔华姊索题所临夏珪溪山无尽图》。

1936年《安徽大学月刊》改为《安大季刊》，"以登载教授著述为原则"（见第一期《编后记言》）。另出《安大学生丛刊》为学生专刊。在《安大季刊》第一卷第一期（民国二十五年一月一日，即1936年1月1日），该期"文艺"栏全部为旧体诗词，作者包括徐英、杨大钤、陈家庆，依然是月刊时代的几个主要作者。在《安大季刊》第一卷第三期（民国二十五年七月一日，即1936年7月1日）刊载有社集信息（根据内容，可判定为"皖襟社"）。《社集选录》如下：

丙子九日假旧市府高楼宴集分韵赋诗余得酒字（李大防　范之）
海东蛮云骄，腥风扇九有。吾辈苦忧天，劫罅作重九。四座邦之贤，谁是回天手。当筵歌一曲，中有泪盈斗。（威伯信天雨翁均擅歌）市楼矗层霄，凭栏聊俯首。浩浩万鸦声，人共黄尘走。黄尘一何高，不雨六旬久。烈日烧清秋，万汇成枯朽。丰年变凶年，天心果仁否？侧闻狮子山，钲鼓轰林薮。（安庆廓外狮子山今日有登高比赛之举）竞夸腰脚健，飞犇惟恐后。骁腾羡妙年，雌伏惭衰叟。百感丛寸心，残阳挂疏柳。漫读孤愤篇，且倾桑落酒。

丙子九日假旧市府三楼作重九会分韵得菊字勉成小句五章（陈朝爵　慎登）
秋阳皜皜临，挥扇纵高瞩。却恨三径荒，未见雨中菊。
心远境无嚣，况此高楼矗。簿领堆百重，寄情在松菊。

轩榼高不寒，襟佩尽琼玉。相逢素心人，投报只芳菊。
不须千岁忧，且听阳春曲。仿佛逢龟年，部头便称菊。
小诗扪舌成，胜赏苦难足。尚负大观亭，诸老共簪菊。
是日午间余叟节高约至大观亭登高适朝爵以舌患奔走访医不克往及登市府楼时已过晡矣。

丙子重九旧市府三楼诗会分韵得桑字（杨大钤 铸秋）
于于裹饭拟舆桑，百尺楼高作战场。天外乌云三两望，座中黄绢九能狂。尽堪脱帽登龙阜，宁必凭风借马当。向老逢辰良不恶，闻歌更醉菊花觞。
是日赵信天姚其莪两老对唱昆曲

九日雅集分韵得待字（徐英 澄宇）
九衢灯火人如海，九日登高斯楼在。佳会诸公竞裁诗，坐中谁是风流宰。自笑舒卷画无声，兴酣落笔生异彩。却恐吟成惊鬼神，流传墨本不容改。诗中世界我曾开，少年结习壮方悔。与君且尽杯中物，诗名千古终何待。

水龙吟 丙子九日皖襟社社集余以小极未往澄宇代拈得话字（陈家庆 秀元）
客中胜日重逢，楚天千里秋难画面。登临极目，群仙高会，文章声价。风雨不来，关河如旧，江城遥夜，想高阳酒侣，雄谈惊座，牛斗震风雷诧。
小病佳游暂谢，倚花前咏歌多暇。龙山眼底，几回吟眺，白云飞下。醉把茱萸，故园东望，桑麻谁话，又霜深战马，中原鼙鼓，问何时罢。

以上摘录再现了民国时期安徽大学校园内学者们旧体诗词雅集与结

社的唱和活动，至于民间旧体诗词唱和活动，由于资料方面欠缺只好付之阙如了。

六　余论

若有人问，民国时期安徽对于新文化运动最大的贡献是什么？很多人的回答肯定是胡适和陈独秀。胡陈二人是新文化运动的领袖，又是白话文学革命的发起者，影响之深远自不必说。就此两人而言，值得进一步探讨的至少包括两方面，一是二人均有大量的旧体诗词创作，二是两人虽然是皖籍，但活动场域基本都是安徽以外的京沪等地。有关胡陈二人的旧体诗创作已有人做过研讨，这里从略。至于胡陈二人身属皖籍，但主要活动区域都不在皖地，不仅是胡陈二人如此，还可以列出很多其他人的名单，如陶行知、张恨水、高语罕、蒋光慈、台静农、韦素园、韦丛芜、李霁野等皖籍人士，也都基本不在省内服务。这种现象不仅仅发生在安徽，其他省份也是如此，似乎存在某种类似物理学上的"虹吸"现象——作为政治、经济、文化中心的大城市将全国各地有才华、有创造力的人才都吸引进去。假设周氏兄弟只在绍兴或杭州发展，鲁迅不是机缘巧合地被延聘到教育部，后来迁居北京又将弟弟周作人设法弄到北大任教，那么很难想象周氏兄弟会拥有现在这样在文学史、思想史、学术史上的地位。正是由于"虹吸"现象，地区性的文化现象总是与中心城市的文化现象紧密相连着。在中国人的潜意识中，乡籍往往是强大的情感纽带，所谓"老乡见老乡，两眼泪汪汪"，负载着互助责任和亲密的情感。有学者曾指出，新文化运动中，陈独秀和胡适之所以能产生那么大影响，是与皖籍人士在北京的强大势力或明或暗的保驾护航有关，特别是后来陈独秀日益"左倾"后，并没有受到人身伤害，是与皖籍人士在北京城中当政有关。同样，由于乡籍的关系，新思想、新观念、新文化也借助名人效应得以推广，胡适的家乡绩溪、陈独秀的家乡怀宁都因其名字打开面向外界的窗口。

就文学革命本身而言，是否有可以检讨的地方，也很值得追问。胡适、陈独秀等文学革命领袖们，面对主张文言的声音，不时斩钉截铁地说"已没有讨论的必要"，其实这是有意无意将文学革命视同政治革命的做法，即像政治革命那样争取时间尽快成功，而没有将文学革命当成文化事件，即需要相当久的时间分析研究其中可能蕴含的问题，并加以妥善解决。这是文学革命最大的误区。这种急于求成的心态，与文化取向上的一元论，使之与社会思潮极端化倾向合流，导致了文化问题的政治化，最终导致社会运动对启蒙者的疏离和抛弃。在这种心态主导下，把破坏当成了建设，对历史文化遗产持虚无主义的态度，为其后历史文化传统的破坏埋下隐患。

1917年提出"文学革命"后，社会上一些开明人士是接受的，但整体的氛围还是古文的。王德威指出："我们说诗话的传统，其实在20世纪是源源不绝的，也就是在这些新旧诗话词话的激荡之下，我们对于现代文学的开展才能够有更复杂的看法。我们今天看现代文学，通常是白话文，以小说、诗歌、散文来作为我们的基准点；事实上，传统的诗词在现代文学里，应该是占有一席之地的。"① 一批士大夫出身、自幼饱读诗书、深受传统文化浸润的人，由于传统的因袭很重，他们虽然一定程度上赞同白话，但已经习惯使用以古体诗词的方式来表达情感了。与新文学处于同一时空中的古体诗词创作，是否能等同于古典文学，也是一个值得深思和商榷的问题。民国时期的古体诗词创作，从形式上看还是古的旧的，但细考其内容和思想，已不是纲常礼教那套陈腐说教，而是讲求自由平等的新文化内容，以上观察即便在白话文运动的抗拒者吴宓、胡先骕、梅光迪等人的古体诗词创作中也能得到证明。留待我们进一步思考的，其实是隐藏在文白之争背后的很多东西，如关于思维方式的问题，关于文化权利的问题，等等。这是一些重大理论问题，牵扯现代民主国家建构中的理论资源和文化依托问题，很重大，很严肃，而又被深深遮蔽了。

---

① 王德威：《现代中国文学理念的多重缘起》，《南京社会科学》2011年第11期。

结语　中国现代文学研究的接地性

达恩顿说："历史拒绝被定格在过去，而是蔓延至今，并不断冲击和挑战我们对过去的一些僵化看法。"我们有必要不断抓住"探究事件表面下各种暗流的机会"[①]，但是，如何探究事物表面之下隐藏的各种暗流？笔者认为，这其实是接地性问题。

"接地性"是近来学术界讨论渐多的话题，这个话题首先是由高建平先生引发的，2012年他发表了论文《理论的理论品格与接地性》[②]，随后王元骧有一篇跟进文章《也谈文学理论的"接地性"》[③]。很显然，接地性的提出是与当前"理论危机"和"学术失语"紧密相连的，是推进当代中国学术深化的努力，也隐约传达出学术界要建立中国学术国际话语地位的内在焦灼。接地性的提出对于中国现代文学研究来说，不啻也是一服清凉剂。强调接地性，即是要反对"空对空"，反对那种从西方搬演理论词汇生硬解读文本、阐释文学现象的学风，倡导从问题出发、从历史语境出发，重新梳理和评判中国现代文学历史进程中存在的问题。

在中国现代文学研究领域，长期以来有一种习焉不察的思维定式，

[①] [美] 达恩顿：《拉莫莱特之吻：有关文化史的思考》，萧知纬译，华东师范大学出版社2010年版，第4页。
[②] 高建平：《理论的理论品格与接地性》，《文艺争鸣》2012年第1期。
[③] 王元骧：《也谈文学理论的"接地性"》，《文艺争鸣》2012年第5期。

即通过一两个关键词构筑整个文学史的叙述,如"现代性""审美"等。这种先入为主的思维定式,往往成为一种对确定性的寻求。"在对确定性的不断寻求中,由于对确定性的不断抽象、纯粹化和绝对化,就势必人为地制造出现象与实在之间的区别,凸显和夸大我们与实在之间的屏障,演绎出主体与客体之间、我们的感官和心灵对事物的认识与事物本身的存在方式之间的现象帷幕,最终因对绝对确定性的追求和迷信而生发出本质主义。"① 将接地性纳入中国现代文学研究中,是要在"启蒙""现代性""阶级性""人民性""革命"等宏观话语构建出的同一性、一致性后面,发现差异性、多样性,摆脱对中国现代文学史本质主义的理解方式,发现一个更为丰富复杂的中国现代文学场景。

一 恢复历史细节

提倡中国现代文学研究的接地性,首先要恢复历史的细节,从鲜活的场景中观察中国现代文学的发生、发展、影响和曲折。在中国现代文学研究中,存在一些习以为常的认识,当我们对这些认识加以考察的时候,往往发现并不完全如此。

《新青年》是新文学运动中最为著名的杂志之一,在中国现代文学史的记述中具有崇高地位和神圣意义。《新青年》常常被描述为中国现代文学具有发端意义的刊物,其影响也被人为夸大了。从历史实践看,作为一场思想文化解放运动,文学革命的发端远早于《新青年》的倡导。严家炎认为从思想和文学来看,从黄遵宪到梁启超再到胡适,从陈季同到曾朴再到郁达夫、李劼人至少有三代人的接力运动,就是说,从现代文学的起点到《新青年》为代表的五四文学革命至少经历了三代人的努力。② 这样看来,《新青年》的现代文学史坐标意义只是相对的,而不是绝对的。换个角度来看,一个刊物的影响力与其发行量和发行范围有很大关系。以发行量和发行地域来考察《新青年》的话,我们发

---

① 章忠民:《确定性的寻求与本质主义的兴衰》,《哲学研究》2013 年第 1 期。
② 严家炎:《让文学史真正成为文学自身的历史》,《中国现代文学研究丛刊》2011 年第 9 期。

现《新青年》是没有想象中那样广大的。1918年1月4日，鲁迅给许寿裳的信中说"《新青年》以不能广行，书肆拟中止；独秀辈与之交涉，已允续刊，定于本月十五出版云。"① 5月29日，鲁迅又在致许寿裳的信中抱怨说"该杂志销路闻大不佳，而今之青年皆比我辈更为顽固，真是无法。"② 无独有偶，顾颉刚也在致叶圣陶的信中谈道："在报上看见《新青年》出版，赶到城站最大的新书铺内一问；不知何故，他们连书名也没有晓得。"③ 以上两则新文学运动的亲历者和参与者的话，很能说明《新青年》的影响其实在当时是有限的，并不是像有些文学史描述的那样天下风行。

与《新青年》的情形相似，五四运动是一件大事，不仅是政治事件也是中国现代文学的一个标志性事件，有无数论著和论文把五四运动描述为当时家喻户晓的事件，而忽略了五四运动在思想史上被建构的一面。从当时的一些资料来看，"五四"的影响力其实在当时也是有限的。1922年8月5日的《北京大学日刊》上有一则记录：北京大学预科国文试卷入学考试的作文是"述五四以来青年所得的教训"。胡适是监考员之一，有位奉天高师附中的考生问他："五四运动是什么东西，是哪一年的事？"胡适大感意外。让胡适大跌眼镜的是，考试结束后，其他监考的老师告诉他有十几个人不知道五四运动是什么。④ 不要以为这只是特例。1924年有位署名"嘉谟"的作者写了一篇《青年生活与常识》，说有的青年竟以为五四运动是5月4日那天开运动会。⑤ 以上事实表明，1919年5月4日发生的事件在当时并没有尽人皆知的影响力，附着在其上的意义，是在不断地回忆和追溯中被赋予的。范伯群说，直到1935年鲁迅写《〈中国新文学大系〉小说二集序》时，他才采用了"五四"事件、五四运动等说法，而不再用"纷扰已经一年"

---

① 许寿裳：《鲁迅传》，国际文化出版公司2010年版，第192页。
② 同上书，第194页。
③ 顾颉刚：《顾颉刚书信集》（第一卷），中华书局2011年版，第55页。
④ 曹伯言整理：《胡适日记全编》（第3册），安徽教育出版社2001年版，第737—738页。
⑤ 嘉谟：《青年生活与常识》，《学生杂志》第11卷第9号。

的说法。随着支持《新青年》和《新潮》的同人们风流云散,在 1920 年至 1922 年这三年间,北京已显现出寂寞荒凉的古战场的情景,其实"五四"在北京的影响也是很短暂的。①

阿帕杜莱敏锐地指出:"宏大的西方社会科学(奥古斯特·康德、卡尔·马克思、费迪南德·滕尼斯、马克斯·韦伯和埃米尔·涂尔干)所留下的最成问题的遗产之一,是它不断地强化我们对某些特定时刻的感受……仿佛正是这些时刻的出现在过去与现在之间制造出了巨大的、前所未有的断裂。"② 近代以来,梁启超论及的社会改革的三个进程——"器物层面—制度层面—文化层面",被很多人机械地理解为前后相继的过程,其实三个层面在现实历史进程中是三位一体的,器物层面并没有随着洋务运动的失败而停顿,制度层面的变革也没有随戊戌变法的流产而悬置,文化的转型是在历史进程中一直伴随着的。对历史的描述,思想者往往选择最富于时代潮流的事件加以放大、凸显,使之成为历史绵延中的坐标点,但也因此把历史戏剧化、抽象化了。鉴于此,我们有必要重视对中国现代文学研究中的一些基本问题,重新进行历史细节的还原,以期得出符合历史事实的结论。

就具体的作家研究来说,也应强调"接地性",即注重全面、深入掌握资料,以期得出更为公允的结论。以萧红为例,张莉说:"夏志清的《中国现代小说史》中并没有给萧红以特别的位置,他后来特意在文章中写过这个问题——因为他在当时并没有看到她的作品。"③ 随着新史料的不断发掘,政治和社会思想逐渐开明,还会有更多有意无意被忽略或重视不够的作家,需要进行重新研究或评价。从当前研究看,以前重视不够或被忽视的陈铨、高长虹等人,都有学者发掘出不少新史料,得出令人耳目一新的结论。

---

① 范伯群:《每一代人都理应用自己的观点编写一部文学史——评严家炎主编的〈二十世纪中国文学史〉》,《中国现代文学研究丛刊》2011 年第 9 期。
② [美]阿帕杜莱:《消散的现代性》,刘冉译,上海三联书店 2012 年版,第 4 页。
③ 葛浩文、张莉:《"持久力"和"亲切感"——两代研究者关于萧红的对谈》,《文艺争鸣》2011 年第 3 期。

二 建构中国现代文学背后的物质性景观

提倡中国现代文学研究的接地性,要在相对微观的层面上建构中国现代文学背后的物质性景观。从中国现代文学的研究史看,现代文学背后的物质性因素是研究相对薄弱的环节。民国时期,是现代文学的生成和发展时期,多数的研究都在感性批评方面,1936 年赵家璧主编的《中国新文学大系》是中国现代文学第一次系统总结,聘请了胡适、鲁迅、周作人、郁达夫、茅盾、朱自清等新文学的元勋和健将参编,堪称是中国新文学第一个十年的经典理论总结,但鉴于当时新旧文学的对垒以及时间跨度过于短暂,对新文学的总结有其历史局限性。1949—1978 年,中国现代文学研究受到意识形态严重制约,在"政治标准第一"刚性原则下排定作家座次,品评作品优劣,分辨流派短长,研究方面甚少成绩。

近年来,在多元研究语境下,与中国现代文学相关的物质技术层面已有少数学人涉及。陈平原在《作为物质文化的"中国现代文学"》一文中说:"从'物质文化'入手,在我看来,不仅合情合理,而且颇有新意。"[①] 笔者这里所谓的物质性主要是指相对于思想、信念而言更便于观察的实践性活动,如印刷出版,政府层面制度的制定、法令的颁布,新兴书业的发展竞争,以及中国现代文学运作过程中无处不在而又隐而不显的经济利益的合谋与纠葛等。在高校学术圈,关注出版印刷与中国现代文学关系的硕博论文已有出现,如秦艳华《20 世纪 30 年代新文学出版研究》、邓集田《中国现代文学的出版平台》、雷启立《印刷现代性与中国现代文学的发生》等。系统全面考察中国现代文学背后制度的、物质的、经济的等可以观察的层面,在理论上说是对精神现象背后的物质性原因的探寻,借助这一视角,将中国现代文学推展到更大的社会范围中去,以往对新文学的研究,过分强调了其对社会生活的作

[①] 陈平原:《作为物质文化的"中国现代文学"》,《中国现代、当代文学研究》(人大复印资料) 2009 年第 8 期。

用，而忽视了社会生活的变化是促成中国现代文学的关键性力量，正是因为政治、经济、文化等方面的整体变化，通过一系列中间环节才使文学发生了根本变迁。

事物的发展离不开背后种种物质力量的制约和牵引，中国现代文学的发展历程也是如此，在其发展过程中，有诸多物质性因素促进或阻碍着它。例如，近现代以来快速发展的基础设施建设，无疑加速了现代文学的传播。达恩顿说："四轮马车、运河的驳船、商船、邮政船和铁路对文学史的影响也许要大于人们的猜测。交通工具可能对伦敦和巴黎这样的大型出版业中心的图书交易影响很小，但有时却是决定偏远地区的商业兴衰的因素。"[1] 中国现代文学自文学革命以来的迅猛发展，不能不说与交通运输业的发展有绝大关系。同时，中国现代文学的发展也受到物质因素的强烈制约。以新式标点为例，这一新事物在观念上虽然很快为人们所接受，但由于印刷厂缺乏标点符码，一直拖了很长时间才得以普及。《太平洋》第一卷第11号封面二的"本社特别启事二"，有如下文字说明："本期各篇中所用句读符号，因印局材料不齐，由排字人任意更换，颇多错乱、遗漏之处"。以上说明正描述了此时新式标点制度正在草创时期，印刷厂还没有配备完善的物质形态新式标点，印书工人还没有得到纯熟训练，不能熟练运用新式标点排印文稿。[2] 从这一具体而微的细节上，即可明了中国现代文学发展与物质性因素的密切关联。

当前，从物质技术层面对中国现代文学的研究取得了一定成绩，但其自身不足也是明显的：一是研究范式陈旧。以印刷术与现代文学的关系为例，不少论者还执着于精英立场和自上而下的启蒙模式，潜藏于印刷出版与民国文学互动中的阐释能量并没能被充分释放，与印刷术相关联的资本与市场、传播技术与空间在精英主义剪裁之下的文学景观建构，仅仅成为对传统文学史论述的增补和再次确认，而删减和遮蔽了底

---

[1] ［美］达恩顿：《阅读的未来》，熊祥译，中信出版社2011年版，第202页。
[2] 尹奇岭：《论新文学形式制度的建立》，《江淮论坛》2010年第5期。

层民众对上层精英的反向影响,那些并非由经典作家和伟大作品编织的五四新文学的原始风貌并没有呈现。二是各类研究统合不够。零星的、分散的研究,限制了眼界,不利于达成突破性的认识。

回到中国现代文学的现场,还有一个需要正视的问题,即同一时段内旧体诗词等传统文学的存在。中国现代文学作为一个时段,势必包容此时段中的旧体诗词等传统文学的创作。从物质性的场景看,中国现代文学时期还有大量旧书肆、书摊的存在,在新型印刷出版企业崛起的同时,还有大量传统书业的存在,很多私人书籍是通过传统雕版印刷完成的,我们可以从郑孝胥、吴梅、杨树达、吴宓等名人的日记里,找到很多与刻工、刻坊联系以及自刻诗文集赠人的记录。①

三 基本概念的重新审视

提倡现代文学研究的接地性,要从文学现场出发,而不是从主义出发、从观念出发,从多侧面构筑文学史的景观,带动中国现代文学研究的深入和观念的更新。

新时期以来,中国现代文学研究取得了长足进步,但仍然有不少问题值得深入探讨,尤其是一些与中国现代文学研究密切相关的基本概念,如"新文化""新文学""启蒙""科学"等。这些基本概念的廓清,不能在纯理论层面,更需要借助真实的历史场景做更为细致的观察。

新文化是相对于旧文化提出的,回答新文化究竟是什么,关涉现代与传统的关系。五四时代,在狂飙突进精神的催动下,有一股强劲的反传统思潮,在反对专制的同时也"非礼非孝"。这种激进反传统的思潮明显有偏颇之处。经过历次思想运动的反拨,传统文化中蕴藏的合理性和巨大力量得到有效发掘,如近年来有关"学衡派"等文化保守主义的研究,桑兵说:"南高学派因为对北大的新文化派多有批评,历来被新派学者视为文化保守主义的营垒。其实正如近人所指出,他们只

---

① 尹奇岭:《民国时期旧体诗词的刊印传播》,《出版科学》2011年第2期。

是反对激烈地反传统文化，提倡调和中西文化。而在引进西方文化方面，又主张溯本求源，全面系统，反对断章取义的拿来。该派中留学生与老师宿儒和睦相处，相得益彰，就是其主张最佳体现。"[①] 其实，反传统本身是存在可疑之处的，因为传统本身异常复杂，有主流文化和许多支流文化或亚文化，没有人可以隔断传统，所谓反传统往往是用传统中的支流文化去对抗主流文化，未必不可以看作是文化自身的反省和重整。

"新文学"是相对于"旧文学"提出的，这是文学革命的产物，很长时间以来，新文学的概念和中国现代文学概念是画等号的。在普遍的理解中，新文学也被认为是新文化的，而所谓的新文学也常常被简约为白话文学，于是隐约有一个约定俗成的等式——"新文化＝新文学＝白话文学"，与之相反，也有一个等式——"旧文化＝旧文学＝文言文"。这样，就有一批以文言为表达工具的精英分子，由于其语言工具的原因就被指称代表旧文化，被贴上了"没落""守旧""倒退""反动"的标签。这里显然存在着误区。应该说以白话文为语言工具的新文学并不必然都传达新文化，而以文言为语言工具的旧体文学也不必然传达旧文化。被鲁迅严斥过的张资平的言情小说里宣扬的婚恋观念，很难说都是新文化的，而严复、王国维、陈寅恪等人用文言翻译或著述的文字，也绝不是旧文化的。

与新文化密切相关的两个概念是"启蒙"和"科学"。我们需要反思的是"启蒙""科学"等概念是否会沦为新的迷信？观念被确定下来，往往不是出于严密的观察，人们常常会屈从于一种流行的解释体系，完全被一种逻辑力量征服。从某种意义上说，"启蒙""科学"等观念，是五四文学革命以来新的意识形态词汇。周宪指出："意识形态生产、传播和接受的隐秘规则，亦即'把自己的利益说成是社会全体成员的共同利益'，而这一转换的结果是'自己的思想'成了'普遍的形式'。经由这样一个修辞的转换，自觉的成为了大家的，局部的成为

---

① 桑兵：《晚清民国的国学研究》，上海古籍出版社2001年版，第76页。

了普遍的，暂时的成为了永恒的，人为的成为了自然的。"那么，"以此思路来审视现代文化和现代文学的发展历程，自文艺复兴以来，无数作家在文学中大谈人道主义、人性、文学、价值、美、趣味、情感等现代观念，都是在把'自己的思想'转变为'普遍的形式'，就其本质而言，都不过是作为统治阶级的统治思想的资产阶级意识形态的产物。"①"启蒙"这一概念是西方传入的，背后隐含的阶级的和党派的利益关系并没有被充分揭示。"科学"这一概念也有被意识形态化的一面，根据笔者的观察，"科学"概念被泛化地理解着，作为一种信念和理想被人尊崇。新文化的前驱者通过引进这些新观念，催动了社会的不安和变革。这些新观念在解放思想的同时，鉴于中国现实问题的紧迫，很快就进入了社会实践层面，为了实行的便利，新观念被赋予不容辩驳、绝对正确的价值，从而被抽离了具体内容，成为抽象信仰。这样，建立在理性基础之上的科学等观念，陷入有可能服务于非理性的危机，在解放思想的同时，也陷入了思想束缚的泥沼。②

应该说"新文化""新文学""启蒙""科学"等新观念，有着激动人心的吸引力，产生了重大历史冲击力，也引发了一些问题。近现代以来，中国现代化进程是以西方为模本的，一系列的新概念都来自西方，新概念的宣传者、鼓动者在热情的驱动下往往忽略了概念本身产生的条件和背景，没有深入思索和考察不同时代条件和背景下产生的概念是否具有普适性。这样难免出现问题，如阿帕杜莱说的："他们来自有着天壤之别的社会，却试图使历史钟表同步运转。"③ 如果回到历史语境，我们会发现"新文化""新文学""启蒙""科学"等概念在实践层面上都是异常复杂的。就"新文化"而言，新文化是由许多不那么明显的进程汇合而成的，不应被视为从天而降毫无过程的存在物。新文化的传播，教育是主要的途径，从实际进程来看，最初是在高等教育中

---

① 周宪：《意识形态：从"自然化"到"陌生化"——西方文论的一个问题史考察》，《天津社会科学》2011年第5期。
② 尹奇岭：《新文化运动中"科学"观念的检讨》，《学术界》2011年第7期。
③ ［美］阿帕杜莱：《消散的现代性》，刘冉译，上海三联书店2012年版，第3页。

发挥作用，然后进入中小学，逐渐成为社会文化领域的主体。经过几十年时间，新文化从中心城市传播到边缘城镇，有的地方接受快，有的地方阻力大，情形各异。就新文化传播的实际情形看，涉及社会不同部门，而又重复、重叠或模拟并互相支持，共同构建一个模糊而又内涵相对确定的新文化。

四 小结

应该说，接地性的提出，既是应对西方理论"影响的焦虑"的产物，同时又是对西方理论尤其是后现代理论的应和与发挥。当前，很多学者表达了对西方理论话语满天飞的焦虑和不满，如徐志伟认为："今天的中国现代文学研究则成了后殖民、现代性、后现代性、技术理性、性别、权力话语等西方流行话语的注脚，中国的文化身份及本土经验一直处于被悬置的状态。"[①] 在对西方理论话语霸权地位的焦虑情绪驱动下，希望提出属于本土经验的理论范畴，是自然而然的，"接地性"的提出，就是这种努力之一。但有趣的是，"接地性"在其实质意义上来说，是与西方后现代理论有内在联系的概念，即都强调细节、多元、差异性、偶然性的历史叙述的重要。

就中国现代文学研究来说，强调文学研究的接地性，一是要破除在对文学现象归纳过程中，因过度抽象带来的偏颇结论。中国现代文学的研究框架基本是在现代性的基础上建构的，以"理性""启蒙""科学""民主"等与现代性相关的概念为核心。进入 20 世纪六七十年代，后现代运动在西方已见端倪，发起了对现代性的批判和颠覆，揭示出对理性的顶礼膜拜如何导致对差异性和个性的压制，同时批判理性为了建立秩序利用强大的技术手段控制并企图消灭不同和差异。后现代思想在向各人文社会科学渗透的过程中，有一系列影响深远的学术建树。以上谈及的后现代思潮对中国现代文学研究具有很大影响，在认识层面上，有学者指出："现代文学传统不是完整的、固定的、同质性的，而是包含

---

① 徐志伟：《中国现代文学研究的范式危机》，《云南社会科学》2007 年第 2 期。

着多元、复杂和矛盾的因子，要看到它延传过程中可能存在的变异、断裂和非延续性。……要从历史变迁的角度来观察现代文学传统，力图寻找它的'变体链'，包括它的形成、生长、传播，以及不同时期的各种选择、阐释、提炼、释放、发挥、塑造，等等。"① 显然，这是要在中国现代文学研究中加入多元性、差异性和偶然性，也可以用"接地性"来概括。同时，对具体现象的解读上，也必然刷新认识。20世纪20—30年代，农村被认为到了"崩溃的边缘"，洪深的《香稻米》、茅盾的《春蚕》与《秋收》、叶紫的《丰收》、叶圣陶的《多收了三五斗》形成了一个书写"丰收成灾"的创作潮流，似乎农村出现了严重问题，罗志田指出此时的农村并没有出现重大问题，因为"在此后的抗日战争中，工商业集中的城市大部分被侵占，正是农村支撑了中国的八年抗战，提示出'崩溃'的虚拟性。可知时人谈论的，更多是以城市眼光为基础建构出来的乡村问题。几千年不变的常态，忽然被视为一个严重的'问题'；不是乡村成了变态，更多是既存的常理被流行的新理取代了。"②

二是要恢复文学现场的丰富复杂，由此带来众多的中国现代文学研究生长点。近年来，很多学者提出"触摸历史"的态度，即指深入历史细节与历史人物、历史事件拉近距离，从而达到同情的理解、理解的同情，不追求宏大、排他的结论。温儒敏指出，"把一时说不尽也说不清的抽象判断暂时放入括号，从一系列个案入手，于细节中观察历史的真实状态和脉络，其实是对各种抽象化甚至玄虚化讨论的反拨"。对中国现代文学研究的过程性认识不足，总想得出一劳永逸的结论，是不足取的。中国现代文学的研究关键是在复原文学史本身丰富复杂的话语场，在各种话语场彼此碰撞、融合中达成对历史理解的丰富性和深刻性，防止学术研究完全陷入一元论的逻辑圈套。通过强调历史细节，强

---

① 温儒敏、陈晓明等：《现代文学新传统及其当代阐释》，北京大学出版社2010年版，第6页。
② 罗志田：《知常以观变：从基本处反思民国史研究》，《南京大学学报》（哲学·人文科学·社会科学版）2013年第1期。

调文学研究的接地性,我们会发现中国现代文学的诸多生长点。正如温儒敏所说:"现代文学作为千古难逢的'大变局'时段发生的文学,其独特性和丰富性还远未能被充分的发掘和认识,何况作为一种已经渗透到当代社会生活中的'新传统',不断会有许多题目等待探究。不妨从另一角度思考:现代文学研究的'拥挤',也可能是因为思路狭窄,还有很多空间未曾开发。"①

在文艺理论界,"接地性"的提出显然是作为对抗西方理论话语的策略被提出,可以看作是文学理论界摆脱学术失语的努力之一。强调文学研究的接地性对于中国现代文学研究具有更为基础和根本的意义,中国现代文学研究的深入发展,必然有赖于更为开阔的学术视野和更为扎实的学术功底,而这也正是提出"接地性"的题中应有之义。近年来,黄子平、陈平原、钱理群等人提出的"二十世纪中国文学"、陈思和、王晓明等人提出的"重写文学史"、范伯群提出的"双翼论"、杨义提出的"重绘文学地图"、李怡等人提出的"民国文学"等,在笔者看来,都是中国现代文学研究"接地性"的表现。

---

① 温儒敏:《现代文学研究的"边界"及"价值尺度"问题——对中国现代文学研究状况的梳理与思考》,《华中师范大学学报》2011年第1期。

附录一　晚清民国渐进思潮初探

很长时间以来，革命话语是社会生活中的主流话语，这个话语也主导了历史图景的建构和历史进程的阐释。随着革命话语受到越来越多的质疑，历史真实的复杂性又一次成为人们在建构历史图景和解释历史进程时需要认真对待的问题。晚清以降，和革命话语隐然对峙的还有渐进的改良话语，随着社会思潮一波接一波的激进化，改良渐进的话语已经被描述为保守、反动、落伍的思想意识形态，其内涵的历史合理性令人惋惜地被忽视了。尤其值得学人深长思索的，是一些革命话语的鼓动者、传讲者，甚至始作俑者，基于对现实的理性观察和判断而走到了渐进改良的道路上来，以下以严复、梁启超、胡适为中心来考察这种现象。

一

1877年1月13日，李鸿章、沈葆桢奏请选派马尾学堂学生30人，分赴英法留学，期限三年，以李凤苞、日意格为监督，此为船政第一届出洋学生，也是中国第一批海军留学生，严复即是其中之一。留学期间，严复以其西学的成就得到晚清著名新派人物郭嵩焘的激赏。郭嵩焘在日记中写道："严又陵议论纵横，因西洋光学、声学尚在电学之前，初作指南针，即从光学悟出。又云光速而声迟，如雷、电一物，先睹电光而后闻雷声……西士论光与声,射处皆成点。声有高下,光有缓急,则点亦分轻重。凡所映之光影,皆积点而成者也。传声器之法,即从此悟出……又论地球赤道为热度,其南北皆为温度。西士测海,赤道以北皆东北风,赤道以南皆东南风。洋人未有轮船时,皆从南北纬度以斜取风力,因名之通商风。其何故也?由地球从西转,与天空之气相迎而成东风;赤道以北迎北方之气,赤道以南迎南方之气,故其风皆有常度。"[1] 通过交往,郭嵩焘"极赏其言,嘱其以所见闻日记之。"[2] 郭曾向曾纪泽推荐过严复,但曾纪泽以为:"宗光才质甚美,颖悟好学,论事有识。然以郭筠丈褒奖太过,颇长其狂骄矜张之气。近呈其所作文三篇,曰《饶顿传》,曰《论法》,曰《与人书》;于中华文字未甚通顺,而自负颇甚。"[3] 此事让郭嵩焘大不以为然,抱怨说"劼刚(曾纪泽字,笔者注)门第意气太重,天分亦不高,然喜为轻藐鄙夷之论。"[4] 归国后,严复虽没有受到晚清政府重用,但翻译声名大振。蔡元培曾说:"五十年来,介绍西洋哲学的,要推侯官严复为第一。"[5] 韬光养晦式的学者生涯为严复在晚清民国初期积累了巨大声望,1913年10月,海军总长兼南洋巡阅使刘冠雄举严复自代,他在举荐书中说:"查严复系福建船政开幕首班学生,登舰练习出洋肄业,每考为各学员冠;周历各国,一切法典科学,独造其微;回华后,历充总教习、校长、富有著述,沾溉后进,名声赫然。人第知其文学渊博,无书不窥,而不知其富于政府思想,洞悉全球之趋势,而应付靡穷也。大总统负全国完全责任,我国有此完全人才,正可备旁求之还。现严复精神尚健,不于此时使尽出生平所学,以表见于世,人材可惜负此明时。……将冠雄改为次长,相助为理,或可稍补万一。"[6]

---

[1] 郭嵩焘:《郭嵩焘日记》(第三卷),湖南人民出版社1981年版,第473页。
[2] 同上书,第518页。
[3] 曾纪泽:《出使英法俄国日记》,岳麓书社1985年版,第186页。
[4] 郭嵩焘:《郭嵩焘日记》(第三卷),湖南人民出版社1981年版,第912页。
[5] 高平叔编:《蔡元培全集》(第四卷),中华书局1984年版,第351页。
[6] 《政府公报》1913年11月15日第551号。

严复的思想言论经历了一个由激进而保守的历程。在晚清，严复的思想言论是倾向激进变革的。甲午战争期间，清政府的孱弱已经暴露无遗。1894 年 11 月 8 日，严复给长子璩的信中说："时事岌岌，不堪措想。奉天省城与旅顺口皆将旦夕陷倭，陆军见敌即溃，经战即败，真成无一可恃者。皇上有幸秦之谋，但责恭邸留守，京官议论纷纷，皇上益无主脑，要和则强敌不肯，要战则臣下不能，闻时时痛哭。"[1] 值此危急，不变革更张无以图存。甲午战争后，严复对西方的认识日益加深。他写了一系列文章，阐述变法的必要以及如何变和在哪方面变法。1895 年 2 月 4—5 日，他在天津《直报》发表文章《论世变之亟》，充满忧患地全面考察了中西文化之间的差异。[2] 过了一个多月，3 月 13—14 日，他又在《直报》上发表了《辟韩》一文，批判韩愈《原道》中的君主专制思想，宣扬资产阶级的民权思想。[3] 该年 5 月 1—8 日，又在《直报》上发表了《救亡决论》。[4] 也是在这年夏天，他的译著《天演论》脱稿，第一次系统地向中国人介绍了西方进化论思想。该书出版后，影响巨大。王栻先生描述说，当时小学老师往往拿这本书做课堂教材，中学老师以"物竞天择，适者生存"为作文题目，青年们也不顾长辈反对传看《天演论》。《天演论》问世后的几年间，"物竞天择""适者生存"等名词，就成为社会上的流行语了。[5] 胡适甚至还从"物竞天择适者生存"中择取"适"作为自己的名字，可见其对国人思想影响之大。

严复在这些文章中传达的思想在当时看来是很激进的，要求民权隐含着反对君权，对比中西文化的差异，矛头直指四书五经，这些言辞，已为五四批判精神提供了思想资源。如对于儒家等经典的非难，严复

---

[1] 王栻主编：《严复集》（第三册），中华书局 1986 年版，第 779—780 页。
[2] 王栻主编：《严复集》（第一册），中华书局 1986 年版，第 1—4 页。
[3] 同上书，第 36 页。
[4] 同上书，第 40—54 页。
[5] 王栻：《严复与严译名著》，见商务印书馆编辑部编《论严复与严译名著》，商务印书馆 1982 年版，第 6—7 页。

说："今日请明目张胆为诸公一言道破可乎？四千年文物，九万里中原，所以至于斯极者，其教化学术非也。不徒嬴政、李斯千秋祸首，若充类至义言之，则六经五子亦皆责有难辞。"① 他对中西之间的文化不同已有清楚的判分，这是进一步揭示国民性的基础，他说："中国最重三纲，而西人首明平等；中国亲亲，而西人尚贤；中国以孝治天下，而西人以公治天下；中国尊主，而西人隆民；中国贵一道而同风，而西人喜党居而州处；中国多忌讳，而西人众讥评。其于财用也，中国重节流，而西人重开源；中国追淳朴，而西人求欢虞。其于接物也，中国美谦屈，而西人务发舒；中国尚节文，而西人乐简易。其于为学也，中国夸多识，而西人尊新知。其于灾祸也，中国委天数，而西人恃人力。"② 严复在思想宣传上直接催动了变法图强活动，他把"物竞天择，适者生存"的进化论引入，实际也为社会人群引入一种破坏、奋斗的精神。严复的译著活动，影响了当时一大批上层人物思想的激进化趋向，甚至光绪帝也受其影响。1898 年 9 月 14 日，光绪在乾清宫召见严复，在问对中有："严对：'大意请皇上于未变法之先，可先到外洋一行，以联各国之欢；并到中国各处，纵人民观看，以结百姓之心'云云。"③

严复思想在戊戌变法失败后有很大变化。戊戌变法的失败及民国建立后局势的恶化，使严复思想发生很大变化。他意识到社会稳定是一切社会事业进展的基础，没有这个先决条件，所有变革图强的企图必将成为画饼。这种思想的变化，使他走到了激进的反面，在思想言论的表述方面，颇多保守色彩。如他在给熊纯如的信里就说："时局至此，当日维新之徒，大抵无所逃责。仆心知其危，故《天演论》既出之后，即以《群学肄言》继之，意欲蜂起者稍为持重，不幸风会已成。"④ 最能表现严复思想变化的，是他与孙中山的分歧。1905 年，严复随张翼到英国对质开平矿务诉讼事务，正好孙中山从纽约抵达伦敦，来访严复。

---

① 王栻主编：《严复集》（第一册），中华书局 1986 年版，第 53—54 页。
② 同上书，第 3 页。
③ 见《国闻报》1898 年 9 月 19 日。
④ 《与熊纯如书六十三》，《严复集》（第三册），中华书局 1986 年版，第 678 页。

二人言谈中暴露了思想认识上的严重分歧：严复认为中国的根本问题在于教育，革命并非当务之急。说："中国民品之劣，民智之卑，即有改革，害之除于甲者将见于乙，泯于丙者将发于丁。为今之计，惟急从教育上着手，庶几逐渐更新乎！"孙中山反驳说："俟河之清，人寿几何？君为思想家，鄙人乃实行家也。"①

严复思想变化鲜明体现在他的言论上，首先在文化态度上，一改甲午战争后对传统文化的批判态度，而摆出精心维护、赞美的姿态。他在《社会通诠》的"按语"中加入了很多对传统作用的表述，如在对周孔的评价上，他说："故周孔者，宗法社会之圣人也。其经法义言，所渐渍于民者最久，其入于人心者亦最深。是以今日党派，虽有新旧之殊，至于民族主义，则不谋而合。"②并认为传统有大的能量，他说："且吾民之智德力，经四千年之治化，虽至今日，其短日彰，不可为讳。顾使深而求之，其中实有可为强族大国之储能，虽摧斫而不可灭者。"③ 1913年4月21日，发表《思古谈》，鼓吹笃古。"诸公所以醉心于他族者，约而言之，什八九皆其物质文明而已耳。不知畴国种阶级，要必以国性民质为之先，而形而下者非所重也。中国之国性民质，根源盛大，岂可厚诬。"认为中国"他日将于拂乱险阻之余，变动光明，从此发达进行，如斯宾塞所谓动、平、冲者，而成不骞不崩之国种，而其所以致然之故，必非乞灵他种之文明余唾而后然也。须知四万万黄人，要为天壤一大物，故其始动也，其为进必缓，其呈形甚微，至于成形，乃不可御。而亦以是之故，其结果也，数十百年之牵变，必不敌数千载之遗传。"④ 表现在行动上，1913年6月，与梁启超、林纾、夏曾佑、马其昶、姚永概、吴芝瑛等200余人发起组织孔教公会。⑤ 1913年9月5日，在仲秋丁祭祀孔大会上做了题为"民可使由之不可使知之"的演说。后来，严复又在中央

---

① 《侯官严先生年谱》，参见孙应祥《严复年谱》，福建人民出版社2003年版，第233页。
② ［英］甄克思：《社会通诠》，严复译，商务印书馆1981年版，第115页。
③ 同上书，第155页。
④ 王栻主编：《严复集》（第二册），中华书局1986年版，第322—324页。
⑤ 见《庸言报》第一卷第14号。

教育会发表演说，竭力提倡读经。谓："大凡一国存立，必以其国性为之基。国性国各不同，而皆成于特别之教化，往往经数千年之渐摩浸渍，而后大著。但使国性长存，则虽被他种之制服，其国其天下尚非真亡。此在前史，如魏晋以降，五胡之乱华，宋之入元，明之为清，此虽易代，顾其彝伦法制大抵犹前，而入主之族，无异归化，故曰非真亡也。"①

在政治态度方面，严复也从戊戌变法时期要求民权的立场上退回到君权立场，他在给朋友的私人信件里说："以不佞私见言之，天下仍须定于专制，不然，则秩序恢复之不能，尚何富强之可跂乎？"② 在给《泰晤士报》驻京记者乔·厄·莫理循的信中，严复说："直截了当的说，按目前状况，中国是不适宜于有一个象美利坚共和国那样完全不同的、新形式的政府的。中国人民的气质和环境将需要至少三十年的变异和同化，才能使他们适合于建立共和国。共和国曾被几个轻率的革命者如孙逸仙和其他人竭力倡导过，但为任何稍有常识的人所不取。因此，根据文明进化论的规律，最好的情况是建立一个比目前高一等的政府，即，保留帝制，但受适当的宪法约束。应尽量使这种结构比过去更灵活，使之能适应环境，发展进步。"③

严复在思想态度上的变化，是以对现实的深入认识为基础的，并不是无源之水、无根之木，他在回复曹典球的信中说："执事宗旨诚无异于昔年，而复则今我非故我矣。嗟乎！事未易一二为世俗人言也。"④ 虽说是"未易为世俗人言"，严复还是在私人信件和公开发表的文章中，为自己的思想转变做了很多辩解。他说："吾辈平心而论，则由今之道，无变今之俗，所谓共和、幸福，均未见也。而险象转以环生，视晚清时代若尤烈。民穷为盗，兵变时闻，京外公私，扫地赤立。府、州、县无所供于省会，省会无所供于京师，财政之难得未曾有。"还有，"自满清末造之不振，忧时之士不胜其奋虑逼亿之情，而一切特出

---

① 王栻主编：《严复集》（第二册），中华书局1986年版，第329—333页。
② 王栻主编：《严复集》（第三册），中华书局1986年版，第603页。
③ 转引自孙应祥《严复年谱》，福建人民出版社2003年版，第381页。
④ 王栻主编：《严复集》（第三册），中华书局1986年版，第574页。

于激烈。一时转相仿效，风气遂成；实则大为外人之所齿冷。顾今之时则大异矣，民国之势危若累卵，意必有宁静淡泊、困心衡虑之人，而为吾国计久远者，则激烈非所尚也。诸公常望政府以热心，而不佞则窃愿国人以冷脑。热心出于感情，而冷脑由于思理。感情徒富而思理不精，课其终效必恒误国。"① 他在答友人书中说："极端平等自由之说，殆如海啸飓风，其势固不可久，而所摧杀破坏，不可亿计。"②

严复思想转变的最大特点是放弃理想的方面，尊重现实的方面，就这一点来说是与复古者有很大不同的。严复并不是要复古，而是面对现实寻找一个相对好点的道路，比如，他觉得民主共和不适合中国国情，要实行君权，但他心里并没有"君权"的观念，这从他对当时的元首袁世凯的态度可见一斑。他曾说："不佞最爱大总统袁先生之言曰：'往者吾为老大帝国，乃今而为新生之民国。顾前虽老大腰脚，虽病尚能行也，特不良耳；今之新生，吾不知其几何时而始能行也。'"③ 他也是以"世无英雄遂使竖子成名"的神情评价袁世凯的，他说："大总统固为一时之杰，然极其能事，不过旧日帝制时，一才督抚耳！欲与列强君相抗衡，则太乏科哲知识，太无世界眼光，又过欲以人从己，不欲以己从人，其用人行政，使人不满意处甚多，望其转移风俗，奠固邦基，鸣呼！非其选尔。顾居今之日，平情而论，于新旧两派之中，求当元首之任，而胜项城者，谁乎！"④ 严复思想的变化有其清晰的轨迹可寻，并且在某种程度上说还代表了社会上一部分精英分子的公共心态和认识。严复所持言论，看似倒退得利害，其实是有其理路的。之所以恢复孔教，其目的还在维系人心，之所以一定程度上赞成专制，目的也是恢复秩序。与马克斯·韦伯的观点⑤类似，韦伯认为学术伦理与政治伦理

---

① 严复：《砭时》，《平报》1912年12月20日。
② 王栻主编：《严复集》（第三册），中华书局1986年版，第608页。
③ 严复：《论国民责望政府不宜太深》，《平报》1912年12月11日。
④ 王栻主编：《严复集》（第三册），中华书局1986年版，第624页。
⑤ [德] 马克斯·韦伯：《学术生涯与政治生涯——对大学生的两篇演讲》，王容芬译，国际文化出版公司1988年版。

不同，严复认为政治与道德伦理不同，严复曾在《中国古代政治结社小史》中说："中国古代政治思想之一大缺陷在于：从不敢理直气壮直言，为政之道一如治病救人之医术，又如引导海船安全通过风暴之航海术，而与伦理判然有别。国之福祉无疑显系乎民品，吾辈适逢乱时，旧政治秩序正在崩溃，国家与社会之新问题又层现迭出，而吾辈要释既往，测方来，系统地总结其规律，因治术德行杂而不分，实难得出坚确之论。"①

二

梁启超的思想历程就总体上看与严复有相似之处，但在时间上并不一致。戊戌变法失败后，正是严复思想从激进转入温和的时段，而这时的梁启超正亡命天涯，思想日趋激进。办刊办报，大力鼓吹革命，以其常带感情的笔触，造成了很大社会影响。种种激进言论使康有为、黄遵宪大为惊慌，对梁启超屡有规劝之言。1902年12月13日，康有为给梁启超信中，不无责备地说："自汝言革命后，人心大变大散，几不可合。盖宗旨不同，则父子亦决裂矣。"② 黄遵宪也在致梁启超的长信里说："胥天下皆懵懵无知，碌碌无能之辈而已。以如此无权利思想，无政治思想，无国家思想之民而率之以冒险进取，耸之以破坏主义，譬之八九岁幼童授以利刃，其不至引刀自戕者几希。"③ 后来梁启超在《清代学术概论》里回顾说："启超既日倡革命排满共和之论，而其师康有为深不谓然，屡责备之，继以婉劝，两年间函札数万言。"④ 这些规劝之言显然起了作用，梁启超在民国元年《莅报界欢迎会演说词》里说："辛丑之冬，别办《新民丛报》，稍从灌输常识入手，而受社会之欢迎，乃出意外。当时承团匪之后，政府疮痍既复，故态旋萌，耳目所接，皆

---

① 转引自孙应祥《严复年谱》，福建人民出版社2003年版，第479页。
② 见丁文江、赵丰田编《梁启超年谱长编》，上海人民出版社1983年版，第300页。
③ 同上书，第302页。
④ 梁启超：《饮冰室合集·专集》之三十四第六十三页，中华书局1989年版，根据上海中华书局1936年版影印。

增愤慨，故报中论调，日趋激烈。壬寅秋间，同时复办一《新小说报》，专欲鼓吹革命。鄙人感情之昂，以彼时为最矣。……其后见留学界及内地学校，因革命思想传播之故，频闹风潮。窃计学生求学，将以为国家建设之用，雅不欲破坏之学说，深入青年之脑中。又见乎无限制之自由平等说，流弊无穷，惴惴然惧。又默察人民程度，增进非易，恐秩序一破之后，青黄不接，暴民踵兴，虽提倡革命诸贤，亦苦于收拾。加以比年国家财政国民生计，艰窘皆达极点，恐事机一发，为人劫持，或至亡国。……自此种思想来往于胸中，于是极端之破坏不敢主张矣。故自癸卯甲辰以后之《新民丛报》专言政治革命，不复言种族革命，质言之，则对于国体主维持现状，对于政体则悬一理想，以求必达也。"①

历史又惊人地相似，晚清时黄遵宪、康有为劝告梁启超的话，又变成了张奚若、朱经农等人劝告胡适的话。1919年3月13日，张奚若给胡适的信中说："《新青年》《新潮》《每周评论》等今日同时收到，尚无暇细阅，略读数篇，觉其论调均差不多。读后感触是喜是悲，是赞成，是反对，亦颇难言。盖自国中顽固不进步的一方想起来便觉可喜，便觉应该赞成；然转念想到真正建设的手续上，又觉这些一知半解、不生不熟的议论，不但讨厌，简直危险。这赞成、反对两个意思相消之后，究竟还是赞成的意思多，还是反对的意思多，实在也很难说。"② 1920年2月11日，朱经农致胡适信中说："我有一句'逆耳之言'对你说，学生的爱国运动，万不可闹得漫无收束，中国学生求学的机会很少，闹过几年，就难再得求学时间了。现在中国学者都是袭取皮毛。此后非提倡切实求学，智识一项万难与各国平等。"③ 当胡适经历了清帝出宫、善后会议等一系列事件而饱受攻讦，目睹了一幕幕社会黑暗后，五四时期激扬凌厉的心态显然有很大变化。1931年1月21日，他给王

---

① 梁启超：《饮冰室合集·文集》之二十九第三页，中华书局1989年版，根据上海中华书局1936年版影印。
② 《胡适来往书信选》（上），中华书局1979年版，第30页。
③ 同上书，第81页。

云五的信中说:"这个国家是个最 individualistic[个人主义]的国家,渐进则易收功,急进则多阻力;商量之法似迂缓而实最快捷,似不妨暂时迁就也。"① 显然,胡适在二三十年代已经很倾向于渐变的社会改造思想了,这是理解他一系列社会行为的钥匙。

渐进思想在晚清民国时期,并非为一二人所持有,而隐然成为一种思潮,除了上面列举的严复、梁启超、胡适的例子外,还有很多精英分子在内在理路上与他们大致相仿。面对需要全面革新的破败社会,主观上、情绪上往往偏于选择砸烂重建一途,而接触社会愈多,了解社会的复杂性后,言论行为往往偏于谨慎、保守。以黄远庸为例,他曾是1902年浙江浔溪公学学潮的领袖,与当时公学的负责人杜亚泉盛气相争。事隔十三年后,黄远庸写了一篇文章——《忏悔录》,忏悔了自己年少时"罢学"之举,他检讨道:"革命之后,不从政治轨道为和平进行,乃一切以罢学式的革命之精神行之,至于一败涂地,而受此后种种恶果。余后此既悔其罢学。今日党人,当亦自悔其革命。"② 后来,黄远庸曾"有书致其友,谓曩时年少气盛,不受师训,杜师之言,皆内含至理,切中事情,当时负之,不胜追悔云。"③ 另一个著名人物章士钊也有同样的精神历程,他在1925年回顾说:"钊弱冠即言革命,为孙逸仙一书,号《孙国魂》,推崇备至,时天下只知有海贼孙文也。一击不中,亡命海外。则顿悟党人无学,妄言革命,将来祸发不可收拾,功罪必不相偿。渐谢孙、黄,不与交往。"④

三

当严复、梁启超、胡适、黄远庸、章士钊们把眼光从理想的远方收回,注视眼前的混乱和污浊,理想不免为现实所取代,如何维系人心、

---

① 《胡适来往书信集》(中),中华书局1979年版,第41页。
② 远生:《忏悔录》,《东方杂志》1915年第12卷第11号。
③ 蔡元培:《杜亚泉传》,《蔡元培全集》(第8卷),浙江教育出版社1997年版,第459页。
④ 章士钊:《答稚晖先生》,章含之、白吉庵主编《章士钊全集(1925.2.1—12)》(第5卷),文汇出版社2000年版,第548页。

恢复秩序便成为其思想的着眼点，激进西化所导致的危险和困难局面，是导致他们思想言论更多地从传统中寻找资源的关键原因。这种思想走向使他们招致了很多批评，其实，批评者未必比他们更理性，因为历史的发展一再昭示以革命为号召的暴力活动，往往只不过是改朝换代的手段，于实际的社会推动并不大，倒是充分考虑国情、文化特点，在此基础上采取渐进的革新方式往往更具成效。

杜亚泉曾说过，所有政治革命、社会革命都有其发生和成功的原因，"非可以模拟而企图之也。若以模拟之故企图革命，则其革命或不能发生，或发生而不能成就。"① 他总结辛亥革命的经验时说："辛亥革命……既由财产阶级发生，而吾国之财产阶级，大都不解立宪共和为何物，初未尝与闻其事，提倡之者为过剩的知识阶级中之一部分，加入者为过剩的劳动阶级中之兵，事实上与从前之帝王革命无稍异，其模拟欧洲之政治革命者，不过中华民国之名称，及若存若亡之数章约法而已。革命以后，名义上不能建设贵族政治，实际上握政权之官僚或武人，大率为游民首领之贵族化者。政治革命之不成就，决非吾人所能讳言。"② 激进的革新运动造成严重后果，是严复们思想转变的关键。与严复的思想认识相仿，杜亚泉对辛亥革命成功后所呈现的混乱和动荡的现实充满警醒，通过对社会现状进行深入研究分析，从1912年10月后，写了大量政论文章疾呼社会改革，主张渐变，反对激进，认为改造社会应先提高国民之素质和觉悟。在《东方杂志》上刊登了《共和政体与国民心理》《论人民重视官吏之害》《吾人将以何法治疗社会之疾病乎》《论中国之社会心理》《论社会变动之趋势与吾人处世之方针》《现代文明之弱点》《精神救国论》《国民今后之道德》等系列文章。

严复们反对激进思想的关键是反对只图破坏的快意，而不思艰苦的

---

① 杜亚泉：《中国政治革命不成就及社会革命不发生之原因》，许纪霖、田建业编著《杜亚泉文存》，上海教育出版社2003年版，第179页。
② 同上书，第182—183页。

建设。杜亚泉就认为以新思想为名者未必是新思想，其理论宣传"其惟一之主张，为推到一切旧习惯，此种主张，适与新思想之定义相凿枘。新思想依据于理性，而彼则依据于感性；新思想于事物或观念间，附以从前未有之关系，而彼则于事物或观念间，破其从前所有之关系。"因此，"吾以为彼之主张，决不能达其目的，盖旧习惯之破坏，乃新思想成立后自然之结果。新屋既筑，旧屋自废；新衣既制，旧衣自弃。今不务筑新屋、制新衣，而惟卷人之茅茨而焚之，剥人之蓝缕而裂之……不但弃茅茨决不肯为其所焚，其蓝缕决不肯为其所裂，必且并新屋新衣而深恶之而深恨之，而其茅茨且永不能除，蓝缕且永不得脱矣。吾以为今日之主张推到一切旧习惯者，实因其心意中并未发生新思想之故。"[①] 杜亚泉的这段话，可以看作渐变论者经典论述，道出了与激变论者核心分歧。许纪霖先生曾从启蒙的角度认为，杜亚泉式的温和渐进思想所代表的是一种温和、中庸的启蒙，一种调适变革的方式，不仅不与启蒙对立，而且是中国20世纪思想史上最富魅力的部分。[②]

在社会生活中，人们明显是以鲜明的价值观为判断标准的。这个标准往往以"进步"和"落后"为标签，顺应时代潮流的被认定为"进步"，和时代潮流有抵触的往往被贴上"顽固"或"倒退"的标签。[③] 渐进思潮在其历史进程中的地位，正与价值观的判断相表里。晚清民国的历史时空为20世纪中国各种思想发展提供了可能空间，在这一历史时空中，激进主义、自由主义、文化保守主义等，都有种种表现，不过最终决定历史叙述的还是胜利的主义，在很长的历史时期，有关近现代中国思想史的叙述都是以激进主义为中心的，改革开放新的历史航程开

[①] 杜亚泉：《何谓新思想》，许纪霖、田建业编著《杜亚泉文存》，上海教育出版社2003年版，第410—411页。

[②] 许纪霖：《杜亚泉与多元的五四启蒙（代跋）》，许纪霖、田建业编著《杜亚泉文存》，上海教育出版社2003年版，第496—497页。

[③] 尹奇岭：《学术伦理和社会伦理的抵牾——试析陈寅恪"对对子"事件》，《学术探索》2009年第2期。

启后,渐变的、温和的思想史内容开始从历史黑暗的深渊浮出地表,渐渐成为历史叙述的强大声音。今天是我们建设有中国特色的社会主义历史时期,渐变的观念已渐次成为主流,成为很多文化精英的共同认识,其价值和合理性已毋庸讳言。

附录二 40年代汪伪统治时期古体诗词的复兴

古体诗词在与新文学的对垒过程中，日渐边缘化，在文学的公共空间里日显萎缩，很多时候退居到报角刊尾作为补白，成为少数人的爱好，这已是不争的事实。40年代汪伪统治时期，古体诗词一度繁盛，在民族苦难深重、战火冲天的年代，这不能不是一个特殊现象。从现代文学研究的现状来看，对五四新文学运动之后古体诗词的关注一直是比较薄弱的，几乎可以视为一个盲区。沦陷区文学，长期以来也是"被冷落的缪斯"，某种程度上说也处于研究者的盲区里。40年代汪伪时期的古体诗词，既是古体诗词又是在沦陷区，可以说是处在双重盲区里了。汪伪时期登载古体诗词的刊物，如《民意》《国艺月刊》《同声月刊》《学海月刊》等，在《中国现代文学期刊目录汇编》（上、下）[①]中都不见收录，可见其被忽略的一斑。南京有深厚的古体文学传统，"1921—1922年间、1934年间中国文学界和教育界公开的两次主张复活文言文、反对白话文的肇始者都是在南京"[②]。40年代汪伪时期古体诗词的一度繁盛，可以说是有其历史渊源的。

[①] 陈荒煤主编：《中国现代文学期刊目录汇编》（上、下），天津人民出版社1988年版。
[②] 沈卫威：《文学的古典文学主义的复活——以中央大学为中心的文人禊集雅聚》，《文艺争鸣》2008年第5期。

一

　　古典文学注定要衰落，是近现代以来文学发展的趋势，可以说是古典文学的历史命运使然，在 40 年代汪伪时期却一度繁荣起来，最根本的原因应该说是源于汪伪政权的大力提倡。汪伪政府 1940 年 3 月 31 日公布的《国民政府改组还都政纲》第十条，有"提高科学教育，扫除浮嚣空泛之学风"的纲领，并没有具体说明纲领的内容，而在以江亢虎为魁首的中国社会党的临时政纲里，这条朦胧的纲领就具体化为"以中国固有文化为中心"的条文。在 1941 年 8 月 27 日孔子诞辰纪念日上两个人的联合表演，更证实在尊孔复古上，两人是一致的。这一天，汪伪政府举行了隆重纪念典礼，汪精卫做了题为"近百年来国人对于孔子观念的变迁"的讲演，号召尊孔。江亢虎草拟了《孔子二千五百年祭奠建议书》，包括请政府明令提倡，拨款，修缮孔庙，搜求祭奠应用的礼器乐器及冠服，训练礼官乐师及佾舞生等，其他还有征集关于孔子文献资料、制备祭奠宣传纪念品等条文。① 配合这种政治需要，《民意》上刊载了大量研究孔子的文章，如程清的《孔子诞日正误考》，宋曜青的《孔门学术问对自序》《孔门学术问对》，马念祖的《孟子七篇中之诸子学说揭要》，筱云的《孔子的经济思想》，崔玉书的《谈孔子吾道一以贯之》，江亢虎的《论语大义》，唐文治的《论语大义》等。汪伪政权就是在这一片尊孔复古的声浪中提倡古体诗词创作的，汪精卫、江亢虎、梁鸿志等政府要员，都是这一古体诗词唱和潮流中的核心人物，都有大量的诗词刊载。在这些汪伪上层人物的推动下，40 年代南京的古体诗词唱和呈现了繁荣局面，至少是表面的繁荣。这种繁荣可以从两个方面来说明：

　　一是从古体诗词的研究和创作上来看，呈现繁盛局面。有专刊来集中发表分散的诗词唱和，以便研讨学习。以龙沐勋编辑的《同声月刊》

---

① 两篇文章都刊登在《民意》第二卷第四五两期合刊，汪文尤其以"特载"两字以示突出（1941 年 8 月 15 日）。

为例，就有大量旧体诗词创作的刊载，以及有关诗词曲研究的文章。冬生的《八代诗评》，赵叔雍的《金荃玉屑》，俞感音《填词与选调》，龙沐勋《晚近词风之转变》，陈能群《词用平仄四声要诀》，缄斋《学山诗话》，俞阶青《五代词选释》，西神《词史卮谈》，陈能群《诗律与词律》等都是有关诗词研究的。而每期都有的"今诗苑""今词林"是创作园地，发表了大量的诗词作品，如陈曾寿《苍虬阁诗》，汪兆铭《双照楼诗》，王揖唐《今传是楼诗》，李宣倜《桥西草堂诗》，黄孝纾《匑厂诗》，龙沐勋《忍寒庐诗》，夏孙桐的《悔龛诗》，冒广生的《小三吾亭诗》，齐璜的《白石诗》等，以上为诗集。张尔田《遁庵乐府》，陈曾寿《旧月簃词》，夏仁虎《文薮词》，吕碧城《雪绘词》，日人今关寿的《独抱庐诗》，赵尊岳的《珍重阁诗》，梁启勋的《海波词》，江亢虎的《天我庐诗》，夏敬观的《忍古楼诗》，黄孝纾的《延嬉室诗》，俞陛云的《乐静词》，杨晋镛的《善香室词》，郭则澐的《龙顾山房词》，溥儒的《凝碧余音》，赵熙的《香宋诗》，林思进的《静寂诗》，陈方恪的《鸾陂草堂诗》，吕美荪的《勉丽园诗》，辛际周的《心禅诗》，陈洵的《海绡词》，吴庠的《眉孙长短句》，陈方恪的《鸾陂草堂词》，向迪琮的《柳谿长短句》，罗庄的《初日楼词》，丁宁的《还轩词》，等等，以上为词集。遗作发表的有沈曾植的《海日楼诗》，莫友芝的《影山词》，丁日昌的《百兰山馆古今体诗》，于式枚的《于晦若遗诗》，等等。

二是古体诗词的出版也开始复苏，在《同声月刊》的"诗坛近讯"和"词林近讯"上常有这方面的报道。如一卷2号的"诗坛近讯"，报道说夏映庵（敬观）的《忍古楼诗》出版，陈弢庵（宝琛）《沧趣楼诗》刻成，李拔可（宣龚）《硕果亭诗》出版，梁众异（鸿志）《爰居阁诗》二次校印出书，陈仁先（曾寿）《苍虬阁诗》出书有待，易大厂居士《孺斋诗》出版。一卷4号"词林近讯"报道《全宋词》出版，《清词钞》成书有日，《广川词录》刻成，《柳谿长短句》第二集刻成。在一卷5号的"词林近讯"上，报道说《苍虬阁诗》刊成，《今觉庵诗》出版，《遁盦乐府》刊成，《宋词三百首》及《彊村语业》修补重印，上海《午社词集》出版，天津玉澜词社近讯等。在一卷10号的"词林近讯"上，报道《观所尚斋诗》出版，《云在山房诗选》出版，午社近讯，《苍虬阁诗》出版，《双照楼诗词》在校刻中。一卷12号"词林近讯"中报道说《沧海遗音集补编》之校刻，《味荪词》出版，《聆风簃诗》刻成，《笏园诗钞》出版，等等。从这些报道中，我们看到古体诗词在出版上复苏的迹象，这种复苏带有很大人为成分，所出版的诗词集子，除古人的以外，都是小集团里唱和的人，可以说这些人在有意识地复兴古体诗词，和整个社会的文学需要是没有多少联系的，虽然表面上繁荣，但还是掩饰不住骨子里的凄凉。

除了《同声》之外，作为古典文化研讨和旧体诗词发表园地的还有《国艺月刊》《中国诗刊》《学海》等其他刊物。以《学海》月刊为例，李释戡任社长，钱仲联为主编。李释戡在《学海月刊发刊辞》上说："凡经史、诸子、文字、音韵、舆地、历算、金石、书画、谱录之学，有考订阐明者，不偏门户，不囿中外，片辞只义，悉所收罗。"[①]从这个《发刊辞》中可以看出这是以传统文化为取向的刊物，在每期的"附录"中都刊登时人的古体诗词文的创作，作者主要有疢斋、墨巢、剑知、释戡、众异、映盦、梅泉、剑知、释堪、伯冶、苍虬、病树、无恙、洞省、吹万、张幼珊、葱奇、彦通、幼达、卷庵、畸盦等人。从上面所列举的作者看，基本与《同声月刊》大同小异，与《民意月刊》上的"今诗苑""今词林"里的作者也为同一批人，基本属于同人刊物性质。

这个时期古体诗词活动还是传统的方式，诸如朋友过从，聚会宴饮，唱和赠答，等等，主要的方式还是所谓"雅集"。聚会雅集这种活动方式在旧式文人中很盛行，是他们的一种生活方式，数量很多，翻阅这个时期文献，有大量雅集的记载，玄武湖、鸡鸣寺、扫叶楼、清凉山等地都是雅集常去的场所。在汪伪时期的南京，比较著名的雅集有西园雅集、桥西草堂雅集等。西园是汪伪政府行政院所在地的一个花园，西

[①] 李释戡：《学海月刊发刊辞》，《学海月刊》1944年第一卷第1册。

园雅集是以行政院长梁鸿志为中心，由他召集的，翻阅《陈方恪年谱》，在1939年至少记载了两次西园雅集，一次是在四月，"同月二十二日（农历三月初三日）梁鸿志邀先生（陈方恪，笔者注）和陈道量、吴用威以及李释戡、李石九兄弟等人在维新政府行政院所在的西园雅集，因有诗《己卯上巳爱居阁主人召集，禊饮于廨宇之西园，分韵得犹字》"①。一次是在十月，"十月二十一日是重阳节……与江伯修、陈道量、汪仲虎、李释戡、陈伯冶、黄公孟、曹靖陶、吴用威等十人在维新政府行政院的西园内雅集，并在太平天国所遗石舫'不系舟'上宴饮。先生（陈方恪，笔者注）有诗《己卯重九爱居阁主人宴集西园夕佳亭，分韵得画字》"②。桥西草堂雅集以李释堪为中心，《陈方恪年谱》有1940年9月16日（中秋节），与黄默园、龙榆生、陈伯冶、何岂斋、曹靖陶、张次溪、岳仲芳、白坚甫、陈道量等参加李宣倜在南京三步两桥之桥西草堂寓所邀宴雅集的记载。③ 大概从1942年秋天开始，每逢周末，李释戡都在桥西草堂举行雅集，称为"星饭会"。陈方恪与龙榆生、陈道量、高子滫、郭枫谷、陈柱尊、黄燧、何嘉、潘其璇、汤澹然、杨无恙、张次溪、陈啸湖、冒孝鲁、钱仲联、陈伯冶以及日人今关天彭等均是常客。"星饭会"实际上是由汪精卫、梅思平开支经费，以李释戡出面，聚集、拉拢宁沪一带沦陷区的学者文人；同时，以《学海月刊》支付稿费形式，给予生活津贴。④

  主要以研讨诗艺，增进创作水平为主要功能的雅集可以龙沐勋为中心的"冶城吟课"为代表。龙沐勋把吟咏的诗词选登在《同声月刊》上，并有一个说明："予以庚辰初夏，重到金陵，获与中央大学筹备复校之役。是岁秋，决以朝天宫附近中央政治学校旧址为校舍。弦歌续作，瞬又逾半。予既纂辑月刊，以倡声学，兼与从游诸子，肄习诗词。每值佳辰，偶亦相携寻胜，咏归之乐，无减前修。爱此纷披，略加润

---

① 潘益民、潘蕤：《陈方恪年谱》，江西人民出版社2007年版，第139页。
② 同上书，第141页。
③ 陈方恪著，潘益民辑注：《陈方恪诗词集》，江西人民出版社2007年版，第83页。
④ 潘益民、潘蕤：《陈方恪年谱》，江西人民出版社2007年版，第156页。

饰，以校址在冶城山麓，爰题曰冶城吟课。"① 在《同声月刊》的第二卷一号上，收录了马瑄的《晚菊》《秋尽书怀》，邹森运的《重阳》《黄花》《寒鸦》，朱庆祺的《衰柳》《中秋》《秋蝶》《寒鸦》，邵文煦的《衰柳》《中秋》，黎傅泽的《衰柳》《中秋感怀》《寒鸦》，戴健的《衰柳》，李厚龙的《中秋》《登北极阁观落日》，赵学仁的《衰柳》《登扫叶楼》，蒋树人的《见菊偶成》，邹森运的《秦楼月·春宵》《高阳台·月》等诗词。在《同声》第二卷第二号，收录了邹森运的《冬夜》，马瑄的《三十一年元旦适为阴历冬月十五。是夜明月当顶。清光无际。乐赋律句三首》，邵文煦的《冬夜》《寒林》，黎傅泽的《冬夜》《寒林》，李圭海的《寒鸦》，马尚超的《登扫叶楼》《寒鸦》《冬夜》，胡筱农的《寒鸦》《冬夜》，李厚龙的《初雪》《冬夜》，马琰的《秋日泛舟秦淮》，蒋耀寰的《衰柳》《中秋偕同学泛舟玄武湖采菱》，祁光珍的《衰柳》，陈贵贞的《衰柳》《中秋》，王美月的《中秋》《重阳》《寒鸦》《冬夜》，汪圭珍的《寒鸦》，眭雪英的《寒鸦》《重阳登北极阁》，俞天楫的《踏莎行》等诗词。从以上的列举中可以看出，上行下效，吟咏之风一时繁盛。

二

参与40年代汪伪时期南京古体诗词唱和的作者情况，看似简单，其实也是比较复杂，包括上层政治人物、社会名流、学界精英、遗老遗少、古体诗词的爱好者等。从刊载作品的主要作者构成看，基本都是社会中上层人物，要么是汪伪的主要成员，要么与汪伪政权有着种种瓜葛，这是毋庸讳言的事实，但这些人之所以留在南京，共同促成了这一古体诗词的一度繁盛，原因还是不尽相同的。

对于汪精卫、陈公博、周佛海、江亢虎一些政治人物来说，主要是主动的政治选择，有蒋汪矛盾的种种背景，也有汪精卫集团对于整个形势的错误判断，他们的政治选择使他们走上了不归路。他们对抗战持悲

---

① 龙沐勋：《冶城吟课》，《同声》第二卷第一号。

观失望态度,认为和日本作战必败,因此选择所谓"和平"道路。汪精卫集团曾千方百计做过种种辩解,温宗尧在《说互》一文里辩称:"中国人之迷于长期抗战者,以为英法美之可以依赖耳,即无欧战,彼诸国之号为援我者,亦徒以往而复返,借而必还之金钱,使我牺牲一死不可复生之壮丁,为之消耗日本耳,最后胜即在我,所收复于日本者,仍当拱手送之诸国,以为债务之抵押保证,况于胜不可必,又况法已败亡,英已疲敝,不能自救,美则救一英之不暇,其分而救我者,不过借我牵制日本,勿助德以攻英耳,非助我也,乃救英也,今日美不肯死,故以钱买我之死,不久美必不能不死,而英不能救,我则为白死也……"① 但这种辩解显然是无效的,和战问题历史就有,但人民历来是决不允许投降的。正如耿德华所说:"如果汪精卫组织和平运动和在日本人控制下成立南京政府的目的是为了改善敌占区中国人的处境,争回某种民族自治权的话,他的这种做法早在战争结束前就明显地失败了,并且从一开始就没有得到人民的支持。"② 1940年3月30日,当汪伪南京政府"还都"之际,蒋介石政府又重申前令,通缉陈公博、温宗尧、梁鸿志、王揖唐、王克敏、江亢虎等77人。中国共产党领导的抗日武装八路军、新四军也发表讨逆通电,要求驱逐敌伪、收复河山。③ 腆颜事敌、为虎作伥的汪伪汉奸,成为举国民众讨伐对象。不仅那些身入汪伪的人受到讨伐和谴责,一旦有人被认为同情汪伪政权,也同样会被指责。1941年春,居住上海的冒鹤亭,因为在诗中有"饿死原知俄顷事,一身容易一家难"的句子,上海《中美日报》登载短文认为"此与江某(指江亢虎——笔者注)等所谓饿死事大,同为一鼻孔出气之悖言,盖恐人之料其失节,藉以解嘲也。"后来不得不请张元济专为此事致函《中美日报》总主笔,代为剖白。④

对于另外一些并没有多少政治企图的文化人来说,留在沦陷区,主

---

① 温宗尧:《说互》,《民意》1941年第一卷第10期。
② [美] 耿德华:《被冷落的缪斯》,张泉译,新星出版社2006年版,第5页。
③ 汪佩伟:《江亢虎研究》,武汉出版社1997年版,第258页。
④ 冒怀苏编著:《冒鹤亭先生年谱》,学林出版社1998年版,第444—445页。

要不是由于政治的原因，毋宁说经济的原因是最重要的。当然，各人的具体原因并不完全一样，这里只是举出一个最普遍的原因。随着日本铁蹄的深入，蒋介石政府内迁重庆，大批的文化人和文化机构也不得不纷纷内迁。中国的经济发达地区主要在沿海一带，内地多为经济不发达地区，由于战争而被迫内迁，给很多文化人的生存带来问题。"在经济不发达的内地或居民麇集的香港，就连那些知名作家也觉得谋生不易。随着战争的延续，内地社会条件的恶化更加剧了这个问题的严重性。这是一些作家不愿离开日本占领区的主要原因。内地生活非常艰难，这对于那些担心找不到固定职业而难以养家糊口的作家来说，更不敢贸然离去。"这个描述应该说是实事求是的，对于那些不愿意离开故土的文化人来说，另外一个容易被人忽略的原因，可能是"他们对某一地区或城市以及那里的生活有着不解之缘，而不管它是否暂时处于外国控制之下"①。

　　从具体的作家来看，经济原因是多数文化人参与汪伪政权的重要原因，而汪伪政权拉拢文化人，经济也是一个重要砝码。以陈方恪为例，他是近代诗坛领袖陈三立的儿子，著名史学家陈寅恪的胞弟，在古体诗坛上颇有声名。1938年初，他所任教的上海私立正风文学院因校舍遭日机轰炸，加上日军肆虐，治安环境恶劣，学校基本停办，大部分师生离校。陈方恪基本失去最后的生活来源，靠变卖家中旧物维持。此外，就是靠"叶恭绰、袁思亮、梁众异等常有接济，夏敬观、王蕴章、王福庵等常荐先生为人写寿文、寿联、诗词等，稍以补贴"②。正是在这种情形下，这一年"十一月（农历十月），先生因生活拮据，难以维持一大家的日常生活，也被梁鸿志、陈群等拉来南京"③。也是在这一年，陈方恪留在沦陷区的其他诗友，也或先或后，纷纷加入汪伪政权，如李释戡为行政院秘书兼任印铸局局长，陈啸湖、刘骧业、江古怀、陈道

---

① ［美］耿德华：《被冷落的缪斯》，张泉译，新星出版社2006年版，第3页。
② 潘益民、潘蕤：《陈方恪年谱》，江西人民出版社2007年版，第132页。
③ 同上书，第134页。

量、高近宸、朱景迈、黄孝绰、黄溥、何嘉为行政院秘书，王蕴章为实业部秘书，冒景玮为外交部司长，陈世镕为印铸局参事，曹煦宇、陈巨来为行政院印铸局科长，张江裁为行政院科员，蔡哲夫为教育部咨议。①

40年代汪伪时期古体诗词的作者，主要是由以上这两部分人组成。古体诗词的唱和对这些人来说，是日常生活的常课，古体诗词是他们之间可以相互分享的一种娱乐和雅事。作为一种文化权力资本，他们也在唱和中发展友谊，互相推重，共享这种文化权力资本。但以前由于新文化在商业上的成功和社会运动对新文化的支持，古体诗词始终处于受压抑的地位，只能在很小的圈子里进行，发表的阵地很有限。而在汪伪时期的南京，这个局面一下子被打破了，汪伪集团利用手中掌握的经济和政治资本，一下创刊了好几种刊载古体诗词的刊物，大力弘扬这种传统的文化形式，很快把古体诗词创作推上繁荣局面。

三

展读这些人的古体诗词，给人强烈的悖谬感。一方面，你不能不为这些诗词中真诚抒发出来的忧国忧民的情怀，以及不被人理解的苦闷所打动；另一方面又不能不鄙夷他们所做出的政治选择。整个汪伪时期繁盛的古体诗词创作的一个基调可以说是悲凉哀婉的，诗词中最为常见的情绪就是郁结而不得舒展的哀伤和悲凉。如果我们离开政治视角，从人性和文化的视角来观察，不能不感慨一失足成千古恨的真正悲凉处正体现在这些歌咏里。陈寅恪在挽汪精卫的诗中就以历史学家深广的胸怀寄予了深沉的感慨。1944年12月17日，在《吴宓日记》里，有下列记载："寅恪口授其所作挽汪精卫兆铭。诗，命宓录之，以示公权"②。诗如下：

---

① 潘益民、潘蕤：《陈方恪年谱》，江西人民出版社2007年版，第136页。
② 吴宓：《吴宓日记》（第9册），生活·读书·新知三联书店1999年版，第379页。

附录二　40年代汪伪统治时期古体诗词的复兴　229

挽汪精卫 兆铭

阜昌 刘豫为齐帝年号。天子颇能诗,
集选中州未肯遗。元遗山选《中州集》,

列入齐曹王刘豫诗。按豫曾为进士。

阮瑀多才原不忝,褚渊迟死更堪悲。
千秋读史心难论,一局收枰胜属谁?
事变无穷东海涸,冤禽公案有传疑。

当然,我们并不一定完全赞成陈先生对汪的评价,但我们的确能体悟一点波诡云谲的历史风云中造化弄人的严酷。汪精卫、陈公博、周佛海、江亢虎等汪伪的上层人物,对自己行为的辩解在某种程度上是有真诚性的,在他们看来,自己选择了忍辱负重,放弃了令名令誉。一篇化名为"民隐"的作者在文章中说:"老于谋国者以国利民福为前提,而将一己之令闻令誉置诸度外。两利相较取其重,两害相权取其轻。……不为外交辞令所眩,不为外国保证所惑,唯对方实力是衡,以保国保民为上策,以徒供他国牺牲为下策。意气偏袒乃谋国者之大忌。和战无常策,要以国利民福为断,不得已而战,以战利重而害轻也,不得已而和,以和趋利而避害也。……盖战虽导致亡国亦博得英雄之誉,而和虽利国福民恒招致求全之毁。……主和者之苦心孤诣,为国为民,见识之远大,政策之确当,自有历史以证明之。"[①] 从语气和眼光分析,这篇文章应该是汪伪政权中重要人物的手笔(有待考证)。但历史无情证明了他们的判断是错误的,他们在政治上实际选择的是一条不归路,这也给他们的心头抹上了一道浓重的荫翳,沉重压迫他们的心灵。

在他们的古体诗词作品中,所谓"泥中长曳尾,酒后暂开颜。""江山和泪看,风雨入愁听"[②] 的悲凉之音,几乎篇篇皆见。社会舆论给汪伪上层人物以沉重的压力,磐石一般压在他们心头,凝结为他们心

---

① 民隐:《令闻令誉与国利民福孰重?》,《民意》1941年第二卷第三期。
② 《荷花生日感怀四律》中截句(康瓠),见《民意》1941年第二卷第四、五期两期合刊。

头挥之不去的心结,不好明说,不便明说,只好借古体诗词的掩护来疏解烦郁。尤其在汪伪政权的上层人物那里,悲郁的情结尤其深重。下面随手摘录汪精卫、梁鸿志、江亢虎、陈公博这些汪伪政府领袖人物的几首诗词为例证:

《太平角夜坐》 汪兆铭[1]

近天风露自泠泠,波远微光罔似萤。
清绝玉箫声里月,万山如睡一松醒。

《双照楼词·摸鱼儿》 汪兆铭[2]

叹等闲春秋,换了灯前双鬓非故。艰难留得余生在,才识余生更苦。休重溯,算刻骨伤痕未是伤心处。酒阑尔汝问,搔首长吁,支颐默坐,家国竟何补?

鸿飞意,岂有金丸能惧?摧残几度毛羽,誓穷心力廻天地,未觉道途修阻。君试数有多少故人血,作江流去。中庭踽踽,听残叶枝头,霜风独战,犹似唤邪许。

《辛巳元旦》 梁鸿志[3]

不解春何力,兹辰意有加。与年增老丑,与世久龃龉。
谁酿三年战?全荒百姓家。官身知有愧,深坐对梅花。

《前调和援道韵》(康瓠)[4]

雪里征鸿送旧年,风中冻雀不能安。危枝只怕巢全覆,空室真如磬倒悬。

休我慢,赚人怜,津桥是处可闻鹍。漫云地气分南北,今夜重

---

[1] 《同声》第一卷第5号。
[2] 《同声》第一卷第9号。
[3] 《同声》第一卷第5号。
[4] 《民意》1941年第一卷第10期。

衾一样寒。

《和洪客尘县长出宰江宁二截句》之一 （康瓠）①

从来理得即心安，浮世讥评了不干。

花落讼庭无个事，一梅一鹤伴春寒。

《临流偶感之一》（公博）②

大厦阽危一木微，聊将心事诉斜晖。

茫茫天地滔滔水，伫望江流不忍归。

从以上的引用的诗词中，可以见出这些汪伪领导层心灵深处的一斑，那种人神共弃的凄凉，被历史抛弃的命运苍凉感和耻辱感，是随处可见的。诗词里透露出来的不安和深沁骨髓的寒意，不能不让人感触良深，那种强自慰解，而又无法摆脱哀痛的内心情调，是压抑不住的。即使想脱身也无计可施，"怀古伤今空有泪，绝人逃世苦无缘。"③"何处青山许高卧？干戈满地渺愁予。"④

那些被汪伪政权笼络来的"名士"们，也怀有同样的不安和自责情绪，在他们诗词里随处可以觅见。只不过有的表现隐晦，有的明显罢了。下面摘录陈方恪的一首诗为例：

《戊寅除夕简寥士、靖陶》（陈方恪）⑤

乱隙偷生有此宵，闭门梅竹称清寥。

童龆节物吞声纪，瘖瘵亲朋剪纸招。

一往已拼人共弃，孤怀何冀世同要。

---

① 《民意》1941年第一卷第10期。
② 《同声》第三卷第4号。
③ 汪兆铭：《秋日重过豁蒙楼》，《同声》第一卷第6号。
④ 江亢虎：《津桥步月》，《同声》第一卷第四号。
⑤ 潘益民辑注：《陈方恪诗词集》，江西人民出版社2007年版，第77—78页。

严城逻铎经过断，想伴壶觞自在浇。

这首1939年除夕所作的七律道尽了那批依附在汪伪政权下"名士"们的心怀，一句"一往已拼人共弃"真是神来之笔，说出了这些人不愿说出口的心事，道明了汪伪政权下文人们的心结。

四

40年代汪伪时期，从古体诗词创作的数量之大，集聚的诗人之多，刊载诗词的阵地之完备上来看，古体诗词的确可以称为繁盛。这个时期，在南京这一古城，古体诗词摆脱了那种报尾刊角处于补白的尴尬地位，成为刊物的"贵客"。但从这些古体诗词的内容上来看，繁荣背后却是浓重的衰飒之气。从根本上说，这种暂时的繁荣是人为的结果，是汪伪借助政权的力量推动的，并不是文学发展的内在规律使然，因而是无从为继的。古体诗词在汪伪时期的复兴，除了政治上的考虑外，不能不说更多的是文化本身的因素。

传统文化寄寓着深厚的国家与民族精神，在国破家亡之际，传统文化无形中被赋予了国家与民族象征的意义。汪伪政权虽然依附了日本侵略者，但并非和日本侵略者是一心的，在他们的政治想象中本要争取伪政府独立自主的地位的。江亢虎回答日本两家媒体的质问时说："为实现全面和平，希望日本先尊重并信赖国民政府，使国民政府能得中国人民之尊重与信赖，更得世界各国之尊重与信赖。盖必中国人民与世界各国，确知国民政府非日本势力下之傀儡组织，而具有独立自主之资格，然后内可期同胞之爱戴外可邀列强之承认也。"[1] 这种自欺欺人当然很快破产了，日本侵略者需要的只是听话的工具，汪伪政权只是傀儡罢了。这群在政治上走上了不归路的知识分子，对他们来说有两个强大的压力足以压垮他们的精神，一是日本方面的压力，逼迫他们成为服务于日本侵略的听话奴仆；二是来自人民的压力，浴血奋战中的中国人是无

---

[1] 江亢虎：《质问要纲六条答案》，《民意》1941年第一卷第10期。

论如何也不能原谅"汉奸"和"贰臣"的,他们内心感受到强烈的觍颜事敌的耻辱,和不被理解的绝望。"艰难留得余生在,才识余生更苦"一类凄苦的诗句,道尽了内心世界的凄凉。

　　古体诗词在40年代汪伪政权下的复兴,让我们看到文化在国破家亡之际深厚的抚慰功能。汪伪政权上层人物和依附他们的一些文人,都不约而同地拿起了他们所习惯的毛笔,写起了旧体诗词,逃进了诗词格律之中,在吟哦中抒发郁闷和苦恼,在互相慰藉中减轻痛苦的程度。这种情形也让我们看到传统文化巨大的包容性,和对传统文化的多元利用。但是,汪伪凭借政权力量支持的这一复古潮流,并不符合文学本身的发展潮流,这一繁荣其实是虚假的,可以说这是古体诗词在民国时期文学公共空间里的最后一次回潮。

参考文献

一 期刊类

《安徽俗话报》

《安徽驿运》

《安徽大学月刊》

《安大季刊》

《学风》

《自觉月刊》

《市政月刊》

《东南大学南京高师暑校日刊》

《东南论衡》

《独立评论》

《国立中央大学半月刊》

《国立中央大学教育丛刊》

《国立中央大学日刊·校风》

《国立中央大学文艺丛刊》

《金大周刊》

《金陵大学校刊》

《金陵大学文学院季刊》

《金陵光》

《金陵月刊》

《教育杂志》

《甲寅》

《青鹤》

《科学》

《留美学生季报》

《民国日报·觉悟》

《民意》

《南京文献》

《世界日报》

《同声》

《学衡》

《新潮》

《新青年》

《学海月刊》

《小雅》

《中华教育界》

《逸经》

《庸言》

《制言》

《平报》

二　专著类

安庆市陈独秀学术研究会编注：《陈独秀诗存》，安徽教育出版社2006年版。

卞孝萱、唐文权编：《民国人物碑传集》，团结出版社1995年版。

白彤东：《旧邦新命》，北京大学出版社2009年版。

陈端志：《五四运动之史的评价》，见《民国丛书》（第三编第 65 册），上海书店出版社 1991 年版，根据生活书店 1936 年版影印。

曹经沅编：《甲戌玄武湖修禊豁蒙楼登高诗集》，铅印本，南京大学图书馆古籍特藏部。

曹经沅遗稿，王仲镛编校：《借槐庐诗集》，巴蜀书社 1997 年版。

陈方恪著，潘益民辑注：《陈方恪诗词集》，江西人民出版社 2007 年版。

陈荒煤主编：《中国现代文学期刊目录汇编》（上、下），天津人民出版社 1988 年版。

陈夔龙：《梦蕉亭杂记》，中华书局 2007 年版。

《程千帆全集》（第 14 卷），河北教育出版社 2001 年版。

陈三立集：《癸酉九日扫叶楼登高诗集》，民国癸酉年（1933），铅印本，藏南京大学图书馆古籍部。

陈思和：《陈思和自选集》，广西师范大学出版社 1997 年版。

［日］仓石武四郎著，荣新江、朱玉麒辑注：《仓石武四郎中国留学记》，中华书局 2002 年版。

陈谊：《夏敬观年谱》，黄山书社 2007 年版。

曹辛华：《20 世纪中国古代文学研究史·词学卷》，东方出版社中心 2006 年版。

陈衍：《石遗室诗话》（一），辽宁教育出版社 1998 年版。

陈寅恪：《陈寅恪集·书信集》，生活·读书·新知三联书店 2001 年版。

蔡元培：《蔡元培全集》（第四卷），浙江教育出版社 1997 年版。

陈遹勋、杜福堃编订：《新京备乘·卷下》，中华民国二十一年十月初版，南京大学图书馆古籍部藏书。

陈支平：《台湾文献汇刊》（第四辑第十五册），厦门大学出版社、九州出版社 2004 年版。

［美］达恩顿：《启蒙运动的生意——〈百科全书〉出版史（1775—1800）》，叶桐、顾杭译，生活·读书·新知三联书店 2005 年版。

［美］达恩顿：《拉莫莱特之吻：有关文化史的思考》，萧知纬译，华东

师范大学出版社 2010 年版。

［美］达恩顿：《阅读的未来》，熊祥译，中信出版社 2011 年版。

董康著，王君南整理：《董康东游日记》，河北教育出版社 2000 年版。

窦水勇编：《北京琉璃厂旧书店古书价格目录》（四卷），线装书局 2004 年版。

丁文江、赵丰田编：《梁启超年谱长编》，上海人民出版社 2008 年版。

邓云乡：《诗词自话》，河北教育出版社 2004 年版。

邓云乡：《鲁迅与北京风土》，河北教育出版社 2004 年版。

邓云乡：《云乡话书》，河北教育出版社 2004 年版。

方厚枢：《中国出版史话》，东方出版社 1996 年版。

方诗铭编著：《中国历史纪年表》，上海人民出版社 2007 年版。

［美］耿德华：《被冷落的缪斯》，张泉译，新星出版社 2006 年版。

高恒文：《东南大学与"学衡派"》，广西师范大学出版社 2002 年版。

郭绍虞：《语文通论》，《民国丛书》（第三编第 49 册），上海书店出版社 1991 年版，根据开明书店 1941 年版影印。

高一涵：《金城集》，民国三十五年（1946），铅印本，南京大学图书馆古籍特藏部。

耿云志：《耿云志文集》，上海辞书出版社 2005 年版。

郭嵩焘：《郭嵩焘日记》（第三卷），湖南人民出版社 1981 年版。

高平叔编：《蔡元培全集》（第四卷），中华书局 1984 年版。

何炳棣：《读史阅世六十年》，广西师范大学出版社 2005 年版。

胡俊：《自怡斋诗》，刻本线装书，金陵大学文学院己卯年（1939），南京大学图书馆古籍部藏。

何鲁：《何鲁诗词选》，巴蜀书社 1993 年版。

黄侃：《黄侃日记》（上、中、下），中华书局 2007 年版。

胡适：《胡适讲演集》（一），远流出版事业股份有限公司 1986 年版。

胡适：《胡适全集》（第 2、29、31 卷），安徽教育出版社 2003 年版。

胡适：《胡适来往书信选》（上、中），中华书局 1979 年版。

胡明编：《胡适诗存》，人民文学出版社1989年版。

胡小石：《胡小石论文集》，上海古籍出版社1982年版。

胡先骕：《胡先骕文存》，张大为、胡德熙、胡德焜合编，江西高校出版社1995年版。

胡迎建：《民国旧体诗史稿》，江西人民出版社2005年版。

侯杨方：《中国人口史》（第六卷），复旦大学出版社2005年版。

[日]吉川幸次郎：《我的留学记》，钱婉约译，光明日报出版社1999年版。

吉少甫编：《中国初版简史》，学林出版社1991年版。

季羡林：《赵元任全集·总序》，商务印书馆2002年版。

金毓黻：《静晤室日记》（十册），辽沈书社1993年版。

[德]卡尔·曼海姆：《保守主义》，李朝晖、牟建君译，译林出版社2002年版。

[德]马克斯·韦伯：《学术生涯与政治生涯——对大学生的两篇演讲》，王容芬译，国际文化出版公司1988年版。

劳祖德整理：《郑孝胥日记》（第三册、第四册），中华书局1993年版。

刘大鹏：《退想斋日记》，山西人民出版社1990年版。

廖恩焘等撰：《如社词钞十二集》，民国二十五年（1936），铅印本，南京大学古籍特藏部。

梁鸿志：《爱居阁诗》，1939年长乐梁氏，刻本，南京大学图书馆古籍特藏部。

梁济著，黄曙辉编校：《梁巨川遗书·年谱》，华东师范大学出版社2008年版。

罗家伦：《耕罢集》，铅印本，南京大学图书馆古籍部收藏。

罗家伦：《滇黔寄兴》，铅印本，南京大学图书馆古籍部收藏。

罗家伦：《心影游踪集》，台湾永祥印书馆1957年影印本，南京大学图书馆古籍特藏部。

黎锦熙：《一九二五年国语界"防御战"纪略》，《民国丛书》（第二编第

46册），上海书店出版社1990年版，根据中华书局1933年版影印。

黎锦熙：《国语运动史纲·卷二》，《民国丛书》（第二编第52册），上海书店出版社1990年版。

罗继祖撰，萧文立编校：《雪堂类稿·永丰乡人行年录》，辽宁教育出版社2003年版。

李霁野：《李霁野文集》（第二卷），百花文艺出版社2003年版。

李康化：《近代上海文人词曲研究》，上海人民出版社2009年版。

伦明著，雷梦水校补：《辛亥以来藏书纪事诗》，上海古籍出版社1990年版。

卢前：《卢前笔记杂钞》，中华书局2006年版。

《老舍全集》（第十三卷），人民文学出版1999年版。

吕叔湘：《吕叔湘语文论集》，商务印书馆1983年版。

柳无忌、柳无非编：《柳亚子文集：自传·年谱·日记》，上海人民出版社1986年版。

李孝悌：《清末的下层社会启蒙运动：1901—1911》，河北教育出版社2001年版。

李孝悌编：《中国的城市生活》，新星出版社2006年版。

李泽厚：《李泽厚对话集·与刘再复对谈》，中华书局2014年版。

鲁迅：《鲁迅全集》，人民文学出版社2005年版。

［美］列文森：《儒教中国及其现代命运》，郑大华等译，中国社会科学出版社2000年版。

陆耀东编：《沈祖棻程千帆新诗集》，武汉大学出版社1992年版。

刘泽华：《中国政治思想史集》，东方出版社2008年版。

刘子芬等：《石城诗社同人诗草》，线装本（1935年），南京大学古籍部藏书。

梁启超：《梁启超全集》，北京出版社1999年版。

梁启超：《饮冰室合集·文集》，中华书局1989年版，根据上海中华书局1936年版影印。

茅盾：《茅盾全集》（第10卷），人民文学出版社1985年版。

冒怀苏编著：《冒鹤亭先生年谱》，学林出版社1998年版。

缪荃孙、冯煦、庄蕴宽、吴廷燮等纂修：《江苏省通志稿·文化志》（第七册），江苏古籍出版社2003年版。

马叙伦：《马叙伦诗词选》，周德恒编，周振甫校，文史资料出版社1985年版。

[加拿大]麦克卢汉：《理解媒介：论人的延伸》，何道宽译，商务印书馆2000年版。

南京大学校史编写组：《南京大学史》，南京大学出版社1992年版。

南京市地方编纂委员会：《南京人物志》，学林出版社2001年版。

潘宗鼎辑：《扫叶楼集》，民国己巳年（1929）南京扫叶楼寄龛刊，铅印本，藏南京大学图书馆古籍部。

潘益民、潘蕤：《陈方恪年谱》，江西人民出版社2007年版。

仇埰：《鞠谳集》，民国丁亥年（1947）江宁仇氏，铅印本，南京大学图书馆古籍特藏部。

《乔大壮手批周邦彦片玉集》，齐鲁书社1985年版。

钱存训著，郑如斯编订：《中国纸和印刷文化史》，广西师范大学出版社2004年版。

瞿秋白：《瞿秋白文集·二卷》，人民文学出版社1954年版。

钱仲联：《梦苕盦诗文集》（上、下），黄山书社2008年版。

钱仲联：《近代诗钞》（一、二、三），江苏古籍出版社1993年版。

沈卫威：《"学衡派"谱系——历史与叙事》（上、下），花木兰文化出版社2014年版。

桑兵：《晚清民国的国学研究》，上海古籍出版社2001年版。

孙宝瑄：《忘山庐日记》（上），上海古籍出版社1983年版。

上海图书馆编：《中国近代期刊篇目汇录》，上海人民出版社1981年版。

上海图书馆编：《中国近代期刊篇目汇录》（6），上海人民出版社1984年版。

［美］舒衡哲：《鸣鹤园》，张宏杰译，北京大学出版社2009年版。

［美］斯蒂芬·埃里克·布隆纳：《重申启蒙——论一种积极参与的政治》，殷杲译，江苏人民出版社2006年版。

［英］斯图亚特·霍尔：《表征：文化表现与意指实践》，徐亮、陆兴华译，商务印书馆2003年版。

沈尹默：《秋明集》，民国十八年（1929）北京书局，铅印本，南京大学图书馆古籍特藏部。

孙望：《孙望选集》（下），南京师范大学出版社2002年版。

沈卫威：《回眸"学衡派"：文化保守主义的现代命运》，人民文学出版社1999年版。

沈卫威：《"学衡派"谱系——历史与叙事》，江西教育出版社2007年版。

沈祖棻著，程千帆笺注：《沈祖棻诗词集》，江苏古籍出版社1994年版。

司马朝军、王文晖编著：《黄侃年谱》，湖北人民出版社2005年版。

邵祖平：《培风楼诗续存》（二卷），民国二十九年（1940）南昌邵氏，刻本，南京大学图书馆古籍部藏。

孙应祥：《严复年谱》，福建人民出版社2003年版。

唐圭璋：《词学论丛》，上海古籍出版社1986年版。

唐圭璋编：《词话丛编》，中华书局1986年版。

《田汉全集》（第11卷），花山文艺出版社2000年版。

谭人凤著，饶怀民笺注：《石叟牌词》，上海书店出版社2000年版。

王标：《城市知识分子的社会形态：袁枚及其交游网络的研究》，上海三联书店2008年版。

吴芳吉：《吴白屋先生遗书》，民国二十三年（1912）长沙，线装木刻本，南京大学图书馆古籍特藏部。

王桂平：《家刻本》，江苏古籍出版社2002年版。

吴梅：《吴梅全集·日记卷》，河北教育出版社2002年版。

吴宓：《吴宓自编年谱》，吴学昭整理，生活·读书·新知三联书店1995年版。

吴宓：《吴宓日记》（十册），吴学昭整理，生活·读书·新知三联书店 1998 年版。

吴宓：《吴宓诗话》，吴学昭整理，商务印书馆 2005 年版。

吴宓：《吴宓诗集》，吴学昭整理，商务印书馆 2004 年版。

吴宓：《吴宓日记续编（1961—1962）》（第 5 册），吴学昭整理，生活·读书·新知三联书店 2006 年版。

王力：《中国现代语法》（下），《民国丛书》（第四编第 49 卷），上海书店 1992 年版，根据商务印书馆 1947 年版影印。

汪辟疆著，程千帆整理：《光宣诗坛点将录（合校本）》，南京大学油印本 1983 年版，南大中文系。

汪辟疆著，南大中文系古典文学教研室整理：《光宣以来诗坛旁记》，油印本，南大中文系藏。

尉素秋：《秋声集》，帕米尔书店 1984 年版。

吴虞：《吴虞日记》（上、下册），荣孟源审校，四川人民出版社 1984 年版。

王易编：《百合词》，民国三十六年（1947），铅印本，南京大学图书馆古籍特藏部。

汪佩伟：《江亢虎研究》，武汉出版社 1997 年版。

武新军：《中国现代文学中的"古典倾向"》，河南大学出版社 2005 年版。

王卫民编：《吴梅和他的世界》，河北教育出版社 2002 年版。

吴学昭：《吴宓与陈寅恪》，清华大学出版社 1992 年版。

王仲镛编校：《赵熙集》，巴蜀书社出版社 1996 年版。

王栻主编：《严复集》（第一、二、三册），中华书局 1986 年版。

夏承焘：《天风阁学词日记》，浙江古籍出版社 1984 年版。

[美] 夏绿蒂·弗思：《丁文江——科学与中国新文化》，丁子霖等译，湖南科学技术出版社 1987 年版。

徐凌霄、徐一士：《凌霄一士随笔》，山西古籍出版社 1997 年版。

徐茂明：《江南士绅与江南社会：1368—1911 年》，商务印书馆 2004 年版。

夏仁虎编:《玄武湖志》,1932年刻本,南京大学图书馆古籍特藏部。

许敏:《上海通史:民国文化》(第10卷),上海人民出版社1999年版。

徐一士:《近代笔记过眼录》,中华书局2008年版。

徐一士:《一士类稿》,山西古籍出版社1996年版。

[美]徐中约:《中国近代史》(第6版),计秋枫等译,世界图书出版公司北京公司2008年版。

叶楚伧、柳诒徵等编:《首都志》(上、下),南京古旧书店、南京史志编辑部联合发行1985年版。

郁达夫:《郁达夫诗全编》,浙江文艺出版社1989年版。

郁达夫:《郁达夫全集》(第七卷),吴秀明主编,浙江大学出版社2007年版。

印光编:《清凉山志》,民国二十二年(1933)苏州弘化社,铅印本,南京大学图书馆古籍特藏部。

叶德辉:《书林清话 书林余话·自叙》,岳麓书社2000年版。

阳翰笙:《阳翰笙日记选》,四川文艺出版社1985年版。

袁进:《近代文学的突围》,上海人民出版社2001年版。

(清)袁枚著,王志英校点:《随园诗话》(卷一一),江苏古籍出版社2000年版。

俞平伯:《燕知草》,上海书店1984年版。

俞平伯:《俞平伯全集》(第一卷),花山文艺出版社1997年版。

杨树达:《积微翁回忆录 积微居诗文钞》,上海古籍出版社2006年版。

许纪霖、田建业编著:《杜亚泉文存》,上海教育出版社2003年版。

[美]余英时:《文史传统与文化重建》,生活·读书·新知三联书店2004年版。

[美]余英时:《现代危机与思想人物》,生活·读书·新知三联书店2005年版。

[美]余英时:《中国知识分子论》,河南人民出版社1997年版。

郑逸梅:《清末民初文坛轶事》,中华书局2005年版。

曾纪泽：《出使英法俄国日记》，岳麓书社 1985 年版。

宗白华：《宗白华全集》（第一卷），安徽教育出版社 1994 年版。

周法高：《汉学论集》，精华印书馆股份有限公司 1964 年版。

张光芒：《中国当代启蒙文学思潮论》，上海三联书店 2006 年版。

朱光潜：《朱光潜全集》（第 3 卷），安徽教育出版社 1987 年版。

朱斐主编：《东南大学校史》，东南大学出版社 1994 年版。

张晖：《龙榆生先生年谱》，学林出版社 2001 年版。

［美］詹姆斯·施密特编：《启蒙运动与现代性——18 世纪与 20 世纪的对话》，徐向东、卢华萍译，上海人民出版社 2005 年版。

钟敬文：《沧海潮音》，黑龙江人民出版社 2002 年版。

［新加坡］卓南生：《中国近代报业发展史：1815—1874》，中国社会科学出版社 2002 年版。

朱联保编撰，曹予庭校订：《近现代上海出版业印象记》，学林出版社 1993 年版。

朱偰：《金陵古迹图考》，中华书局 2006 年版。

张树栋、庞多益、郑如斯：《简明中华印刷通史》，广西师范大学出版社 2004 年版。

周顺生主编：《江苏历代文化名人录·文学卷》，江苏人民出版社 2005 年版。

周星誉、周星诒著，刘蔷整理：《鸥堂日记·窳櫎日记》，河北教育出版社 2000 年版。

赵新那、黄培云编：《赵元任年谱》，商务印书馆 1998 年版。

张文虎：《张文虎日记》，上海书店出版社 2001 年版。

朱文华：《风骚余韵论——中国现代文学背景下的旧体诗》，复旦大学出版社 1998 年版。

郑孝胥：《郑孝胥日记》，中华书局 1993 年版。

张宪文主编：《民国南京学术人物传》，南京大学出版社 2004 年版。

张宪文、穆纬铭主编：《江苏民国时期出版史》，江苏人民出版社 1993

年版。

张中行:《文言和白话》,中华书局 2007 年版。

周岩:《我与中国书店》,河北教育出版社 2004 年版。

庄元淦编:《乙亥六九述怀唱和集》,民国二十五年(1936)嘉定庄氏,铅印本,南京大学图书馆古籍特藏部。

张寅彭、王培军点校:《苍虬阁诗集》,上海古籍出版社 2009 年版。

张元济著,张人凤整理:《张元济日记》(上),河北教育出版社 2000 年版。

张仲礼:《中国绅士的收入》,费成康、王寅通译,上海社会科学院出版社 2001 年版。

章含之、白吉庵主编:《章士钊全集(1925.2.1—12)》(第 5 卷),文汇出版社 2000 年版。

张贻编:《李慎之文集》(上、下册),出版社不详,出版时间不详,南京大学图书馆藏书。

周有光口述,李怀宇撰写:《周有光百岁口述》,广西师范大学出版社 2008 年版。

[英]甄克思:《社会通诠》,严复译,商务印书馆 1981 年版。

三 论文及其他

查紫阳:《晚清民国词社研究》,古代文学博士学位论文,南京大学,2002 年。

陈廷湘:《政局动荡时期中国学人的生存样态——从李思纯〈金陵日记〉〈吴宓日记〉〈胡适日记〉中窥见》,《社会科学研究》2008 年第 4 期。

范伯群:《1921—1923:中国雅俗文坛的"分道扬镳"与"各得其所"》,《文学评论》2009 年第 5 期。

花宏艳:《晚清女诗人地域分布的近代化》,《海南大学学报》(人文社会科学版)2010 年第 2 期。

李慎之：《新世纪老任务——李慎之访谈录》，《书屋》2001年第1期。

李宪堂：《思想的沉重与无奈》，《中国图书评论》2008年第9期。

马大勇：《论现代旧体诗词不可不入史——与王泽龙先生商榷》，《文艺争鸣》2008年第1期。

秦弓：《五四新文学对中国传统文学的发掘与继承》，《河北学刊》2009年第6期。

沈卫威：《文学的古典主义的复活——以中央大学为中心的文人禊集雅聚》，《文艺争鸣》2008年第5期。

沈卫威：《现代大学的两大学统——以民国时期的北京大学、东南大学—中央大学为主线考察》，《学术月刊》2010年第1期。

王进庄：《20世纪一二十年旧派文人的转型和现代性》，《复旦学报》（社会科学版）2009年第4期。

王德威：《现代中国文学理念的多重缘起》，《南京社会科学》2011年第11期。

许苏民：《古代圣哲的诡谲微笑——论20世纪中国社会思潮与传统文化的关系》，《华东师范大学学报》（哲学社会科学版）2010年第2期。